삼국지 5

1판 1쇄 인쇄 2009년 1월 25일
1판 1쇄 발행 2009년 1월 30일

옮긴이 박종화 **펴낸이** 김영곤 **펴낸곳** 달궁
전략영업본부장 이양종 **영업** 최창규 이종률 서재필
출판등록 2000년 4월 10일 제16-1646호
주소 (우413-756) 경기도 파주시 교하읍 문발리 파주출판단지 518-3
대표전화 031-955-2100 **팩스** 031-955-2151
이메일 eclio@book21.co.kr **홈페이지** http://www.eclio.co.kr

값 10,000원
ISBN 978-89-5877-307-8 04820
(세트) 978-89-5877-302-3 04820

나관중 원작

월탄 박종화

❺
적벽대전, 천기를 운용하여 적을 막다

달궁

三國志 차례 | ❺

유현덕의 위기

현덕의 말을 듣자 미축이 나와 말했다.

"제가 가겠습니다."

현덕은 미축에게 양¥과 술 등의 예물을 가지고 가서 군사들을 호궤시킨다 빙자하고 동오로 가서 허실을 탐하게 했다.

미축은 현덕의 명을 받들어 순류에 일엽편주를 띄워 주유의 큰 진 앞에 당도했다.

군사는 즉시 주유한테 보하니 주유는 미축을 들어오라 허락했다.

미축은 주유에게 재배한 후에 현덕의 안부하는 말을 전하고 예물로 가져간 술을 바쳤다.

주유는 예물을 쾌하게 받은 후에 미축을 관대했다.

미축이 주유한테 말했다.

"제갈공명이 이곳에 있은 지 오래입니다. 함께 돌아갔으면 좋을까 합니다."

슬며시 주유의 의향을 떠보았다.

"제갈공명은 나와 함께 조조 파할 일을 의논하고 있는 중인데 어찌 미공과 함께 갈 수가 있겠소? 나 역시 유 예주를 뵙고 조조 파할 좋은 꾀를 의논하고 싶으나 몸이 대군을 통솔하는 중대한 책임을 맡았으니 잠시도 떠날 수 없구려. 만약 유 예주께서 친히 이곳으로 오신다면 그만 다행이 없겠소."

미축은 주유의 말에 대답했다.

"어디 한번 가서 저희 주공께 아뢰어 보겠습니다."

말을 마치고 돌아갔다.

노숙이 주유한테 물었다.

"공이 유현덕을 만나려 하시니 무슨 까닭입니까?"

"현덕은 천하의 효웅梟雄이올시다. 없애지 아니하면 아니 되오. 나는 이번에 기회를 타서 유인해 온 후에 죽여 버린다면 국가의 후환거리를 한번 제하는 것이라 생각하오."

"아니 되십니다. 현덕은 어진 사람이오. 광명정대한 사람인데 죽이다니 말이 됩니까."

"아니지, 죽여야 하지."

"그렇지 아니합니다. 세상 사람들이 욕을 할 것입니다."

"천하일을 하는 사람이 욕먹는 것쯤 두려워한다면 아무 큰일도 못하오."

노숙은 두 번 세 번 간하나 주유는 듣지 아니했다.

주유는 비밀한 지령을 내렸다.

"만약 유현덕이 오거든 먼저 도부수 오십여 명을 벽 뒤에 매복해 놓았다가 내가 잔을 던지는 것을 군호로 하여 손을 대게 하라!"

한편 미축은 돌아가 현덕을 보고 주유가 청하는 말을 자세히 전했다.

"만약 주공께서 멍에를 굽혀 오시기만 한다면 큰일을 의논할 것이 있다 합니다."

현덕은 미축의 말을 듣고 곧 강동으로 향할 것을 결정했다.

"쾌한 배 한 척을 강상에 띄워 마련하라. 내가 곧 친히 가리라."

관운장이 옆에 있다가 깜짝 놀라며 간하였다.

"주유는 꾀 많은 선비올시다. 무슨 수단을 부릴는지 모릅니다. 여기다가 공명의 편지 한 장도 없는데 가신다는 것은 불가합니다. 이 중에 협사가 있을지 모릅니다. 가시어서는 아니 됩니다."

현덕은 장자답게 대답했다.

"지금 우리는 동오와 함께 조조를 격파시키려 하지 않는가? 주랑周郎이 나를 보려고 하는데 내가 만약 가지 아니하면 이것은 동맹하는 뜻이 아니되네. 두 편에서 서로 시기만 한다면 일은 되지 아니하네."

"형님께서 만약 굳이 가실 뜻이 계시다면 아우가 함께 모시고 가도록 하겠습니다."

옆에서 말을 듣던 장비도 뛰어 나섰다.

"나도 따라가겠소!"

현덕이 영을 내렸다.

"다만 운장만 따라오게 하라. 익덕과 자룡은 진을 지키고 간옹은 악현鄂縣을 굳게 지키고 있게 하라. 내 갔다가 곧 돌아오리라."

현덕은 분부를 내리자 곧 관운장과 함께 일엽편주를 타고 종자 20명과 함께 노를 저어 강동으로 향해 갔다.

현덕이 강상에서 배를 타고 강동을 바라보니 큰 배와 작은 배는 기를 날려 좌우로 늘어서고 병기와 군사는 정제하고 규율이 있었다. 마음속으로 매우 든든하게 생각했다.

강동 군사들은 현덕의 배가 오는 것을 보자 나는 듯이 주유한테 보했다.

"유 예주가 오십니다."

"군사와 배는 몇 척이나 거느리고 오더냐?"

주유가 물었다.

"다만 배 한 척에 모시고 오는 종자가 이십 명가량 됩니다."

주유는 마음속으로 웃었다.

"이 작자의 명은 인제 내 손에 달렸구나!"

비밀히 도부수를 불렀다.

"일전에 영을 내린 대로 유 예주가 들어오는 벽 뒤에는 일제히 도부수를 매복시켜라."

주유는 전령을 내린 후 시치미 떼고 영문 밖으로 현덕을 기껍게 맞아들였다.

현덕은 관운장 이하 20여 명의 종자들을 거느리고 주유가 거처하는 중군장中軍帳에 당도하여 예를 마치니 주유는 현덕을 상좌로 청하여 앉게 했다.

현덕이 사양하여 말했다.

"장군은 영명한 이름이 천하에 휜자하신 터인데 유비 같은 부재 부덕한 사람이 어찌 감히 상좌에 앉을 수가 있습니까?"

현덕은 상좌를 사양하고 평좌석에 손님과 주인의 자리로 갈라 앉았다.

주유는 술을 내어 현덕을 관대했다.

공명은 우연히 강변에 나왔다가 자기의 주인 유현덕이 와서 주 도독과 함께 만나 연회를 베풀고 있다는 소식을 들었다. 깜짝 놀랐다.

제갈양은 급히 주유의 중군장을 헤치고 몰래 동정을 살펴보았다.

주유의 얼굴에는 살기가 가득했고 양편 벽 뒤에는 도부수들이 매복되어 있었다.

공명은 깜짝 놀랐다.

'이를 장차 어찌하나!'

소리가 입 안에서 저절로 새어 나올 뻔했다.

다시 좌중을 둘러보았다.

현덕의 웃고 이야기하는 태도는 태연자약했다.

'어떻게 구해 낼 도리가 없는가?'

하고 다시 현덕의 전후좌우를 살펴보았다. 바로 현덕의 등 뒤에는 한 사람이 칼을 짚고 섰는데 다른 사람이 아니라 관운장이었다.

공명은 기뻤다. 비로소 한숨을 내쉬었다. 마음이 탁 놓였다.

'우리 주인이 위태롭지는 않겠다!'

마음속으로 안심한 후에 연회석으로 들어가지 아니하고 다시 강변으로 돌아가 유현덕이 나오기를 기다리고 있었다.

한편 주유는 현덕과 함께 담소하면서 술이 서너 순배 돌았을 때 주유는 잔을 잡고 일어섰다. 장차 잔을 던져 도부수에게 군호를 하여 유비를 죽일 작정이었다.

막 잔을 던지려 할 때 흘깃 유현덕의 등 뒤를 보니 신장은 9척이요, 눈은 봉의 눈인데 삼각수를 거스르고 청룡도를 비껴들어 위풍 늠름히 서 있는 일원 대장이 있었다.

주유는 깜짝 놀랐다.

잔을 들고 다시 자리에 앉아 현덕에게 물었다.

"저분은 어떤 분입니까?"

"내 아우 관운장이올시다."

주유는 더 한 번 놀랐다.

"향일에 원소의 맹장 안량, 문추를 벤 사람이 아니오니까?"

"그러하오."

현덕은 빙긋 웃고 대답했다.

주유의 등판에서는 진땀이 물 흐르듯 했다.

곧 잔에 술을 가득히 부어 관운장한테 권했다.

조금 있으려니 노숙이 들어왔다.

현덕은 노숙한테 물었다.

"공명은 어디 있소? 한번 청해서 만나 보았으면 좋겠소."

주유가 가로맡아 대답했다.

"공명은 지금 조조 깨칠 계획을 한참 연구하고 있습니다. 조조를 격파한 후에 만나 보셔도 늦지 아니합니다."

현덕은 주유의 말을 듣고 더 말을 아니했다.

관운장은 눈을 들어 현덕을 향하여 자주 눈짓을 했다.

현덕은 관운장의 뜻을 짐작했다. 주유한테 고맙다는 인사를 하고 일어섰다.

"이제 그만 일어나겠소이다. 적을 파하여 공을 이룬 후에 다시 치하를 드리러 오겠소이다."

주유도 이제는 더 만류하지 아니했다. 진문 밖까지 나가 유비를 전송했다.

현덕은 주유를 작별한 후에 운장과 함께 강변으로 나가니 공명이 배 안에서 기다리고 있다가 반갑게 맞았다.

현덕은 기쁨을 이길 수 없었다.

공명이 현덕에게 말했다.

"주공께서는 오늘 위태로움을 아셨습니까?"

공명의 말을 듣는 현덕은 깜짝 놀랐다.

"몰랐소이다."

"만약 이번에 관운장이 없었더라면 주공께서는 주유한테 해를 당하셨을 것입니다. 주유는 도부수를 매복해 놓고 주공을 청한 것입니다."

공명의 말을 듣는 현덕은 비로소 깨닫고 깜짝 놀랐다.

"모두 다 귀찮소이다. 우리 번구樊口로 돌아갑시다."

현덕은 제갈양한테 청했다.

공명이 대답했다.

"저는 비록 호구虎口에 있다 하나 편안하기 태산과 같습니다. 주공께서는 급히 돌아가시어 배와 군마를 수습하셨다가 돌아오는 십일 월 이십일 갑자甲子 일에 조자룡을 시키어 강 남편 언덕에 대기하여 있게 하시면 됩니다. 절대로 시일을 어기어서는 아니 됩니다. 그르치지 마시기를 바랍니다."

"당신도 함께 갑시다."

"저는 좀 더 있다 가겠습니다. 동남풍만 일어나는 것을 보면 곧 돌아가겠습니다."

현덕이 다시 물어보려 할 때 공명은 사공을 시켜 배를 재촉하여 어서 돌아가라 이르고 배를 돌려 돌아갔다.

현덕은 하는 수 없어 관운장 이하 종자들을 거느리고 배를 저어 20~30리를 가지 못해서 홀연 상류에서 50~60척의 배가 떠내려 오면서 뱃머리 앞에는 일원 대장이 창을 비껴들고 섰다.

자세히 보니 장비였다.

장비는 혹여나 현덕이 위태롭게 되어 관운장이 혼자서 당해 내지 못할까 하여 특별히 와서 접응하는 것이었다.

현덕과 관운장은 기쁘게 맞이하여 삼 형제는 단취하여 돌아갔다.

한편 주유는 현덕을 전송하고 진으로 돌아오니 노숙이 물었다.

"공은 현덕을 유인해서 여기까지 데려다 놓고 어찌해서 하수를 아니했습니까?"

주유는 노숙의 말에 대답했다.

"관운장은 실로 범 같은 장수입니다. 현덕의 옆에서 자리를 뜨지 아니하고 꼼짝을 하지 아니하고 있는데 만약 현덕에게 하수를 한다면 곧 나를 해칠 테니 손을 대지 못했소이다."

노숙은 악연히 놀랐다.

홀연 군사가 들어와 조조가 사신을 보내서 서신을 올린다 보했다.

주유는 사신을 들어오라 하여 친히 대면한 후에 편지를 받아 보니 조조의 편지는 거만하기 짝이 없었다. 겉봉에 이렇게 쓰여 있었다.

한漢 대승상大丞相은 주 도독한테 부치니 개탁開坼해 보라.

주유는 크게 노했다. 편지 속 사연도 읽어 보지 아니하고 좍좍 찢어서 땅에 던지고 호령을 내렸다.

"조조 사신 놈의 목을 베어라!"

주유는 계교로 조조를 농락하고

노숙이 급히 간하였다.

"두 나라가 서로 다툰다 해도 심부름 온 사신을 죽이는 법은 없습니다."

"아니 되오. 위엄을 보여서 조조란 놈의 버릇을 톡톡히 가르쳐 놓아야 하겠소."

주유는 말을 마치자 사신의 목을 베라 하여 수급首級을 함께 온 종자에게 주어 돌려보내고 곧 군령을 내렸다.

"감녕은 선봉장이 되고 한당은 좌익이 되고 장흠蔣欽은 우익이 되라. 나는 스스로 제장諸將을 거느려 뒤에서 접응接應하리라. 내일 사경更 때 밥을 지어먹고 오경更 때 배에 올라 납함하며 돌격하라!"

모든 군사들은 대도독 주유의 명을 받들어 행동을 개시했다.

한편 조조는 주유가 편지를 찢고 사신의 목을 베었다는 보고를 받자 크게 노했다.

곧 채모, 장윤 등 형주의 항장降將들로 전부 선봉을 삼고 조조 자신이 스스로 후군이 되어 전선을 독려하여 삼강三江 어귀에 당도했다.

이때 동오의 배는 벌써 강을 덮어 가득히 쏟아져 나오는데 일원 대장이 뱃머리에 앉아 큰소리로 부르짖었다.

"나는 감녕이다. 누가 감히 더불어 한번 결전을 해 볼 테냐?"

큰소리로 싸움을 돋우었다.

채모의 아우 채훈은 사공을 독촉하여 앞으로 나갔다.

감녕은 급히 활을 가득히 당기어 한번 쏘니 채훈은 시위 소리가 채 끝나기 전에 벌써 살을 맞아 쓰러져 버렸다.

감녕은 일제히 배를 몰아 만 개 쇠뇌를 일시에 쏘아붙이니 조조의 전선은 당해 낼 수가 없었다.

우변 대장 장흠과 좌변 대장 한당은 때를 놓치지 아니하고 조조의 전함을 뚫고 짓쳐 나갔다.

조조의 군사는 태반이 청주와 서주 군사였다. 본시 수전水戰에 익숙하지 못했다.

큰 강 속에서 배가 흔들리니 현기와 구역증이 일어나서 몸들을 가누지 못했다.

감녕, 한당, 장흠이 거느린, 세 길로 쳐들어가는 동오의 배는 세로 가로 조조의 배를 공격하는 중, 주유의 거느린 전함마저 3로의 전함을 도와서 좌충우돌하면서 포砲와 활을 쏘아붙이니 살과 포를 맞아 쓰러지는 군사는 부지기수였다.

싸움은 사시巳時서부터 시작하여 미시未時 때까지 이르렀다.

주유는 단번 싸움에 크게 이겼으나 적은 수로 많은 군사를 대항하기 어려울 것을 염려했다. 쟁을 쳐 배를 거두었다.

조조는 대패하여 돌아가 선척을 다시 정비하면서 채모와 장윤을 불러 책망했다.

"동오의 군사는 우리보다 수가 적은데 도리어 패했으니 이것은 너희들이 일부러 힘을 쓰지 아니한 것이 아니냐? 군법을 시행하리라."

추상같이 얼러 댔다.

채모는 조조의 꾸지람을 듣자 황공해서 변명했다.

"형주 수군은 오랫동안 조련을 아니한 데다가 청주, 서주 군사는 수전에 익지 못한 까닭에 패했습니다. 이제 마땅히 수채水寨를 세워서 청주와 서주 군사를 형주 군사와 혼성混成시켜서 날마다 교련을 시킨다면 가히 승리를 할 것입니다."

조조는 서슴지 아니하고 곧 명령을 내렸다.

"그대는 이미 수군水軍 도독都督이 아닌가. 편리할 대로 조처할 것이지 하필 나에게 품을 하는가?"

채모와 장윤은 곧 물러가 연강沿江 일대에 24좌의 수군을 벌여 놓고 큰 배는 밖에 두어 성곽을 삼고 작은 배는 안에 두어 왕래를 하게 했다.

밤이 되어 배마다 등불을 켜서 밝게 하니 불빛은 하늘과 수면에 조요하여 육지에 있는 진터까지 연해서 3백여 리에 뻗어 찬란한 광경을 이루었다.

한편 주유는 승리를 하여 본진으로 돌아간 후에 삼군三軍을 호궤하여 상 주고 일면으로 사람을 보내서 오후에게 승리한 것을 보했다.

이날 밤에 주유는 높은 산에 올라 강심을 바라보니 서편에 화광이 하늘에 접해 있었다.

"저것이 무슨 불빛이냐?"

"모두 다 북군의 불빛이올시다."

주유는 마음속으로 놀랐다.

다음 날 주유는 친히 조조의 수채를 탐지해 보려 했다.

화려하게 꾸민 누선樓船 한 척에 풍악을 실리고 날랜 장수 두어 명에게 강한 활과 굳센 쇠뇌를 갖게 한 후에 일제히 배에 올라 멀리 돌면서 조조의 진 앞에 당도하자 닻을 내리고 북을 쳐 풍악을 울리게 했다.

주유는 가만히 수채를 다시 본 후에 크게 놀라 물었다.

"이것은 수군의 묘리를 잘 아는 진법이다. 수군 도독이 누구라 하더냐?"

좌우가 대답했다.

"채모와 장윤이라 하더이다."

주유는 가만히 생각했다.

'두 사람은 오래 강동에 있어서 수전의 묘득을 잘 아는 자들이다. 내가 계교를 써서 먼저 이 두 사람을 제거시킨 후에야 가히 조조를 깨치리라.'

이같이 생각하고 엿보고 있을 때 조조의 탐보군은 나는 듯이 조조한테 달려가 고했다.

"강동의 수군 대도독 주유가 화려한 누선樓船을 타고 풍악을 울리면서 우리 수채를 엿보고 있습니다."

조조는 급히 영을 내렸다.

"빨리 배를 놓아 주유의 배를 붙잡게 하라!"

주유는 조조의 수채 속에서 기를 단 배가 움직이는 것을 보자 급히 닻을 올리고 노를 저어 나는 듯이 강상으로 달아났다.

조조의 진에서 주유의 배를 잡으러 나오니 주유의 배는 벌써 까맣게 달아나 버리고 말았다.

쫓아도 잡을 길이 없었다.

추격하던 장수는 조조한테 아뢰었다.

"배를 잡지 못했습니다."

조조는 주유의 배를 놓쳤다는 말을 듣자 모든 장수들을 모아 놓고 물었다.

"어제는 창피하게 일진一陣을 꺾어 버리고 오늘은 또 주유가 와서 우리 진을 엿보았으니 우리는 어떠한 계교를 써서 저 자들을 파할고?"

조조의 말이 채 떨어지기 전에 돌연 장하에서 한 사람이 나와 말했다.

"저는 어려서부터 주유와 동창의 교분을 가졌습니다. 원컨대 세치 혀를 놀려서 강동으로 건너가 이 사람이 승상께 항복을 하도록 하겠습니다."

말을 듣는 조조는 기뻤다. 자세히 보니 장하에 막빈幕賓으로 있는 구강 九江 사람 장간蔣幹이었다.

조조가 물었다.

"그대는 주공근周公瑾과 친분이 두터운가?"

"승상께서는 마음을 노십시오. 제가 가기만 하면 반드시 성공을 할 것 입니다."

조조는 다시 물었다.

"그대가 간다면 무슨 물건을 가지고 가겠는가?"

"동자 한 명에 사공 두 명만 데리고 배를 타고 가면 될 것입니다. 그밖 엔 아무 물건도 필요가 없습니다."

조조는 심히 기뻤다. 술을 내어 장간의 가는 길을 위로해 주었다.

장간은 갈건葛巾 포의袍衣로 한 조각 작은 배를 타고 주유의 진중에 당 도했다.

문 지키는 군인에게 말을 전했다.

"주 도독의 옛 친구 장간이 찾아왔다고 말씀하게."

주유는 마침 장중에서 일을 의논하고 있다가 장간이 왔다는 말을 듣고 웃으면서 모든 장수들한테 말했다.

"세객說客이 왔구만."

한번 말하고 다시 모든 장수들의 귀에 입을 대고 여차여차하라고 당부 했다.

모든 장수들은

"장군의 말씀대로 거행하겠습니다."

하고 밖으로 나갔다.

주유는 의관을 정제하고 종자 수백을 거느려 나가는데 모두 다 금의錦衣 화모花帽를 쓰고 주유를 옹위하여 나갔다.

장간은 청의동자靑衣童子 한 명을 거느리고 의기 헌앙하게 들어왔다.

주유는 미소를 띠어 공손히 장간을 맞이하니 장간도 웃으며 인사했다.

"공근은 그동안 별고 없는가?"

"자네 참 오랜만일세. 멀리 강호江湖를 발섭해 온 것은 조조를 위하여 나를 달래러 온 것일세그려."

장간은 놀라는 체하며 말했다.

"내가 오랫동안 족하를 만나지 못했기에 특별히 와서 옛정을 펴려 한 것인데 어찌하여 나를 세객說客이라 의심하는가?"

주유는 빙그레 웃고 말했다.

"내가 비록 사광師曠[1]의 총명은 따르지 못하나 거문고 소리를 듣고 아취雅趣가 있는 것쯤은 짐작하네."

장간이 얼굴빛을 고치며 대답했다.

"족하가 옛 친구를 이같이 대접하니 나는 곧 가는 수밖에 없네."

장간이 간다는 말을 듣자 주유는 껄껄 웃으며 장간의 팔을 끌며 말했다.

"나는 장형이 조조를 위하여 세객이 된 줄 알고 그같이 말했더니 과연 그렇지 않다면 속히 갈 것이 무어 있나?"

주유는 장간의 소매를 잡고 함께 장 안으로 들어가 서회한 후에 강동의 영걸들을 모조리 불러 장간과 서로 만나 보라는 영을 내렸다.

이윽고 문관과 무장들은 제각기 금포를 입고 편비偏裨와 장교들은 은

---

1)사광: 춘추 시대 진晉나라 악사樂師. 음音으로써 길흉吉凶을 점占쳤다 함.

투구를 쓰고 정제하게 들어와 좌우편으로 갈라섰다.

주유는 손님인 장간과 서로 성명을 통하여 인사하게 한 후에 크게 연회를 베풀고 승리를 얻은 군악軍樂을 울리면서 술을 돌렸다.

주유는 잔을 들어 장간한테 권하며 모든 사람에게 소개했다.

"이분은 나의 동창인데 비록 몸은 조조한테 있으나 오늘 세객으로 온 것은 절대로 아니오. 여러분들은 의심을 마시오."

주유는 말을 마치자 몸에 찼던 칼을 풀어 태사자를 주며 말했다.

"그대는 나의 칼을 차고 감주監酒의 책임을 지라. 오늘 우리가 즐겁게 연회를 하는 것은 다만 붕우의 교분을 풀뿐이다. 만약에 조조의 일이나 동오의 군대에 대하여 말하는 자가 있다면 곧 목을 베라!"

주유의 행동을 본 장간은 깜짝 놀라 감히 말을 하지 못했다.

주유는 다시 말을 꺼냈다.

"나는 군사를 거느리는 대도독의 책임을 맡은 이후에 한 방울의 술도 입에 대지 못했다. 오늘 다행히 옛 친구를 만났고 또 아무런 의심할 거리도 없으니 마땅히 한 번 쾌하게 마시어 크게 취하리라."

말을 마친 주유는 잔을 들어 창쾌하게 마셨다.

좌상의 문무백관들은 서로 술잔을 돌리며 흥겹게 마셨다.

술이 반 넘어 취했을 때 주유는 장간의 손을 이끌고 함께 걸어 장 밖으로 나갔다.

좌우의 군사들은 모두 갑주 투구를 쓰고 칼과 창을 들어 엄숙한 얼굴로 늘어섰다.

주유가 말을 꺼냈다.

"나의 군대가 자못 웅장하지 아니한가?"

장간이 대답했다.

"진실로 범같이 영특한 군대올시다."

주유는 다시 장간의 손을 이끌고 장 뒤로 돌아갔다.

양식과 고초藁草가 산더미같이 쌓여 있었다.

"우리 강동의 군량은 어떠한가?"

"군사는 날쌔고 양식은 족하다 하더니 과연 명불허전名不虛傳이외다."

주유는 거짓 취한 체하며 크게 웃으며 말했다.

"나와 자네가 함께 동문수학을 할 때 내가 오늘 이같이 될 줄은 자네도 몰랐을 거야."

장간은 곰숭거려 대답했다.

"도독은 어려서 공부할 때부터 천분天分이 비상했거든. 오늘날 이같이 높이 된 것은 당연한 일이지."

이때 주유는 장간의 손을 다시 한 번 탁 잡았다.

"대장부가 한번 세상에 나서 처세를 할 때, 지기知己해 주는 주인을 만나서 밖으로는 군신의 의리를 지키고 안으로는 형제 같은 은의恩義를 맺어서 말하는 대로 들어주고 계교를 세우는 대로 좇아 주니 화와 복을 함께하는 일이라, 비록 소진 장의와 육가陸賈 역생酈生이 부생復生해서 현하懸河의 웅변과 이도利刀같은 혀를 놀린다 한들 어찌 능히 내 마음을 움직이겠는가?"

주유는 말을 마치자 소리를 높여 껄껄 웃었다.

장간은 주유의 말을 듣자 얼굴이 흙빛으로 변했다.

주유는 다시 장간을 장막 안으로 데리고 들어가 모든 장수들과 함께 술을 마시며 장간을 향하여 장수들을 가리켰다.

"이 사람들은 모두 다 강동의 영걸들일세. 오늘날 이같이 모였으니 가히 군영회群英會라 하겠네. 자아, 술을 마시세."

주유는 쾌활하게 다시 술을 마셨다.

밤은 점점 깊어 갔다. 장막 속의 등불이 휘황찬란하게 밝았다. 주유는 칼을 빼어 들고 검무를 추기 시작하면서 즉흥시를 읊었다.

丈夫處世兮　立功名

立功名兮　　慰平生

慰平生兮　　吾將醉

吾將醉兮　　發狂吟

대장부가 세상에 처함이여

공명을 세우려 하네.

공명을 세움이여

평생을 위로하네.

평생을 위로함이여

내 장차 취하려 하는구나.

내 장차 취함이여

미친 듯이 노래를 부르네.

노래가 끝나니 만좌는 손뼉을 쳐 갈채를 보냈다.

밤이 깊어 가니 장간은 주유를 하직하여 돌아가겠다 인사했다.

"술기운을 이기지 못하겠습니다. 인제 돌아갔으면 합니다."

주유는 연회를 물리라 하니 모든 장수들은 제각기 인사하고 물러갔다.

주유는 취한 듯 장간의 손을 잡았다.

"오랫동안 자네와 자리를 함께하지 못했는데 오늘 밤엔 발바닥이나 좀 대고 자보세그려."

주유는 일부러 대취한 체하고 장간을 돌려보내지 아니하고 함께 장막 안으로 들어가 누웠다.

주유는 옷 입은 채 거꾸로 누워 냅다 구토를 하기 시작했다. 술과 음식을 왝왝 게워 놓았다.

썩은 술 냄새, 썩은 음식 내가 코를 찔렀다.

장간은 코를 막고 베개에 엎드려 고생고생 잠을 이루지 못했다.

주유의 구토하는 추한 냄새로 인해서 장간은 한잠도 자지 못했다.

군중에서는 이경二更 때를 알리는 북소리가 요란스럽게 들려왔다.

장간이 곧추 앉아 보니 기름이 말라 드는 잔등殘燈에는 아직도 불빛이 조요한데 주유는 코를 드르렁드르렁 우렛소리같이 골고 취해 떨어져 있었다.

장간蔣幹은 또다시 주유의 코 고는 소리에 잠을 이룰 수 없었다.

앞을 바라보니 탁자 위에 한 권의 문서가 놓여 있었다.

장간은 슬며시 자리에 일어나 문서를 펴 보니 진중에 왕복하는 서신들이었다.

뒤적뒤적 헤쳐 보았다.

장윤, 채모는 삼가 올립니다.

하는 글월이 나왔다. 장간의 눈이 번쩍 뜨였다.

가만히 도둑질하듯 읽어 보았다.

저희들이 조조한테 항복한 것은 벼슬과 녹을 탐내서 진짜로 항복한 것이 아닙니다. 형세가 아주 궁박하니 어찌하는 수가 없어 가짜로 항복한 것입니다. 지금 조조의 군사를 곤란에 빠뜨려 놓을 계획을 차리고 있습니다. 곧 조적曹賊의 수급을 베어서 휘하에 바치겠습니다. 조만간에 사람이 가거든 의심치 마시고 받아 주십시오. 삼가 답장을 올립니다.

장간이 읽어 보니 채모와 장윤은 꼭 주유와 내통이 되어 조조를 해치려 하는 것이 분명했다.

'원래 채모와 장윤은 형주 유표의 사람이니 두 놈이 주유와 결탁해서 우리 주인을 해치는 것이 분명하다.'

장간은 이쯤 생각하고 가만히 문서를 품 안에 넣어 감춘 후에 다른 서류를 조사하려 할 때 침상 위에서 주유는 기지개를 켜며 몸을 뒤쳤다.

장간은 급히 등잔불을 끄고 침상으로 올라 자는 체했다.

"장간아, 내 며칠 안에 조조의 목을 베어 오는 것을 너한테 보여 주마."

주유가 또 지껄댔다.

"너 좀 기다리고 있어라. 꼭 조조의 잘라진 대가리를 보여 주마."

"그래, 기다리고 있겠네."

장간은 주유의 말에 응수한 후에 눈치를 보기 위하여 얼마 뒤에,

"여보게, 공근이."

하고 주유의 자를 불러 보았다. 주유는 코를 골며 대답이 없었다.

장간은 침상 위에 엎드려 잠을 이루지 못했다.

뜬눈으로 밤을 꼬박 새고 있었다. 사경四更 때나 되었다.

밖에서 인기척이 나면서 한 사람이 장막 안으로 들어왔다. 즉시 주유를 불렀다.

"도독께서는 기침을 하셨습니까?"

주유는 부르는 소리에 놀라 깨는 시늉을 했다.

아직도 작취가 미성未醒한 듯 들어오는 사람한테 물었다.

"내 곁에 누운 사람이 누구냐?"

들어온 사람이 대답했다.

"간밤에 도독께서는 장간 선생을 청해서 함께 주무셨습니다. 약주가 취해 있으셨나 봅니다. 곁에 계신 분은 장간 선생이십니다."

주유는 얼굴에 뉘우치는 빛을 띠고 말했다.

"내가 평생에 술을 마시고 취해 본 적이 없는데 어제는 몹시 취해서 전혀 앞뒤 일을 모르겠네. 취중에 무슨 실언이나 없었는지 딱한 일일세. 그는 그렇고 무슨 일로 들어왔나?"

들어온 사람들에게 물었다.

"강북에서 밀사가 왔습니다."

"이놈아, 눈치도 없느냐?"

주유는 가만한 목소리로 들어온 사람을 꾸짖고 고개를 돌려,

"장간이!"

하고 불러 보았다.

장간은 다 듣고 있으면서 일부러 자는 체하고 대답을 아니했다.

주유는 가만히 일어나 장을 헤치고 밖으로 나갔다.

장 밖에서는 수군수군 말소리가 들렸다.

장간은 가만히 귀를 기울여 들었다.

"채 도독과 장 도독께서 전갈 말씀을 보냈습니다. 급하게는 하수를 하지 못하겠다고 하십니다."

다음에는 주유가 무슨 소린지 주고받는데 너무나 목소리가 작아서 알아들을 길이 없었다.

조금 있으려니 주유는 다시 장 안으로 들어왔다. 장간은 얼른 이불로 머리를 가렸다. 눈치를 보려는 셈인지 주유는 큰소리로,

"장간이!"

하고 불러 보았다.

장간은 대답을 해서는 큰일이라 생각했다.

머리에 이불을 뒤집어쓴 채 아무 대답도 아니하고 가만히 자는 체했다.

주유는 마음을 논 듯 옷을 끄르고 다시 침상에 올라 잠자리에 들었다.

장간은 가만히 생각해 보았다.

'주유는 영리하고 정제한 사람이다. 날이 밝은 후에 문서를 찾다가 보이지를 아니한다면 반드시 나를 잡아 죽일 것이다. 틈을 보아 달아나는 것이 상책이다.'

장간은 이같이 생각한 후에 오경更 때가 되자 짐짓 주유를 불러 보았다.

"공근이!"

주유는 대답이 없었다. 잠이 들었다고 생각했다.

장간은 머리에 건을 쓰고 살며시 장 밖으로 나갔다.

동자를 불러서 함께 진문 밖으로 나갔다.

문 지키는 군사가 물었다.

"선생께서는 어디로 가십니까?"

"내가 오래 이곳에 있으면 주 도독의 일에 방해가 될까 보아 작별 말씀을 드리고 가는 길일세."

군사는 아무 말 없이 장간을 놓아 보냈다.

장간은 급히 강변으로 나가자 배에 올라 돛을 달고 강을 건너 조조한테 뵈었다.

조조는 반갑게 장간을 맞았다.

"그래 어찌 되었나. 주유가 항복을 하겠던가?"

장간이 조조한테 품했다.

"주유는 아량이 높은 사람이라 말로는 움직일 수가 없었습니다."

장간의 말을 듣고 조조는 노했다.

"일도 성사를 못하고 되레 웃음거리만 되었네그려."

장간은 변명했다.

"비록 주유를 달래지는 못했습니다마는 조용히 승상께 아뢸 말씀이 있습니다. 좌우를 잠깐 물리쳐 주시기 바랍니다."

조조는 장간의 말을 들어 시자를 물리쳤다.

장간은 품속에서 채모와 장윤이 주유한테 보냈다는 편지를 꺼내서 조조한테 바치고 밤에 주유 방에서 일어난 행동을 일일이 고했다.

조조는 편지를 보자 크게 노했다.

"두 도적놈이 이같이 무례하단 말이냐!"

큰소리로 호통을 친 후에 곧 채모와 장윤을 승상부로 불렀다.

채모와 장윤은 영문을 모르고 불려 들어왔다.

조조는 두 사람의 의향을 떠보았다.

"왜 곧 강동의 주유를 치지 못하는가. 오늘로 곧 전함을 강상에 띄워 쳐들어가라!"

채모가 대답했다.

"군사들의 교련이 아직도 부족합니다. 가볍게 진격할 수 없습니다."

조조는 불같이 노했다. 확실히 채모와 주유는 내통이 된 것이라 생각했다.

"왜 못 가겠다 하느냐? 군사들이 교련된 후에는 너희들이 내 목을 주유한테 바칠 작정이로구나!"

채모와 장윤은 조조의 꾸짖는 말이 무슨 뜻을 의미하는 것인지 몰랐다. 놀랍고 황망해서 그 뜻을 알 수 없었다. 얼른 대답을 못했다.

벌벌 떨고만 섰다.

조조는 큰소리로 무사를 불렀다.

"이 두 놈을 끌어내려 목을 베어라!"

채모와 장윤은 까닭도 모르고 잡혀 나갔다.

조금 있다가 무사는 채모, 장윤의 목을 베어 바쳤다.

조조는 두 사람 잘라진 목이 들어오자 비로소 주유의 계교에 속아 떨어진 것을 깨달았다.

'아뿔사! 내가 주유의 계교에 속아 넘어갔구나!'

그러나 때는 이미 늦었다. 조조는 무한히 오뇌懊惱함을 금치 못했다.

장수들은 채모와 장윤의 죽음을 보고 모두들 까닭을 몰랐다.

"채모와 장윤은 어찌해 죽이셨습니까?"

한 장수가 물었다.

조조는 주유의 계교에 속아 떨어진 것을 알리기 싫었다.

"두 사람은 군법을 태만하게 지키니 처치한 것이다."

여러 장수들은 차탄하기를 마지아니했다.

조조는 모개와 우금으로 채, 장을 대신해서 수군 도독의 직책을 맡겼다.

공명은 지혜로 화전을 빌다

강동의 탐보군이 조조가 채모와 장윤 죽인 일을 나는 듯이 주유한테 보했다.

주유는 크게 기뻤다.

"내가 꺼려 하는 사람은 채모와 장윤 두 사람인데 이제 조조가 제 손으로 두 사람을 다 없이해 놨으니 아무 근심이 없다."

노숙이 옆에 있다가 말했다.

"도독의 용병하는 계교가 이 같으시니 조적을 깨치기에는 아무 근심이 없소이다."

"모든 사람들은 내 계교를 모르지만 다만 제갈양만은 식견이 훨씬 나보다 나으니 속일 수 없으리라. 자경子敬은 제갈양이 이 일을 아나 모르나 한번 속마음을 떠보고 회보해 주시오."

노숙은 주유의 말을 듣고 배를 저어 강상에 있는 공명을 찾았다.

공명은 반갑게 노숙을 맞이하여 대해 앉았다.

노숙이 먼저 말을 꺼냈다.

"연일 군무를 조판하느라고 선생의 밝은 가르침을 받지 못했소이다."

"나도 공연히 바빠서 주 도독께 아직 치하도 못 드렸소이다."

제갈양이 대답했다.

"무슨 치하할 일이 있습니까?"

노숙이 공명한테 물었다.

공명이 웃으며 대답했다.

"주공근은 노 선생을 시켜서 채모, 장윤을 계교로 죽인 것을 내가 아는 가 모르는가 탐지하러 보냈을 것입니다. 별일이 아니라 그 일을 치하하는 것입니다."

제갈양은 유리로 속을 들여다보는 듯 벌써 귀신같이 다 알고 있었다.

노숙은 기급초풍을 해서 깜짝 놀랄 지경이었다. 얼굴빛이 노랗게 변하였다.

"선생께서는 이 일을 어떻게 아셨습니까?"

"공근은 용하게 장간을 농락해서 한때 조조를 속여 넘어뜨렸습니다마는 지금쯤 조조는 깨닫고 후회했을 것입니다. 아무튼 채모와 장윤 두 사람이 죽었으니 강동에는 우환거리가 없어졌습니다. 어찌 하례할 만한 기쁜 일이 아니겠소. 내 들으니 조조는 모개와 우금으로 수군 도독을 시켰다 하니 저 두 사람 때문에 조조의 수군은 많이 수장이 되게 될 것이오."

노숙은 귀신같이 아는 제갈양의 말에 어안이 벙벙해서 다시 입을 벌릴 수 없었다.

몇 마디 수작을 하다가 공명을 작별하고 돌아가려 했다.

제갈양은 노숙한테 당부했다.

"바라건대 자경은 내가 먼저 이 일을 알더라고 공근한테 말씀을 말아 주시오. 혹시 공근이 시새는 마음을 먹어서 제갈양을 해치면 큰일입니다."

노숙은 응낙하고 돌아가 주유를 만난 후에 모든 일을 사실대로 말을 했다.

주유는 깜짝 놀랐다.

"이 사람을 그대로 두었다가는 큰일 나겠소이다. 나는 꼭 죽이기로 결심했소이다."

노숙이 간하였다.

"만약에 이 사람을 죽인다면 공연히 조조한테 웃음거리만 될 것입니다."

주유는 노숙의 말에 대답했다.

"공도公道로 제갈양을 참해서 죽인다 해도 원망이 나한테 돌아오지 않게 할 도리가 있소이다."

노숙이 물었다.

"어떻게 공도로 참한단 말씀이오?"

"자경은 묻지 마시오. 내일 보면 자연 알리다."

다음 날이 되었다. 주유는 모든 장수들을 장하帳下에 모아 놓고 공명을 청하여 일을 의논하라 분부를 내렸다.

공명은 흔연히 와서 앉았다.

주유는 공명한테 물었다.

"당일로 조조와 수로水路에서 교전을 할 텐데 무슨 병기를 먼저 사용해야 하겠습니까?"

공명은 서슴지 아니하고 대답했다.

"큰 강에서 교전을 하자면 궁전弓箭이 제일 필요합니다."

"선생의 말씀이 옳습니다. 어리석은 생각에도 활과 살이 있어야만 하리라 생각합니다. 그러나 지금 우리 군중에는 화살이 없습니다. 감히 선생께 부탁합니다. 십만 개 화살을 만들어서 적을 대적할 계획을 차려 주십시오. 이것은 사사로운 일이 아니라 공사公事에 소용되는 일이오니 선생께서는 추탁하지 마시고 꼭 시행해 주셔야 합니다."

주유는 공명한테 부탁했다.

공명은 얼굴빛을 고치지 아니하고 태연히 대답했다.

"도독께서 위촉하시는 일이니 스스로 노력해 보겠습니다. 감히 묻습니다. 어느 때 소용이 되시겠습니까?"

"열흘 안에 완납이 되어야 할 텐데 되겠습니까?"

주유의 말에 공명이 고개를 가로흔들며 대답했다.

"조조의 군사는 당일에 당도할 터인데 만약 열흘까지 간다면 반드시 큰일에 낭패가 될 것입니다."

"그렇다면 며칠이면 완납이 되겠습니까?"

"그저 사흘 동안만 말미를 주신다면 십만 개 화살을 바칠 수 있습니다."

공명은 또렷이 대답했다.

"군중軍中엔 희언戱言이 없는 법이올시다."

주유는 정색하고 공명에게 물었다.

공명도 얼굴빛을 바로 하여 대답했다.

"어찌 감히 소생이 도독을 희롱하겠습니까? 군령장을 써서 다짐하리다. 만약 사흘 안에 화살을 못 바친다면 마땅히 중벌을 달게 받으오리다."

주유는 기쁜 빛을 얼굴에 띠고 군정사軍政司를 불러 군령장을 써서 받은 후에 술을 내어 공명을 대접했다.

"군사 일이 끝난 후에 반드시 수고를 사례하겠습니다."

"오늘은 늦어서 해가 다 갔으니 내일부터 일을 시작해서 삼 일이 되는 날 끝을 낼 테니 오백 명 군사를 강변으로 보내서 화살을 나르게 하십시오."

공명은 두어 잔 술을 더 마신 후에 주유를 작별하고 일어섰다.

공명이 돌아간 후에 노숙이 주유한테 말했다.

"이 사람이 거짓말을 하는 것이 아닙니까?"

주유는 노숙의 말에 웃으며 대답했다.

"제가 스스로 죽기를 원하는 것이지 내가 저를 핍박해서 죽이는 것은 아니오. 이제 저는 여러 사람들 앞에서 명백히 군령장까지 써서 바치고 호언장담한 일이니 저의 양편 겨드랑이에 날개가 돋쳤다 하더라도 도망해 날아갈 수는 없는 것이오. 나는 화살 만드는 장인들한테 분부하여 일부러 일을 더디게 하라고 일러두고 화살 만드는 재료를 제대로 내주지 않는다면 필연코 날짜를 어길 테니 그때 가서 죄를 준다면 꼼짝 벗어날 도리가 없을 게요. 공은 한번 가서 저 사람의 동정을 살펴보고 돌아와 회보해 주시오."

노숙은 주유의 명을 받고 공명을 찾아보았다. 공명은 노숙의 손을 잡고 말했다.

"내 일찍 자경보고 공근한테 채모와 장윤을 죽인 일을 내가 알고 있더라고 말하지 말라고 당부했는데 공연히 말을 해서 오늘 또 한 번 일이 일어나게 만들었으니 참 딱한 일입니다. 여보, 사흘 안에 어떻게 십만 개 화살을 만들어 낼 수 있단 말이오. 여보 자경이, 나를 좀 구해 주구려."

노숙이 공명의 말에 대답했다.

"공이 스스로 취한 자취지화自取之禍인데 내가 어떻게 구해 내겠소?"

공명이 말했다.

"자경은 나에게 이십 척의 배를 빌려 주시고 배 한 척마다 군사 삼십 명씩 타고 있게 해 주십시오. 그리고 배에는 푸른 베로 휘장을 치게 한 후에 짚(槀草)을 천 개씩 묶어서 좌우 양편에 갈라놓아 주시오. 그렇게 한다면 사흘 안에 묘하게 화살을 만들 수 있소이다. 그리고 또 주유한테 이 말을 해서는 아니 됩니다. 만약 저 사람이 안다면 내 계교가 또 패하고 맙니다."

노숙은 제갈양을 동정해서 쾌히 허락했다.

그러나 무엇에 쓰려는지 뜻을 몰랐다.

노숙은 군자君子였다. 공명이 죽는 것을 불쌍하게 생각했다.

주유한테 돌아가 배를 빌려 달랬다는 말은 하지 아니하고 공명이 화살을 만들지 아니하고 저절로 3일 안에 화살을 바칠 도리가 있더라고 말만 했다.

주유는 노숙의 말을 듣자 크게 의심했다.

"제가 그래 가지고 어찌 사흘 안에 화살을 바치겠소. 이번엔 꼭 공명이 함정에 빠져 죽게 되었소이다. 하하하. 내 계교가 어떠하오?"

주유는 손뼉을 치며 기뻐했다.

한편 노숙은 주유한테서 나와서 사사로이 경쾌선輕快船 20척을 조발해서 배마다 푸른 휘장을 두르고 짚단 천 개씩을 얹은 후에 군사 30명씩을 태워 공명한테로 보냈다.

공명은 노숙한테서 배와 군사를 빌려 놓고도 아무런 동정이 없었다. 첫날을 그대로 보냈다.

둘째 날이 되었다. 노숙은 공명의 동정을 주의해 보았다. 역시 아무런 움직임도 보이지 아니했다.

노숙은 답답해서 배겨 낼 도리가 없었다. 그러나 어찌하는 수 없었다.

노숙은 제갈양이 장차 어찌할 작정으로 이틀이 지나도록 화살 만들 준비를 하지 않나 하고 속이 타는 듯 죄었다.

사흘째 되는 날 사경四更 때가 되자 공명은 가만히 노숙을 배 안으로 청했다.

노숙은 답답하기 그지없었다. 공명을 보고 말했다.

"오늘이 십만 개 화살을 바칠 날인데 어찌하려고 이틀씩이나 허송세월을 하였소. 무슨 까닭에 나를 부르시오?"

"특별히 노 선생을 청해서 함께 화살을 빌리러 가려 하는 것입니다."

"화살을 빌리다니 무슨 말씀이오. 어디로 화살을 빌리러 간단 말씀이오?"

"노 선생은 함께 가시기만 하십시다. 저절로 아실 것입니다."

공명은 말을 마치자 장수에게 영을 내렸다.

"굵은 동아줄로 배 이십 척을 서로 연결시켜서 북편을 바라보고 나가게 하라."

장수는 공명의 말을 받들어 20척의 배를 든든하게 연결시켰다.

공명은 노숙과 함께 배에 올랐다.

이날 밤에 안개는 하늘과 강을 자욱하게 덮어 지척을 분간하기 어려웠다.

강 한복판엔 안개가 더욱 짙었다. 맞은편 사람의 얼굴도 잘 보이지 아니할 지경이었다.

공명은 배를 재촉하여 앞으로 앞으로 향해 나갔다.

때는 마침 오경五更이 되었다. 20척의 배는 바로 조조의 수채水寨 앞에 접근했다.

공명은 군령을 내렸다.

"뱃머리를 서쪽으로 두고 꼬리는 동편으로 향하여 한 일자로 늘어서서 북 치고 고함을 질러라!"

군사들은 일제히 뱃머리를 돌렸다.

노숙은 깜짝 놀랐다.

"이거 왜 이러시오? 만약 조조의 대병이 일제히 쏟아져 나온다면 어쩌자고 이러하시오?"

공명은 태연히 웃으며 대답했다.

"조조가 아무리 백공의 재주가 있다 한들 천 겹 만 겹 짙은 안개 속에 제가 어떻게 군사를 움직이고 큰 전함을 강물에 띄울 수 있겠소. 우리는 안개가 걷힐 때까지 술이나 마시고 즐겁게 놀다가 안개가 걷히거든 돌아갑시다."

한편 조조의 수채에서는 제갈양의 배에서 북 치고 납함하는 소리를 듣자 깜짝 놀랐다.

모개와 우금은 황망하기 그지없었다.

나는 듯이 조조한테 들어가 고했다.

"강동의 배가 북 치며 납함해 쳐들어옵니다."

조조는 두 장수의 말을 듣자 곧 영을 내렸다.

"짙은 안개 속에 저 군사가 홀연히 온 것은 반드시 매복이 있을 것이다. 절대로 경동輕動을 해서는 아니 된다. 수군의 궁노수를 동원시켜서 어지럽게 화살을 쏘게 하라. 그리고 육지에 있는 장요와 서황에게 명해서 활 잘 쏘는 군사 삼천 명을 거느리고 속히 활을 쏘게 하라!"

조조의 명령이 한번 떨어지니 모개와 우금은 물에 익은 남군南軍이 두려워서 멀리 화살을 쏘고 육지에서 내려온 만여 명 군사들도 강중을 향하여 활과 쇠뇌를 쏘니 화살은 비 오듯 쏟아졌다.

공명은 더한층 뱃머리를 조조의 진 앞으로 돌리라 영을 내렸다.

군사들은 일변 북을 치고 고함을 지르니 화살은 더 비 오듯 쏟아져서 푸른 휘장과 짚으로 박혀 들었다. 박혀 드는 화살 수는 천인지 만인지 헤아릴 수가 없었다.

해가 높직이 하늘에 솟아올랐다. 안개가 슬슬 걷히기 시작했다.

공명은 급히 영을 내렸다.

"이제는 빨리 뱃머리를 돌이켜 돌아가라!"

20척의 경쾌한 배들은 일제히 화살을 가득 싣고 뱃머리를 돌렸다.

모든 군사들은 수십만 개의 화살을 힘 한 푼 아니 들이고 배마다 가득히 얻었다. 기쁘기 한량없었다.

공명은 군사들에게 다시 영을 내렸다.

"너희들은 조조의 수채에 향하여 일제히 큰소리로 '고맙습니다, 조 승상님. 화살을 빌려 주서서 고맙습니다.' 이같이 사례하는 말을 보내라."

군사들은 일제히,

"고맙습니다, 조 승상님. 화살을 빌려 주서서 고맙습니다."

하고 외쳤다.

조조는 배 안에서 이 소리를 들었다. 발을 동동 굴렀다.

제갈양의 배 20여 척을 쫓으려 했으나 벌써 멀리 달아나서 따라갈 길이 없었다.

조조는 마음이 쓰리고 아팠다. 그러나 어찌하는 수가 없었다.

한편 공명은 뱃머리를 돌리며 노숙한테 말했다.

"배 한 척에 소불하 오륙천 개의 화살을 얻었으니 한 개의 강동 화살을 허비하지 아니하고 십만여 개의 화살을 얻었소이다. 내일 곧 조조의 군사를 향하여 쏜다면 얼마나 편리하게 되었소?"

노숙은 감탄함을 이기지 못했다.

"선생은 과연 신인神人이십니다. 어떻게 해서 오늘 이같이 안개가 낄 것을 미리 짐작하셨습니까?"

공명은 미소하여 대답했다.

"장수 된 사람이 천문에 통하지 못하고 지리를 알지 못하고 기문奇門을 모르고, 음양陰陽을 깨닫지 못하고 진도陣圖를 볼 줄 모르고 병세에 밝지 못하다면 이것은 용렬한 장수라 할 것입니다. 양亮은 사흘 전에 이미 오늘 크게 안개가 낄 것을 짐작하고 사흘 한을 둔 것입니다. 주유가 열흘 동안에 십만 개 화살을 만들라 한 것은 일부러 공장을 지연시켜서 십만 개 화살을 못 만들도록 하고 나를 죽이려 한 것인데 내 명은 하늘에 달려 있습니다. 주유 제가 어찌 나를 죽이겠소."

노숙은 감복하여 공명한테 손을 모아 절을 했다.

배가 선창으로 돌아오니 주유의 5백 군사는 벌써 약속대로 화살을 받
으려고 등대하고 있었다.

화공

공명은 20척의 배에서 10만여 개 화살을 주유의 군사한테 넘겨주어 중군장中軍帳에 바치게 했다.

노숙이 들어가 주유를 보고 공명의 화살 취하던 방법을 일장 설파하니 주유는 크게 놀라 개연히 탄식했다.

"공명의 신기神機 묘산妙算은 내가 당해 내지 못하겠소이다."

당시의 시인은 시를 지어 제갈양의 묘한 솜씨를 예찬했다.

一天濃霧滿長江
遠近難分水渺茫
驟雨飛蝗來戰艦
孔明今日伏周郎

한 하늘에 가득 찬 짙은 안개
긴 강을 휩싸 덮었네.
멀고 가까운 곳 가릴 수 없이
아득한 강물만 출렁거린다.
소나기 쏟아지듯 황충이 날듯
화살은 날아 전함으로 떨어지네.

공명은 오늘 주유를 굴복시켰네.

이윽고 공명은 주유를 찾았다.

주유는 장에 내려 제갈양을 맞이하며 그의 공을 칭송하였다.

"선생의 신기神機 묘산妙算은 사람으로 하여금 경복시키게 합니다."

공명은 겸사해서 대답했다.

"그까짓 사람을 속이는 작은 계교를 족히 기이타 할 것이 없습니다."

주유는 공명을 청하여 함께 술을 마시며 말했다.

"어제 우리 주공께서 사람을 보내서 빨리 싸우라 하셨는데 주유 이 사람은 아직 좋은 계책이 없어 주저하고 있습니다. 원컨대 선생은 나를 가르쳐 주십시오."

공명이 말했다.

"양은 변변치 않은 용재庸才올시다. 어찌 묘한 계교가 있겠습니까."

주유가 말했다.

"제가 어제 조조의 수채水寨를 가 보니 극히 엄숙하고 정제하여 법도가 있습니다. 비범한 수단이 아니면 공격하기 어렵습니다. 제가 한 가지 계교는 생각해 보았습니다마는 가부를 결정하기 어렵습니다. 선생께서는 나를 위하여 한번 결정해 주십시오."

공명이 대답했다.

"도독은 겸사의 말씀을 너무 하지 마시오. 우리 각기 손바닥 안에 글자를 한 자씩 써서 뜻이 같은가 같지 아니한가 한번 비교해 보기로 합시다."

공명의 말을 듣는 주유는 크게 기뻤다. 벼루에 먹을 갈아 붓을 들어 글자를 손바닥 안에 쓴 후에 공명에게 붓을 넘겼다.

공명도 가만히 손 장심에 글자를 썼다.

두 사람은 탑에서 몸을 일으켜 가까이 앉으며 서로 손을 모아 장심에 쓴 글자를 비교해 보았다.

두 사람은 소리를 높여 드높게 웃었다.

"하하하하."

"허허허허."

"어찌하면 이같이 의사가 똑같습니까?"

주유는 말을 마치자 또 한 번 소리 높여 드높게 웃었다.

공명과 주유 두 사람이 손바닥에 제각기 글자를 써 놓고 서로 비교해 본 글자는 공명도 '화火' 자요, 주유도 '화' 자였다.

주유는 무한 기뻤다.

"우리 두 사람의 의사가 서로 같으니 다시 의심할 것이 없습니다. 이 일을 누설하지 마시기 바랍니다."

"두 집안일인데 내 어찌 누설할 리가 있습니까. 이번에 우리한테 두 번씩이나 실패를 당했으나, 이번 일도 미리 방비는 못했을 것이니 빨리 단행하는 것이 좋겠소이다."

두 사람은 술자리를 파하고 헤어지니 모든 장수들은 전혀 이 일을 알 도리가 없었다.

한편 조조는 까닭 없이 싱겁게 화살 15~16만 대를 잃은 후에 심중이 답답해서 즐겁지 아니했다.

순유가 계교를 드렸다.

"강동에 주유와 제갈양이 있어서 졸연히 격파하기 어렵습니다. 사람을 강동에 보내서 거짓 항복하는 태도를 취하게 하고 내응內應이 되어 소식을 통하게 하는 것이 좋겠습니다."

조조는 순유의 말을 듣고 찬성했다.

"그대 말이 꼭 내 뜻과 합하네. 자네 생각엔 우리 군중에 어떤 사람이 이 계교를 행할 만한가?"

허유가 대답했다.

"채모蔡瑁가 전번에 군령을 받아 억울하게 죽은 사실을 동오에서도 짐작할 것입니다. 채 씨네 일가들이 지금도 다 군중에 있습니다. 그 중에 채중蔡中과 채화蔡和는 부장 지위에 있으니 승상께서는 은혜로 결탁하시어 거짓 동오東吳에 항복시키게 하면 동오에서도 의심치 아니할 것입니다."

조조는 순유의 말을 듣고 밤에 비밀히 두 사람을 장중帳中으로 불러 일렀다.

"너희 두 사람은 몇 명의 군사들을 이끌고 동으로 가서 거짓 항복하여 그곳의 동정을 밀탐해서 인편에 보하게 하라. 일이 된 후엔 중한 상을 주리라. 그리고 두 마음을 품어서는 아니 된다."

채중, 채화가 아뢰었다.

"저희들 처자가 다 형주에 있는데 어찌 감히 두 마음을 품겠습니까. 승상께서는 조금도 의심을 마십시오. 꼭 주유와 제갈양의 머리를 취해서 승상 휘하에 바치겠습니다."

조조는 후하게 상을 주었다.

다음 날 두 사람은 5백 군사를 대동하고 두어 척 배에 나누어 탄 후에 순풍에 돛을 달아 남안南岸에 도착했다.

한편 주유는 진군할 일을 다스리고 있을 때 홀연 군사가 들어와서 채모의 아우 채화와 채중이 강북에서 배를 저어 항복하러 왔다고 보했다.

주유가 불러들이니 두 사람은 절하여 예를 마친 후에 울면서 말했다.

"저희들은 채모의 아우들입니다. 형이 까닭 없이 조적한테 명을 갈았습니다. 형의 원수를 갚으려 하여 특별히 와서 항복하는 것입니다. 거두어 선봉을 삼아 주십시오."

주유는 크게 기뻤다. 후하게 채화, 채중 두 항복한 장수에게 상을 준 후에 곧 감녕甘寧에게 명하여 전부前部를 삼으라 했다.

두 사람은 절하여 사례한 후에 계교가 들어맞았다고 좋아했다.

주유는 따로 감녕을 불러 비밀히 분부했다.

"이 사람들이 가솔들을 데리고 오지 아니했으니 진짜로 투항한 것이 아니다. 조조가 우리 형편을 정탐하기 위하여 보낸 것이 분명하다. 나는 계교를 가지고 계교를 차리는 장계취계將計就計하는 방법을 써서 저 자를 통하여 저편 소식을 탐지할 작정이다. 너는 은근히 저들을 대접하면서 마음속으로 방비하여 두었다가 출병하는 날 먼저 저들을 죽여서 군기軍旗에 제사 지내게 하라. 조심해서 낭패가 없도록 하라."

감녕은 명을 받고 물러났다.

노숙이 들어가 주유를 보고 말했다.

"채중, 채화의 항복은 암만 생각해 보아도 협사가 있는 듯하니 거두어 쓰시는 것이 불가합니다."

주유는 노숙을 나무랐다.

"조조가 그들의 형을 죽인 때문에 원수를 갚으러 온 것인데 어찌 협사가 있다 하리오. 그대 만약 이같이 의심이 많다면 어찌 천하의 선비들을 용납하겠소."

노숙은 멀쑥해서 물러났다. 노숙은 답답했다. 공명을 찾아가 이 일을 말했다. 공명은 웃으며 대답을 아니했다.

노숙은 답답했다. 공명을 향하여 말했다.

"선생은 어찌 웃기만 하고 대답을 아니하시오?"

공명은 여전히 웃으며 말했다.

"내가 웃는 것은 노자경이 너무나 주공근의 계교 쓰는 것을 모르고 있으니 그것을 웃는 것이오. 큰 강이 가로막혀서 간첩들이 왕래하기 어려운 중에 조조가 채중, 채화를 시켜서 거짓 항복하게 하여 우리 일을 정탐하려 드니 공근은 장계취계로 저편 소식을 정탐하려는 것이오. 병법兵法엔 병불염사兵不厭詐라 하였소. 전쟁을 할 때는 적을 속여도 부도덕한 일이 아니 된다는 말입니다. 주유의 뜻을 아셨습니까?"

호인이요 군자인 노숙은 비로소 깨달았다.

한편 주유는 밤에 등불을 돋우고 앉아 있는데 황개가 들어왔다.

주유는 황개를 향하여 물었다.

"황 장군이 밤에 들어왔으니 필연코 좋은 일이 있나 보오. 무슨 일이 있는지 말씀해 보시오."

황개가 대답했다.

"조조의 군사는 많고, 우리 군사는 적은데 오래 상지할 수가 없습니다. 도독께서는 어찌해서 화공법火攻法을 쓰지 아니하십니까?"

"누가 그런 꾀를 냈습니까?"

주유는 정색하고 물었다.

"누가 꾀를 내다뇨? 저의 의사지요. 타인이 가르쳐 준 것이 아닙니다."

화공법을 쓰자는 것이 자기의 단독 의사라는 황개의 말에 주유는 비로소 얼굴빛이 풀어졌다.

주유는 무릎을 가까이하고 가만히 대답했다.

"내가 이 계교를 쓸 양으로 채중과 채화의 거짓 항복한 자를 머물러 두어서 이편의 거짓 소식을 통하게 하자는 것입니다. 그리고 이편에서도 거짓 항복하는 장수 한 명을 보내 볼 생각인데 적당한 사람이 없어서 근심하는 중입니다."

황개가 주유의 말을 받았다.

"제가 가서 거짓 항복하겠습니다."

"장군이 일부러 무한한 고통을 받아야만 할 것입니다. 만약 고통을 받지 아니한다면 조조가 믿지 아니할 것이니 장군이 어찌 차마 고통을 받으시겠소?"

"저는 손 씨의 은혜를 삼대째 후하게 받아 온 사람입니다. 간과 뇌를 땅에 발라서 은혜를 갚는다 해도 부족할 것입니다. 결코 후회를 아니하겠습니다."

주유는 황개의 말에 감동했다.

절하여 사례하며 말했다.

"그대가 만약 가서 고육계苦肉計를 쓴다면 강동의 만행이올시다."

"저는 죽어도 원망이 없을 것입니다."

두 사람은 작별하고 헤어졌다.

다음 날 주유는 크게 북을 울려 모든 장수들을 장하帳下에 모이게 했다.

공명도 자리에 참례했다.

주유는 영을 내렸다.

"조조는 백만 대병을 이끌고 삼백여 리에 뻗쳐 있다. 하루아침에 격파할 수는 없는 일이다. 모든 장수들은 석 달 동안 쓸 양초糧草를 준비해서 적을 막게 하라."

주유의 말이 채 끝나기 전에 황개가 앞을 헤치고 나와서 말했다.

"내 생각에는 석 달 동안은커녕 삼십 개월 동안에 쓸 양초를 준비한다 해도 조조의 군사는 대적하지 못하리다. 만약 이 달 안에 조조를 무찔러 볼 테면 한번 해 보는 것이고, 그렇지 못하다면 차라리 장자포張子布의 주장대로 갑옷을 버리고 칼을 거꾸로 들어 조조한테 항복하는 것만 같지 못합니다."

주유는 황개의 말을 듣자 발연히 얼굴빛이 변했다. 노기가 등등했다.

"나는 주공의 명을 받들어 군사를 독려하여 조조를 치려 하는데 너는 조조한테 항복하기를 주장하느냐? 지금 양군이 서로 대치하고 있는 이때 함부로 항복하기를 주장하는 자가 있다면 참하리라. 그리고 황개란 자는 군심을 산란케 했으니 무사들은 황개를 끌고 나가서 목을 베어 군령을 세우게 하라!"

무사들은 일시에 황개를 잡아냈다.

황개는 지지 않고 주유를 꾸짖었다.

"나는 파로破虜 장군將軍 손견孫堅 때부터 삼대를 내리 섬긴 사람이다. 네 감히 어디서 와서 나한테 이따위 수작을 부리느냐!"

황개는 큰소리로 주유를 꾸짖었다.

주유는 불같이 노했다.

"빨리 저놈을 끌고 나가 목을 베어라!"

이때 감녕이 급히 나와 주유한테 아뢰었다.

"황개는 동오東吳의 오랜 장수올시다. 도독께서는 너그럽게 용서해 주시기 바랍니다."

주유는 감녕을 꾸짖었다.

"네 어찌 말이 많아서 나의 군령을 어지럽게 하느냐? 저 감녕이를 몽둥이로 두들겨 내쫓아라!"

무사들은 감녕을 몽둥이로 밀어 내쳤다.

모든 사람들이 엎드려 간하였다.

"황개의 죄상은 목을 베어 마땅하나 다만 군사 행동에 불리할까 두렵습니다. 죄목을 기록해 두었다가 조조를 격파한 후 참형에 처해도 늦지 않을까 합니다."

이때 주유의 노기는 아직도 풀리지 아니했다.

모든 사람들은 또다시 간하였다.

"그저 한 번 관대하게 용서해서 나중에 죄를 주옵소서."

"여러 사람들의 낯을 보아 죽음을 면케 하고 등에 백 도의 곤장을 때려서 죄를 밝히게 하라!"

척추에 백 도의 곤장을 맞는다면 죽는 것이나 매일반이었다. 모든 사람들은 또다시 간하였다.

"척추에 백 도의 곤장을 때린다는 것은 너무나 과합니다. 곧 죽습니다."

주유는 불끈 성이 났다. 주먹으로 책상을 치면서 모든 사람을 꾸짖었다.

"웬 놈의 잔소리들이냐. 어서 빨리 황개에게 곤장을 때려라!"

무사들은 황개를 잡아끌어 옷을 벗기고 땅 위에 엎어 놓은 후에 곤장으로 등판을 50도를 내리쳤다.

황개는 아픔을 못 이겨 죽을 듯이 고함을 쳤다. 모든 사람들은 차마 볼 수가 없었다. 다시 주유한테 간하였다.

"그저 그만하면 자기의 죄상을 뉘우쳤을 것입니다. 잠깐 매를 멈추게 해 주십시오."

주유는 벌떡 자리에 일어나 손으로 황개를 가리키며 꾸짖었다.

"네가 감히 나를 작게 보느냐! 남은 곤장 오십 도는 적어 두었다가 만약에 또다시 태만한다면 새 죄와 함께 남은 매를 받으리라!"

주유는 말을 마치자 이를 갈면서 장중으로 들어갔다.

모든 사람들은 황개를 붙들어 일으켰다.

볼기가 터져서 붉은 피가 좔좔 흘렀다.

업어서 본채로 들어가니 몇 번인지 까무러쳐서 정신이 혼미했다.

모두들 황개를 위문하여 눈물을 흘리지 않는 사람이 없었다.

노숙도 황개한테 문병을 한 후에 강으로 나가 배를 저어 제갈공명을 찾았다.

노숙은 공명의 배에 올라 인사를 마친 후에 공명에게 물었다.

"오늘 공근公瑾이 지나치게 노해서 황개를 책망했는데 너무나 심했소이다. 우리들은 모두 다 공근의 부하가 되므로 얼굴을 거슬러 고간苦諫을 못했소이다마는 선생께서는 객客이신데 어찌해서 수수방관만 하시고 한마디 말씀도 아니하셨습니까?"

공명은 껄껄 웃으며 대답했다.

"자경子敬은 나를 희롱하시는 것이오?"

"노숙이 선생을 모시고 강을 건너온 이후에 한 번도 희롱하고 속인 일이 없사온데 희롱이라니 무슨 말씀입니까?"

노숙은 정색하고 대답했다.

공명이 말했다.

"자경이 어찌 모를 리가 있소. 공근이 이번에 황개를 독하게 때린 것은 계책으로 때린 것인데 내가 어떻게 공근한테 때리지 말라고 권하겠소. 하하하."

노숙은 비로소 깨달았다.

공명이 말했다.

"만약에 고육계苦肉計쯤 쓰지 않는다면 조조 같은 인물을 어떻게 속여 넘어뜨리겠소. 공근은 반드시 황개를 시켜서 조조한테 거짓 항복하게 해서 채중과 채화가 이 사실을 증명하도록 만들어 보려는 수단일 게요. 하하하. 그리고 자경은 앞으로 공근을 만나거든 절대로 내가 이런 말을 하더라고 말씀을 해서는 아니 됩니다. 그리고 제갈양이 공연히 좋은 장수를 때렸다고 원망하더라고 말씀을 전해 주시오."

노숙은 공명을 작별한 후에 주유를 보러 들어갔다.

"오늘 왜 황개를 몹시 때리셨습니까?"

"왜, 모든 장수가 나를 원망합디까?"

"모두들 마음이 불안해하옵디다."

"제갈공명은 무어라 합디까?"

"그 사람도 도독이 너무나 박정하다고 원망을 하옵디다."

노숙의 말을 듣자 주유는 깔깔 웃었다.

"하하하. 이번에는 제갈양도 나한테 속아 넘어갔구면."

노숙이 정색하고 물었다.

"그게 무슨 말씀이오니까?"

"오늘 내가 황개를 때린 것은 계책이오. 나는 황개로 조조한테 사항詐降을 시킬 작정이오. 먼저 고육계를 써서 조조를 속인 후 화공火攻할 계획이오. 이리한다면 꼭 전쟁은 이기고 말리다."

노숙은 비로소 제갈공명의 높은 식견에 또 한 번 탄복했다. 그러나 주유한테는 감히 말을 할 수 없었다.

황개는 병상에 누워 아프게 앓고 있었다. 모든 장수들은 계속해서 문병을 왔다.

황개는 다만 길게 한숨을 쉴 뿐이었다.

홀연 참모 감택闞澤이 문병을 왔다.

감택이 좌우를 물리치고 황개한테 물었다.

"장군께서는 도독과 전에 혐의가 계셨습니까?"

"아니오."

황개가 대답했다.

"그렇다면 공이 오늘 매를 맞은 것은 고육계苦肉計가 아닙니까?"

감택이 물었다.

"어찌 아십니까?"

황개는 감택의 의향을 떠보았다.

"나는 주 도독의 거동을 보고 팔구분 짐작했소이다."

감택이 말했다.

"나는 오후吳侯의 삼대三代 후은厚恩을 입은 사람이외다. 이 은혜를 갚을 길이 없는 고로 이 계교를 도독한테 드려서 조조를 격파하려 하는 것입니다. 내 몸은 비록 괴로움을 당했으나 한이 없소이다. 그런데 두루 군중을 살펴보았으나 한 사람의 심복될 사람도 없습니다. 다만 감공은 본래부터 충의지심이 대단한 분이므로 실토를 해서 말씀하는 것입니다."

감택이 말했다.

"공이 나한테 털어놓고 말씀하시는 것은 나에게 거짓 항복하는 글을 조조한테 바치라는 것이 아닙니까?"

"사실은 그렇습니다. 선생께서 거짓 항복하는 글을 가지고 조조한테 전하는 일을 맡아 주신다면 고맙겠습니다."

"염려 마십시오. 제가 한번 해 보겠습니다."

감택은 흔연히 허락했다.

원래 감택의 자는 덕윤德潤인데 회계會稽 산음山陰 사람이었다.

집이 가난하나 학문하기를 좋아했다.

남의 책을 빌려 읽으면 한 번 보고 잊지 아니했다. 말재주가 있는데다가 담도 컸다. 손권이 불러서 참모의 직책을 주었고 황개와 가장 절친했다.

황개는 감택의 구변과 담력을 짐작하는 고로 거짓 항복하는 글을 가지고 가게 하자는 것이었다.

감택은 쾌하게 허락한 후에 말을 꺼냈다.

"대장부가 한번 세상에 태어났다가 공업을 세우지 못한다면 초목과 함께 썩어 버릴 것이 아닙니까? 공이 주인을 위하여 몸을 버리시는데 감택이 어찌 작은 생명을 아끼겠습니까?"

황개는 자리에 일어나 절하였다.

"고맙소이다. 일은 빨리하는 것이 좋습니다."

"지금이라도 곧 떠나겠습니다."

"그렇다면 곧 떠나시오. 항서는 이미 써 놓았소이다."

감택은 황개가 주는 항서를 받아 가지고 고기잡이 어옹의 모습으로 변장한 후에 일엽편주를 타고 북편 언덕을 향하여 저어 갔다.

이날 밤은 차고 별은 하늘에 가득 빛을 뿜었다.

감택은 삼경三更 때 조조의 수채 앞에 도착되었다. 순라 보던 군사는 감택을 잡아 논 후에 급히 조조한테 알렸다.

"그놈이 염탐하러 온 간첩이 아니냐?"

조조가 물었다.

"복색이 고기잡이 모습으로 차렸사온데, 제 말로는 동오 참모 감택이라 합니다. 급히 기밀을 알릴 일이 있어 뵈러 왔다 합니다."

"들어오라 일러라."

조조는 군사에게 영을 내렸다.

군사는 감택을 인도하여 들어왔다. 장상帳上에는 등촉이 휘황하게 밝았다.

조조는 의자에 높이 앉아 물었다.

"네가 동오 참모냐? 무슨 일로 이곳에 왔느냐?"

"사람들이 말하기를 조 승상은 어진 이 구하기를 마치 목마른 사람이 물을 구하듯 한다 하더니 이제 보니 헛말이로군. 황개의 생각이 틀렸다!"

감택은 큰소리로 혼잣말했다.

"나는 동오와 조석으로 전쟁을 하고 있는데 동오 참모인 네가 이곳에 왔으니 어찌 묻지 않겠는가?"

감택이 조조의 말에 대답했다.

"황개는 동오의 삼대 구신舊臣이올시다. 그런데 이번에 주유한테 무단히 매를 맞고 분함을 못 이겨 승상께 항복하여 원수를 갚으려 하는 것입니다. 감택은 황개와 정이 골육 같으므로 몰래 와서 밀서를 드리도록 한 것입니다. 승상께서 받아 주시겠습니까?"

"편지는 어디 있나?"

감택은 품을 헤쳐 밀서를 꺼내 바쳤다.

조조는 겉봉을 뜯어 등불 아래 읽어 보았다.

황개는 본시 손 씨의 후한 은혜를 입은 사람이니 당연히 두 마음을 가질 수 없는 사람이외다. 그러나 오늘날 사세로 논한다면 강동 여섯 고을의 군사를 가지고 중원의 백만 대병을 당해 낼 수 없는 일은 중과부적衆寡不適해서 세상이 다 짐작하는 일입니다. 동오의 장수나 아전이나 슬기로운 사람이나 어리석은 자나 모두 다 불가한 일을 아는 터인데 주유 젊은 애가 너무나 편벽되고 미련해서 생각 없이 스스로 제 재간만 믿고 닭의 알로 돌을 치는 어리석은 수작을 취할 뿐 아니라, 참람되어 권세로 사람을 늘러 죄 없는 사람에게 형벌을 주고 공 있는 사람에게 상을 주지 아니합니다. 황개는 동오의 옛 신하인데도 불구하고 무단히 여러 사람 앞에 매를 맞아 욕을 당했으니 분하기 그지없소이다. 엎드려 듣건대 승상께서는 성심으로 사람을 대접하시고 허심탄회하여 선비를 받아들인다는 소문이 높기에, 황개는 군사를 거느려 휘하로 돌아와 항복을 올린 후에 공을 세워 부끄러움을 씻으려 합니다. 그리하옵고 양초糧草와 거장車仗을 배편이 있는 대로 바치려 합니다. 피 눈물을 머금고 절하여 사룁니다. 의심치 마시기를 천만 번 바랍니다.

조조는 궤안几案 위에 편지를 펼쳐 놓고 10여 차나 뒤치며 읽다가 홀연히 책상을 주먹으로 치며 눈을 부릅떠 감택을 꾸짖었다.

"이놈, 고육계苦肉計를 써서 너를 시켜 거짓 항복하는 글을 올리게 한 후에 일을 꾸미려고 하는구나! 네 이놈, 네가 감히 와서 나를 희롱하느냐?"

조조는 불같이 노했다. 좌우를 돌아보며 영을 내렸다.

"저놈을 끌어내려 목을 베어라!"

좌우에 모시었던 무사들은 감택을 끌어내렸다.

감택은 얼굴빛을 고치지 아니하고 하늘을 우러러 껄껄 웃었다.

"하하하하하."

조조는 끌어내리는 군사들에게 감택의 몸을 돌리라 하고 다시 꾸짖었다.

"나는 벌써 너희 놈들의 간계를 다 알고 있는데 어찌해서 방자하게 웃느냐!"

감택은 정색하고 대답했다.

"나는 당신을 보고 웃은 것이 아니올시다. 황개의 사람 잘못 본 것을 웃은 것입니다."

"어찌 황개가 사람을 잘못 알아보았단 말이냐?"

"죽일 테면 어서 죽일 것이지 무슨 여러 잔소리가 이리 많소!"

감택은 골을 벌컥 냈다.

"나는 어려서부터 병서를 많이 읽어서 속이는 수를 잘 알고 있다. 네가 다른 사람은 속일는지 모른다마는 나를 어찌 속이겠느냐?"

조조의 말을 듣자 감택은 다시 화를 냈다.

"당신이 병서를 많이 읽었다 하니 병서에 어떤 일을 간계라고 했습니까?"

"내 깨우쳐 일러 주마. 그래야 네가 죽어도 한이 없을 게다. 너희들이 진정으로 항복한다면 어찌해서 아무 날 항복하러 오겠다고 약속을 하지 아니했느냐? 그래도 변명을 할 말이 있느냐?"

감택은 또 한 번 껄껄 웃고 큰소리로 말했다.

"빨리 군사를 거두어 돌아가라. 그렇지 않고 동오와 교전을 한다면 주유한테 사로잡히고 말 것이다. 네 어찌 두렵지 아니하냐. 그러고도 병서를 읽었다고 자랑을 하느냐. 참으로 무학지배無學之輩로구나. 아깝다, 내가 네 손에 죽는 것이……."

"네 어찌 감히 나보고 무학지배라 하느냐?"

"네가 기모機謀를 모르고 도리에 밝지 못하니 어찌 무학無學하다 아니하겠느냐?"

"내가 어떤 도리와 기모에 밝지 못했느냐. 말을 해 보아라."

"너는 어진 사람을 대접하는 예법을 모르는 사람이다. 내가 구구하게 말할 필요가 없다. 다만 죽음이 있을 뿐이다."

조조는 다시 말했다.

"네가 만약 조리 있게 말을 해 준다면 나는 자연히 너한테 경복敬服할 것이다."

"너는 '주인을 배반하고 도둑질을 할 때 기약을 전할 수 없다.' 하는 말을 못 들었느냐. 만약에 기일을 작정해 두었다가 급히 손을 대지 못했을 경우에 한편에서 약속대로 나섰다면 일은 반드시 새어 버리고 말 것이다. 다만 형편을 보아서 행할 일이지 어찌 가히 기약을 정해서 일을 꾀할 수 있느냐. 네가 이 이치도 모르면서 사람을 위력으로 죽이려 하니 과연 참 무학지배다."

감택은 두려움 없이 쾌쾌하게 말을 쏟아 놓았다.

감택의 쾌쾌한 말을 듣자 조조는 얼굴빛을 고치며 상에 내려 사과했다.

"내가 일을 잘 판단치 못하여 그릇 높으신 위엄을 범했으니 용서하시고 괘념치 말아 주시기를 바랍니다."

감택도 얼굴빛을 화하게 하여 대답했다.

"저는 황개와 함께 마음을 기울여 진심으로 항복하려 합니다. 마치 어린애가 부모를 바라보듯 찾아오는 길인데 어찌 협사가 있으리까."

조조는 감택의 말을 듣고 더욱 기뻤다.

"만약 두 분이 큰 공을 세워 준다면 반드시 벼슬을 여러 사람 위에 처하도록 하겠소이다."

감택이 말했다.

"우리들은 벼슬을 취하러 온 것이 아닙니다. 실상인즉 하늘 뜻과 사람의 마음을 순히 하여 승상을 바라고 온 것입니다."

조조는 더욱 기뻤다. 술을 내오라 하여 관대했다.

이때 한 사람이 장 안으로 들어와서 조조의 귀에다 대고 무슨 말인지 속삭였다.

"그렇다면 글을 가져오라."

조조가 그 사람을 향하여 말했다.

장 안으로 들어온 사람은 품 안에서 밀서 한 장을 바쳤다.

조조는 글을 펴 보자 얼굴에 현현히 기쁜 빛이 떠돌았다.

감택은 가만히 조조의 동정을 살피며 생각해 보았다.

'필시 채중, 채화가 황개의 형벌 받은 것을 보고 소식을 전한 모양이다. 이렇게 된다면 조조는 더한층 우리들의 항복하겠다는 일을 참말로 믿을 것이다.'

감택이 속셈으로 생각하고 있을 때 조조가 말을 꺼냈다.

"선생께 누를 끼쳐서 미안합니다마는 선생께서는 다시 강동으로 돌아가시어 황개를 만나 보시고 날짜를 정해서 소식을 통해 주신다면 나는 군사를 거느려 접응接應하겠소."

감택은 조조의 말을 듣고 고개를 가로흔들었다.

"저는 이미 강동을 떠난 몸이라 다시 돌아갈 수는 없습니다. 승상께서는 따로 비밀리에 사람을 보내 주시기 바랍니다."

"만약 다른 사람을 보낸다면 일이 누설될까 두렵습니다."

감택은 두 번 세 번 사양하다가 한참 만에 말했다.

"정 가라 하시면 갔다 오겠습니다. 간다면 빨리 가는 것이 좋겠습니다."

조조는 감택에게 황금과 비단을 내렸다.

감택은 사양하고 받지 아니했다. 조조를 작별하여 영문에서 나온 후에 다시 일엽편주를 타고 강동으로 돌아와 황개한테 조조 만난 일을 일장 설파했다.

황개는 수고했다고 감택을 위로하였다.

"당신의 능란한 말솜씨에 조조는 넘어가고 말았소이다. 당신이 아니었다면 황개는 부질없이 고생만 할 뻔했소이다."

감택은 황개한테 말했다.

"나는 감녕의 진으로 가서 채화, 채중의 소식을 탐지하겠소이다."

"잘 생각하셨소. 매우 좋소이다. 그리해 보시오."

황개는 즉시 찬성했다.

감택은 감녕의 진중으로 들어가 인사한 후에 위로하는 말을 보냈다.

"장군은 어제 황 장군을 구해 주려 하시다가 주공근한테 공연한 욕을 당했소이다. 내 마음이 심히 불편합니다."

감녕은 웃고 대답이 없었다. 감택은 벌써 감녕의 뜻을 알았다.

이야기를 주고받는 중에 채화와 채중이 들어왔다.

감택은 감녕을 향하여 눈짓을 했다.

감녕은 눈치를 채었다. 큰소리로 떠들어 댔다.

"주유는 다만 제 재주만 믿고 우리들은 생각해 주지 아니하니 기막힐 일이 아닌가. 그리고 나는 황개를 구하려다가 조인광좌 중에 욕을 당했으니 이런 부끄러울 데가 어디 있단 말인가!"

감녕은 말을 마치자 어금니를 갈아붙이고 주먹을 번쩍 들어 책상을 내리쳤다.

감택은 감녕의 귀에다 입을 대고 무어라 소곤소곤 속삭였다.

감녕은 일변 감택의 귓속말을 듣는 체하며 고개를 숙여 말없이 긴 탄식만 하였다.

채화와 채중은 감녕과 감택이 주유를 배반할 뜻이 있는 줄 눈치 챘다.

채화가 가만히 퉁겨 보았다.

"장군께서는 무슨 연고로 번뇌하시고, 선생께서는 무슨 불평이 계시오니까?"

감택이 대답했다.

"우리들 뱃속 일을 자네들이 어찌 알겠나."

채화가 방긋 웃고 말했다.

"두 분께서는 오吳를 배반하고 조曹한테로 몸을 의탁하시려는 것이 아닙니까?"

감택은 얼굴빛이 당황해지고 감녕은 칼을 빼어 들었다.

"우리들의 일이 이미 탄로 났으니 불가불 너를 죽여 입을 함봉시켜야겠다."

채화, 채중이 황망히 말했다.

"두 분께서는 근심을 마십시오. 저희들도 뱃속을 털어놓고 말하리다."

"빨리 말을 하라!"

"저희 두 사람은 조 승상의 명을 받들어 거짓 항복한 자입니다. 두 분께서 만약 조 승상한테로 귀순하실 생각이 계시다면 저희들이 인도해 드리겠습니다."

감녕이 무릎을 바싹 내밀고 물었다.

"자네들 말이 참말인가?"

"어찌 거짓말을 하겠습니까?"

두 사람은 일제히 대답했다.

감녕이 거짓 기쁜 빛을 얼굴에 가득히 띠었다.

"만약 그렇다면 이것은 하늘이 우리들에게 편을 주신 것이다."

두 채가가 말했다.

"황 장군께서 주 도독한테 욕 당하신 일을 저희들이 벌써 조 승상한테 알려 드렸습니다."

감택은 채가의 말을 받았다.

"나도 벌써 황 장군의 항복하는 밀서를 승상께 바치고 지금 감 장군을 찾아서 함께 항복하자고 약속을 하러 온 길일세."

감택의 말을 이어 감녕이 말했다.

"대장부가 이제 밝은 주인을 만났으니 마음을 기울여 항복하는 것이 당연하다!"

감녕은 말을 마치자 술을 내었다. 네 사람은 서로 심사를 토로하면서 술을 마시었다.

두 채 씨는 즉시 조조한테 보낼 밀서를 써서 감녕도 함께 내응內應이 되었다는 것을 고하고, 감택도 편지를 써서 황개가 곧 가려 했으나 비밀한 배편을 얻지 못해서 가지 못했으니 이다음에 푸른 기를 뱃머리에 꽂고 가는 배는 곧 황개의 배니 유의해 두라 했다.

한편 조조는 두 편에서 보낸 글월을 받고 심중에 의혹이 일어나 결정을 하지 못했다.

모든 모사들을 불렀다.

"강동의 감녕이 주유한테 욕을 당했다 하여 내응하기를 원하고 황개가 곤욕을 당한 후에 감택을 시켜서 항복하기를 청하는데, 다 함께 깊이 믿을 수가 없는 일이다. 누가 곧 주유의 진중으로 들어가서 허실을 탐해 가지고 올 수 있는가?"

장간蔣幹이 앞에 나와 말했다.

"제가 전번에 동오에 갔으나 성공을 못하고 돌아왔으니 부끄럽기 짝이 없습니다. 이제 원컨대 목숨을 내걸고 동오로 가서 허실을 탐지하여 아뢰겠습니다."

조조는 크게 기뻤다.

"그러면 곧 갔다 오라!"

장간은 일엽편주를 강상에 띄워 강남江南 수채水寨 앞에 당도하자 사람을 주유한테 보내서 장간의 온 뜻을 전했다.

주유는 장간이 다시 왔다는 말을 듣고 빙긋 웃고 혼잣말했다.

"이번에 내가 성공하는 것은 전혀 이 사람한테 달려 있다."

말을 마친 후에 곧 노숙을 불렀다.

"노 선생은 나를 위해 방사원龐士元을 청해서 여차여차하게 하라 하오."

노숙은 주유의 명을 받들어 나갔다.

원래 양양襄陽 방통龐統의 자는 사원士元이었다.

난리를 피하여 강동에 우거하고 있었는데 노숙이 주유한테 천거했다.

방통이 아직 주유를 찾아가지 아니해서 주유는 노숙을 시켜 어찌하면 조조를 깨치겠느냐 계획을 물었다.

방통은 가만히 노숙한테 일렀다.

"조조의 군사를 격파하려면 모름지기 화공火攻을 하는 수밖에 없소. 그러나 넓고 넓은 대강 위에 배 한 척에만 불을 붙이고 나머지 배가 흩어진다면 헛수고가 되고 말 테니 배와 배를 연결하는 연환계連環計를 써서 배들을 한곳에 집중시켜야만 비로소 성공을 할 것입니다."

방통은 이같이 계책을 노숙한테 일러 주었다.

노숙은 방통의 말을 주유에게 전하니 주유는 깊이 방통의 말에 감탄했던 것이다.

연환계

주유는 노숙을 방통한테 보낸 후에 장간을 불러들였다.

장간은 배에 내려 주유의 영채로 들어갔다.

주유는 얼굴에 노기를 띠어 말했다.

"자네는 너무나 나를 희롱해 속이네그려."

장간은 웃음을 지어 대답했다.

"나는 자네와 죽마고우가 아닌가. 특별히 와서 마음속 말을 털어놓으려 하는데 자네는 어찌해서 나보고 속였다 하는가?"

"자네는 조조의 심부름을 받고 나를 달래서 항복을 받으려 하지만 바다가 마르고 돌이 타서 부서지기 전에는 되지 않을 것일세. 전번에는 내가 자네와의 옛 교분을 생각해서 취하도록 자네와 술을 마시고 자네와 한 상에 자기까지 했더니, 자네는 도리어 내 비밀한 서류를 도둑질해 가지고 작별도 하지 아니하고 달아나서 조조한테 바쳐서 채모와 장윤을 죽이게 해서 나의 일을 방해하고 오늘 또 까닭 없이 왔으니, 필연코 다시 무슨 흉계를 꾸미는 것이 분명하니 당연히 일도양단一刀兩斷을 내려서 자네 목을 벨 것이나 옛정을 생각해서 잠간 목숨을 보전해 두는 것일세. 그리고 자네를 진중에 머물러 두었다가는 또다시 군기軍機를 누설시킬 염려가 있으니 자네는 이삼 일 동안 서산西山 암자庵子에 가서 있도록 하게. 조조를 격파한 후에 돌려보내 주기로 하겠네."

장간은 입을 벌려 변명하려 할 때, 주유는 장을 헤치고 뒤로 들어가 버렸다.

좌우의 군관들은 장간의 등을 밀었다. 진문 밖에서 말에 태워 서산 등 뒤 조그마한 암자에 내려놓고 두 사람 군인으로 파수를 지키게 했다.

장간은 마음이 초민하고 침식이 불안했다.

이날 밤에 별빛은 하늘에 찬란하고 서리는 땅 위에 차갑게 내렸다.

장간은 심사가 울적하여 뜰에 내려 거닐고 있을 때, 홀연 글 읽는 소리가 낭랑히 암자 뒤에서 들려왔다.

장간은 글 읽는 소리를 따라 산허리로 돌아가니 산 밑에 바위가 있고 바위 사이에 두어 간 초옥이 있는데 안에서 불빛이 새어 나왔다.

장간은 앞으로 나가 창틈으로 엿보니 한 사람이 벽상에 칼을 걸어 놓고 책상 앞에 단정히 앉아서 글을 읽고 있는데 바로 손오孫吳의 병서였다.

장간은 마음속으로 이인異人이라 생각했다.

문을 두드리니 글 읽던 사람이 나와 맞이하는데 의표가 속되지 아니했다.

장간은 슬며시 수작을 붙여 말했다.

"존함이 누구시기에 이곳에서 병서 공부를 하십니까?"

"네, 나는 방통龐統이라 합니다."

장간은 깜짝 놀랐다.

"그렇다면 자를 사원士元이라고 하시는 봉추鳳雛 선생이 아니십니까?"

"네, 그러하오이다. 남들이 부르기를 봉추라고 합니다."

방통이 대답했다.

장간은 기뻤다.

"오랫동안 높은 이름을 들어 선생을 숭배하고 있었습니다. 어찌해서 이런 벽지에 계십니까?"

방통은 길게 한숨을 짓고 대답했다.

"주유란 사람은 제 재주만 믿고 성정이 너무 경박해서 높은 선비를 용납할 줄 모릅니다. 그러므로 나는 세상 꼴이 보기 싫어서 이곳에 숨어 있습니다."

방통은 말을 마치자 장간을 향해 물었다.

"노형은 누구십니까?"

"나는 장간이라 합니다."

방통은 초암 속으로 장간을 청해 들였다.

두 사람은 흉금을 터놓고 말하기 시작했다.

"봉추 선생의 재분으로 어디로 간들 이롭지 못하시겠습니까? 만약 조승상한테로 가실 의향이 계시다면 제가 인도해 드리겠습니다."

"나는 벌써부터 강동을 떠나고 싶은 생각이 간절합니다. 노형께서 나를 이끌어 주실 의향이 계시다면 곧 떠났으면 좋겠소이다. 만약 더디면 주유한테 소문이 들어가서 해를 당하게 됩니다."

"곧 단행하십시다."

두 사람은 산에서 내려 강변에서 배를 탄 후에 나는 듯이 강북으로 향하여 노를 저어 조조의 수채에 당도했다.

장간이 지난 경과를 조조한테 보하니 조조는 봉추 선생이 왔다는 말을 듣고 친히 장 밖에 나가 방통을 맞아들였다.

방통이 장 안으로 따라 들어가 빈주의 예를 마치니 조조가 말을 꺼냈다.

"오랫동안 선생의 대명을 들어 항상 존경하던 터이더니 이제 돌보심을 받으니 감격한 마음 금할 길 없소이다. 좋은 가르침을 내려 주십시오."

방통이 대답했다.

"저는 본시부터 승상의 용병하시는 것이 법도 있다는 말씀을 들었습니다. 한번 군용軍容을 보여 주셨으면 합니다."

조조는 좌우에게 말을 가져오게 한 후에 방통을 청하여 함께 육지로 올라왔다.

방통은 조조와 함께 고삐를 나란히 하여 높은 곳에 올라 바라보았다.

"산을 의지하고 숲을 등져 진을 쳤습니다그려. 출입하는 데 문이 있고, 진퇴하는 데도 곡절이 있습니다. 비록 손빈, 오기가 부생한다 해도 진법이 이에서 더 나올 수 없겠습니다."

방통은 칭찬하기를 마지아니했다.

"선생께서는 너무 과찬하지 마십시오. 부족한 점이 있다면 좀 더 가르쳐 주십시오."

조조는 다시 방통을 수채로 인도했다. 방통이 바라보니 남으로 24좌二十四座의 수문을 벌여 놓았는데 전함으로 성곽을 이룩했고 가운데로는 작은 배가 출입해서 항구를 이루어 질서가 정제했다.

방통은 빙긋 웃으며 말했다.

"승상의 용병하시는 법이 이 같으니 과연 명불허전名不虛傳입니다."

방통은 말을 마치자 다시 손을 번쩍 들어 강남을 가리키며 말했다.

"주랑周郞, 주랑아, 얼마 아니 가서 너는 망하고야 말리라."

방통의 말을 듣는 조조는 마음속으로 크게 기뻤다.

집으로 돌아오자 장중으로 청해 들어서 술을 내어 함께 마시며 병법을 이야기했다.

방통은 고담웅변高談雄辯으로 대답이 물 흐르듯 했다. 조조는 깊이 그를 경복하면서 대접이 더욱 은근하였다.

방통은 술이 거나한 체하면서 조조한테 물었다.

"진중에 좋은 의원이 있습니까?"

"의원은 찾아 무엇 하시럽니까?"

조조가 물었다.

"물에 군사가 있으면 병이 많이 생깁니다. 양의良醫가 있어야 할 것입니다."

이때 조조의 군사들은 수토水土가 불복不服이 되어 구토를 하면서 병이 생겨 죽는 자가 많았다.

조조는 이것을 근심하고 있던 차에 방통의 말을 들으니 번쩍 귀가 뜨였다.

방통은 다시 말했다.

"승상의 수군을 교련하시는 법이 매우 묘합니다마는 다만 아까운 것은 완전하지 못한 것이 한스럽습니다."

"어찌 그렇습니까?"

조조는 방통의 앞으로 다가앉아 물었다.

"군사들이 병이 나도록 버려 두시니 어찌 완전하다 하겠습니까?"

"묘책이 있으면 좀 가르쳐 주시오."

"저한테 한 방책이 있는데 이 방법을 쓴다면 대소 수군이 아무런 병이 없이 안온하게 성공을 할 것입니다."

"속히 말씀을 해 주십시오."

"큰 강에서는 조수가 밀려들고 조수가 물러가 풍랑이 드센 중에 승상 께서 거느리신 북병北兵들은 물에 익숙하지 못하여 배가 요동될 때마다 뱃멀미가 나서 구토 병을 얻는 것입니다. 만약 크고 작은 전함들을 삼십 척, 오십 척씩 한데 연달아서 팔뚝 같은 무쇠 고리로 고리를 연하여 마주 붙들어 매서 요동이 되지 않게 한 후에 그 위에 크고 넓은 널빤지를 깔아 논다면 사람이 다니기도 편할 뿐 아니라 기막힌 천리마도 달릴 수 있습니

다. 이 배를 타고 강과 바다로 횡행한다면 풍랑도 두려울 것 없고 들고나
는 조수도 무서울 것이 없습니다."

조조는 손뼉을 치고 자리에 내려 치사하였다.

"선생의 좋은 꾀가 아니면 어찌 동오 손권을 격파하겠습니까? 고맙소
이다."

"어리석은 생각입니다마는 승상께서는 생각해서 처리하십시오."

조조는 곧 군중에 영을 내렸다.

"대장장이에게 사슬을 만들라 해서 곧 배를 연결시키라."

군사들은 배를 연결시켜 흔들리지 않게 한다는 말을 듣고 모두 다 손뼉
을 치며 기뻐했다.

방통은 다시 조조한테 말했다.

"제가 보기에는 강동의 여러 호걸들은 주유한테 원한을 품은 사람이
많소이다. 저는 세 치 혀를 놀려서 저 사람들이 승상께 찾아와 항복하도
록 만들겠습니다. 주유가 고립되어 뒤를 보아줄 사람이 없다면 반드시 승
상께 사로잡힐 것이고, 주유가 항복한다면 유비는 무용지물無用之物이 될
것입니다."

"선생께서 그같이 성공만 하신다면 나는 천자께 아뢰어 삼공三公을 봉
하도록 하겠소이다."

조조의 말에 방통은 의젓이 대답했다.

"저는 부귀영화를 취하려 하여 이같이 진언하는 것이 아닙니다. 저 불
쌍한 만백성들을 도탄 속에서 구해 주려 하는 것입니다. 승상께서 강을
건너시는 날 백성들을 살해하시어서는 아니 됩니다."

"나는 하늘을 대신해서 체천행도替天行道하는 사람인데 어찌 인민을 함
부로 살육하겠소."

"승상께서 함부로 사람을 상치 않겠다고 하시는 방문榜文을 써서 주신다면 종족들의 마음이 편안하겠습니다."

"선생의 가속들은 어디 있습니까?"

"강변에들 살고 있습니다. 만약에 승상이 내리시는 방문 한 장을 가지고 간다면 온 식구가 보존되겠습니다."

방통의 말을 듣는 조조는 마음이 헝그럽게 되었다.

조조는 시자를 불렀다.

"방 선생께 인민을 함부로 죽이지 않는다는 방문을 써 드러라."

시자는 방문을 쓰고 조조의 인을 찍어 방통한테 바쳤다.

방통은 자리에 일어나 하직을 고했다.

"빨리 진병을 하시어 출기불의로 주유를 격파하십시오."

조조는 방통의 말이 옳다고 생각했다.

방통은 조조를 작별한 후에 강변으로 나가 배를 타려 할 때 홀연 한 사람이 언덕 위에 서서 도포 입고 대관(竹冠) 쓰고 방통을 불렀다.

"네가 너무나 대담하구나. 황개는 고육계苦肉計를 쓰고 감택은 거짓 항복하는 글을 바치고 너는 또 연환계連環計를 꾸미니 너희들의 독한 수단은 과연 무섭구나. 네가 조조는 속일지언정 모름지기 나는 속이지 못하리라."

방통은 깜짝 놀라 정신이 아찔했다. 급히 고개를 돌려 바라보니 다른 사람이 아니라 바로 옛 친구 서서徐庶였다.

방통은 서서인 것을 알자 비로소 마음이 가라앉았다.

앞뒤를 살펴보니 아무도 없었다.

"원직元直이, 자네가 만약 내 계교를 탄로시킨다면 강남 팔십일 주 백성들의 목숨이 아깝구나."

서서가 웃으며 대답했다.

"이편의 팔십삼만 인마人馬의 성명性命은 어찌할꼬?"

방통은 얼굴빛을 바로 하여 말했다.

"원직이, 자네가 진정으로 내 계책을 탄로시킬 작정인가?"

서서가 대답했다.

"나는 유 황숙의 후은에 감복해서 한시라도 그분을 잊어 본 적이 없네. 조조는 내 노모를 죽인 것이나 매일반일세. 나는 몸이 마치도록 조조를 위하여 한 가지 계책도 말해 주지 않기로 결심한 사람일세. 자네 계책을 탄로시킬 리가 있겠나? 나는 하는 수 없이 아직 조조한테 잡혀 있네마는 조조가 결딴이 나면 옥석을 분간하기 어려울 것일세. 자네는 나를 위하여 탈신脫身할 계책을 가르쳐 주게. 그리하면 나는 입을 봉하고 멀리 피하겠네."

서서의 말을 듣는 방통은 빙그레 웃으며 대답했다.

"자네같이 높은 식견이 있는 사람이 그것쯤 몰라서 나한테 묻나? 딴소리하지 말게."

"진정일세. 좋은 수가 있거든 좀 가르쳐 주게."

방통은 서서의 귀에 입을 대고 두어 마디 했다.

서서는 얼굴에 희색을 띠고 방통을 작별해 보냈다.

이날 밤에 서서는 심복 몇 사람을 시켜서 가만히 진중으로 다니면서 유언비어를 퍼뜨리게 했다.

다음 날 부대마다 군사들은 삼삼오오 모여 서서 무슨 소린지 귀에다 입을 대고 수군거렸다.

정보를 맡은 군사는 나는 듯이 조조한테 보했다.

"서량주西涼州의 한수韓遂와 마등馬騰이 반란군을 거느리고 허도로 물밀 듯 쳐들어온다 합니다."

조조는 깜짝 놀랐다.

급히 모사들을 청하여 의논하였다.

"내가 군사를 거느려 남으로 왔으나 심중에 근심하는 것은 한수와 마등인데 군중에 그들이 모반해서 쳐들어온다는 유언비어가 떠돈다 하니 허실은 아직 판단하기 어려우나 불가불 방비는 하지 아니할 수 없다. 어찌하면 좋을꼬?"

좌중에 앉아 있던 서서가 일어나 대답했다.

"저는 승상께서 후한 은혜로 거두어 주셨으나 아직도 촌공寸功을 세우지 못하여 미안하기 짝이 없습니다. 원컨대 삼천 명의 병마를 주신다면 밤을 도와 산관散關으로 가서 길목을 지키겠습니다. 그리하여 긴급한 일이 있으면 다시 와서 보고를 드리겠습니다."

조조는 기뻤다.

"만약 원직이가 가기만 한다면 나는 근심이 없겠소. 산관에도 약간의 군사가 있으니 원직은 산관에 있는 군사까지 통솔해 주오."

조조는 말을 마치자 곧 영을 내려 서서에게 3천 보병을 내어 주게 하고 장패藏覇로 선봉을 삼아 주야배도하여 나가게 했다.

서서는 장패와 함께 산관으로 향하고 나가니 이것은 방통이 서서를 구해 주려는 계교였다.

조조의 멋진 횡삭부시

조조는 서서徐庶를 산관으로 보낸 후에 마음이 약간 안정되었다.

곧 말을 달려 강가에 연해 있는 육지 군사를 사열한 후에 수채水寨를 살피려 하여 큰 배 한 척에 올랐다.

조조가 탄 큰 배에는 중앙에 대장의 수帥자 기를 높이 달아 바람에 펄펄 날리고, 좌우편에는 쇠뇌 천들을 벌여 매복시켰다.

때는 건안 12년 동짓달 보름날이었다. 하늘은 맑고 바람은 자서 물결조차 일지 아니했다.

조조는 큰 배에 모든 장수들을 오르게 한 후에 풍악을 벌이고 술을 걸러 연회를 차렸다.

"오늘 저녁엔 모든 장수와 함께 통쾌하게 마시리라."

이때 날은 저물고 동산東山엔 달이 휘영청 솟아올랐다. 마치 대낮같이 밝았다. 가로놓인 장강長江 일대에 흡사 만 필 흰 비단을 펼쳐 놓은 듯했다.

조조가 앉아 있는 좌우편에는 문무백관들이 금포수의錦袍繡衣로 창을 잡고 칼을 들어 모시어 섰다.

조조는 마음이 흥락했다. 멀리 사면을 바라보니 이름 높은 남병산南屛山은 달빛에 어리어 그림 같은데, 동에는 시상柴桑 땅이 눈 안으로 기어들고 서에는 하구夏口가 멀리 보이고 남에는 번산樊山이 솟아 있고, 북에는 오림烏林이 보여서 사방이 넓고 탁 터져 있었다.

조조는 기쁨을 이길 수 없었다. 모든 관원을 돌아보며 말했다.

"내가 의로운 군사를 일으킨 이후 나라를 위하여 흉한 놈을 없이하고 해로운 자를 무찔러서 스스로 맹세하기를 사해四海를 맑게 하고 천하를 평정하리라 하였는데, 아직도 강남을 얻지 못하였다. 나는 이제 백만 대병을 거느려 여러 장수의 힘을 빌리려 한다. 어찌 성공하지 아니하랴. 강남을 수복한 후엔 천하가 무사할 것이다. 제공과 함께 부귀영화를 누려서 태평세월을 즐기리라."

조조의 말을 듣는 문무백관은 일제히 대답했다.

"저희들은 한시바삐 개선가를 높이 불러서 승상의 크신 은덕과 함께 복력 밑에 살기 소원이올시다."

조조는 더욱 흥락했다.

시자에게 명하여 술을 돌리게 했다.

술잔은 돌려지고 마음은 흥겨웠다. 밤은 이슥하고 술기운은 거나했다.

조조는 손을 들어 남편 언덕을 가리키며 말했다.

"주유와 노숙이란 놈이 천시天時를 모르는구나. 저 자들의 심복이 나한테 항복하겠다 자청해서 소원하니 이것은 하늘이 나를 도와주는 것이다."

순유가 앞에 있다가 말했다.

"승상께서는 함부로 말씀을 마십시오. 누설이 될까 두렵습니다."

조조는 깔깔 웃었다.

"좌상座上에 있는 여러분과 좌우 시자들은 모두 다 내 심복인데 말을 한들 어떻겠소."

조조는 말을 마치자 다시 손을 들어 하구夏口를 가리키며 말했다

"유비와 제갈양아, 개미 새끼 같은 너희 힘을 생각지 아니하고 태산덩이를 흔들어 보려 하니 생각이 어찌 그리 미련하냐?"

조조는 다시 모든 장수를 돌아보며 말을 계속하였다.

"내 나이 이제 오십사 세다. 만약에 강남을 얻는다면 은근히 기쁜 일이 하나 있다. 옛날 나는 교공喬公과 지극한 친분이 있는 터였다. 그의 두 딸은 기막힌 국색國色들인데 뜻밖에 손책과 주유의 아내가 되어 버렸다. 나는 이번에 새로 동작대銅雀臺를 장수漳水가에 지었으니, 만약 강남만 얻는다면 두 교喬 씨氏를 동작대 상에 두어 늘그막에 즐거움을 취할 테다. 얼마나 행복스러운 일이랴. 내 원이 풀리는 것이다. 하하하, 하하."

조조는 자지러지게 깔깔 웃어 댔다. 홀연 까마귀 한 마리가 훤한 달빛을 바라보고 까옥까옥 울면서 남편 하늘을 향하여 날아갔다.

조조는 여러 사람에게 물었다.

"저 까마귀가 어찌해서 밤에 우느냐?"

"달빛이 하도 밝으니 새벽이 된 줄 알고 까마귀가 나무에서 내려 울고 가나 봅니다."

조조는 무엇이 기쁜지 또다시 깔깔 웃었다.

조조는 취했다. 삭槊²⁾을 번쩍 들어 뱃머리에 세우고 술을 강중江中에 끼얹어 전奠 드린 후에 다시 큰 잔에 술을 가득 부어 연거푸 석 잔을 마신 후에 큰 창을 가로잡고 모든 장수한테 말했다.

"내가 이 삭槊을 손에 잡아 황건적을 깨치고 여포를 사로잡고 원술을 멸하고 원소를 패배시키고 깊이 새북塞北까지 들어가고 요동遼東까지 달려서 종횡縱橫 천하天下 하여 제법 대장부의 뜻을 펴 본 셈이다. 이제 다시 남으로 내려와 동오東吳를 멸하려 하면서 장강의 아름다운 경치를 바라보니, 자못 강개慷慨한 마음을 금할 수 없다. 내가 노래를 지어 읊을 테니 너

---

2)삭 : 크고 긴 창. 장팔창丈八槍, 모장矛長, 장팔丈八, 위지삭謂之槊(위서魏書).

희들도 따라 화하라."

對酒當歌　人生幾何
譬若朝露　去日苦多
慨當以慷　憂思難忘
何以解憂　惟有杜康³⁾
靑靑子衿　悠悠我心
幼幼鹿鳴　食野之苹
我有嘉賓　鼓瑟吹笙
皎皎如月　何時可輟
憂從中來　不可斷絶
越陌度阡　枉用相存
契闊談讌　心念舊恩
月明星稀　烏鵲南飛
遶樹三匝　無枝可依
山不厭高　水不厭深
周公吐哺　天下歸心

술 대해 노래나 하세
인생이 덧없구나.
비유하면 아침 이슬
지난날이 괴로워라.

────────

3) 두강: 주周시대時代의 술을 잘 만들던 사람. 위魏 무제武帝 시詩에 '何以解憂, 惟有杜康'이란 구절이
있다. 이로 인하여 두강杜康은 술의 대명사代名詞가 됨.

슬프고 처량하다.
시름하여 못 잊겠다.
무엇으로 시름 풀랴.
다만 이것 술이로다.
칭칭한 자네 옷깃
길고 긴 내 마음.
화하에 우는 사슴
들풀을 먹는구나.
아름다운 손님 왔네.
풍악으로 맞이한다.
교교한 밝은 달은
어느 땐들 안 비추랴.
마음속 오는 설움
끊으려니 아니 되네.
천만 리 헤어지나
마음만은 서로 있다.
오랜만에 잔치하며
옛 은정을 생각한다.
달은 밝고 별 드문데
까마귀 남으로 나네.
나무를 세 번 둘러 돌아보니,
의지할 가지 없다.
청산은 높을수록
높은 것을 싫다 않고,

옥수는 깊을수록

깊은 것을 싫다 않네.

주공은 어진 말 들으려

밥 먹다 세 번이나 일어났네.

이리하여 천하 인심

그한테로 돌아갔네.

조조가 즉흥 노래를 부르니 모든 장수들은 뒤를 따라 화답했다.

홀연 좌중에 한 사람이 나와 말했다.

"큰 군사가 전쟁을 하려 하여 서로 대치되어 있고 장수들은 영을 받들어 적을 공격하려는 이때, 승상께서는 어찌해서 불길한 노래를 부르십니까?"

조조가 보니 양주 자사 패국상인沛國相人 유복劉馥이었다.

합비合淝에서부터 난리 통에 도망가는 백성들을 모아서 학교를 세우고 둔전屯田을 마련해서 사람들을 교육시키면서 오랫동안 조조를 섬겨 온 사람이었다.

조조는 삭槊을 비껴들고 물었다.

"내가 무슨 불길한 노래를 불렀느냐?"

"월명성희月明星稀에 오작남비烏鵲南飛라, 요수삼잡遶樹三匝에 무지가의無枝可衣란 노래가 불길한 노래가 아니고 무엇입니까?"

조조는 발끈 노했다.

"네 어찌 감히 나의 흥을 깨뜨리느냐!"

손에 비껴든 삭을 번쩍 들어 단번에 유복을 찔러 죽였다.

모든 사람들은 깜짝 놀라 달아났다.

잔치는 뒤죽박죽이 되어 버렸다.

다음 날 조조는 술이 깨서 유복 죽인 것을 알았다. 후회하나 소용이 없었다.

유복의 아들 유희劉熙는 아버지의 시체를 모시고 고향으로 돌아가 장사지낼 것을 청했다.

조조는 울면서 말했다.

"내가 어제 취해서 잘못 너의 아버지를 죽였다. 뉘우친들 소용이 없구나! 삼공三公의 대우를 하여 후하게 장사 지내게 하라."

조조는 의장병을 주어 영구를 호위하여 고향으로 돌아가 장사 지내게 했다.

다음 날이 되었다.

수군 도독 모개毛玠와 우금于禁은 조조에게 고했다.

"대소 선박을 전부 고리를 연하여 배치했고 전구戰具와 기치를 일제히 정비해 놓았습니다. 승상께서는 곧 진군을 하도록 명령을 내려 주십시오."

피를 토하는 주유

조조는 곧 강상으로 나가 중앙 큰 배에 좌정하여 모든 장수들을 불러 영을 내렸다.

"수군 중앙에는 황기黃旗를 달아 모개와 우금이 거느리고 전군前軍은 홍기紅旗를 달아서 장합이 거느리고 후군後軍은 검은 기를 달아 여건이 인솔하고 좌군左軍은 푸른 기를 달아 문빙이 거느리고 우군은 흰 기를 달아 여통이 지휘하라. 마병, 보병의 전군은 홍기를 달아 서황이 거느리고 후군은 검은 기를 달아 이전이 지휘하고 좌군은 청기를 달아 악진이 거느리고 우군은 백기를 달아 하후연이 인솔하라. 수륙로水陸路 도접응사都接應使는 하우돈과 조홍이 되고 호위護衛 왕래감전사往來監戰使는 허저, 장요로 임명한다. 그 밖의 남은 장수들은 각각 자기 대오에 소속케 하라."

조조의 명령이 끝나니 수채에서는 큰 북소리가 세 번 울리고 각 대오에서는 배들이 정제하게 움직였다.

이날 강에는 서북풍이 맹렬히 불었다. 전함들은 돛을 높이 올리고 물결을 박차 나갔다. 모두 다 50척, 30척씩 고리와 사슬을 연달아 매고 배 위엔 널빤지를 깔아 놓으니 아무리 물결이 드세나 평온하기 평지와 같았다.

조조의 군사들은 선상에서 뛰달리며 용맹을 뽐내 보았다. 창으로 찌르고 칼을 들어 춤을 추었다. 앞과 뒤와 좌우에 벌여 있는 배들은 질서가 정연하고 작은 배 50여 척은 물결을 박차고 민첩하게 달리며, 모든 전함을 독려하며 경호했다.

　조조는 장대將臺 위에 높이 올라 수군들의 조련調練하는 모습을 바라보면서 마음속으로 크게 기뻐했다.

　이번 싸움은 꼭 이길 것이라 생각했다.

　조조는 장대 위에 높이 서서 사열을 끝낸 후에 돛을 거두어 각기 자기 수채로 돌아가라 전령을 내리고 모사들을 불렀다.

　"만약 하늘이 나를 도와주신 것이 아니라면 어찌 봉추鳳雛의 묘한 계교를 얻을 수 있나! 철색鐵索으로 배를 연결시켜 놓고 보니 과연 강을 건너기 평지 같구나."

　이때 조조의 모사 정욱이 나와 말했다.

　"배를 모두 연결해 놓고 보니 과연 평안하기는 합니다마는 저편에서 만약 화공火攻을 한다면 회피하기 어렵겠습니다. 불가불 미리 방비할 것을 생각해 두어야 할 것입니다."

　정욱의 말을 듣는 조조는 깔깔 웃었다.

　"정 선생의 생각이 비록 주도하오마는 도리어 생각이 못 미친 데가 있소이다."

　옆에서 듣고 있던 순유가 말참견을 했다.

　"정 선생의 말이 옳은 말인데 승상께서는 어찌해서 웃으십니까?"

　조조가 대답했다.

　"무릇 화공법을 쓰려면 풍세風勢를 빌어야만 하는 것인데 지금은 융동隆冬의 계절이요, 서풍과 북풍은 불어도 동풍과 남풍은 불 수가 없소. 뿐만 아니라 우리는 서북편에 있고 저 사람들은 군사가 모두 남편 언덕에 있으니 제가 만약 화공법을 쓴다면 이것은 자기가 자기를 불살라서 자멸하는 방법이 되오. 그러니 무엇이 두렵겠소. 만약 지금이 시월 소춘小春

때만 됐다 해도 나는 방비를 차렸겠소."

모든 장수들은 조조의 말을 듣고 모두 다 감탄하여,

"옳습니다."

하고 엎드려 절하였다.

조조는 감탄하여 절하는 장수들을 바라보며, 또 한 번 큰소리를 했다.

"청주와 서주와 연燕, 대代의 군사들은 배 타는 데 익숙하지 못하다. 이 계교가 아니었던들 어찌 능히 이 험난한 강을 건너겠느냐?"

조조의 말이 채 떨어지기 전에 반열에서 두 장수가 몸을 뛰쳐나와 말했다.

"소장들은 비록 유주와 연燕 땅의 사람이라 하나 배를 잘 탈 줄 압니다. 원컨대 순선巡船 이십 척만 빌려 주신다면 곧 북강구北江口로 나가서 기와 북을 앗아 가지고 돌아와서 북군도 배 잘 탈 줄 아는 것을 보여 드리겠습니다."

조조가 보니 원소의 수하 구장 초촉焦觸과 장남張南이었다.

조조가 말했다.

"너희들은 모두 다 북방 생장이다. 남방의 군사들처럼 수상에서 자주 왕래하여 배 타는 데 익숙하지 못할 것이다. 너희들은 공연히 목숨을 가볍게 해서는 아니 된다."

초촉, 장남은 일제히 큰소리로 응답했다.

"만약 이기지 못한다면 달게 군법을 받겠습니다."

조조가 말했다.

"전선戰船은 모두 다 연결시켜 놓았고 다만 작은 배만 있는데 배마다 이십 인을 용납할 만하니 암만해도 접전하기에 미편하리라."

"만약에 큰 배를 쓴다면 무엇이 기이하다 하겠습니까. 작은 배 이십 척만 주신다면 장남과 함께 반씩 거느리고 곧 강남으로 가서 기를 뺏고 장수의 목을 베어 가지고 돌아오겠습니다."

"내가 너한테 작은 배 이십 척과 장창長槍 경노硬弩를 가진 정예한 군사 오백 명을 내주리라. 그리고 내일 날이 밝으면 큰 배를 강상에 띄워서 멀리 호응하는 형세를 보이게 하고 다시 문빙文聘으로 삼십 척 순선巡船을 거느려 너희들의 돌아오는 길을 접응케 하리라."

조조의 허락하는 말을 듣자 초촉과 장남은 기뻐서 물러갔다.

다음 날이 되었다. 군사들은 사경四更 때 밥 지어먹고 오경五更에 결속을 했다. 수채水寨에서는 북이 울리고 제금 소리 요란하게 일어나면서 초촉, 장남의 이십 척 배가 일제히 움직이니 장강 일대는 붉고 푸른 기를 단 배가 눈이 부시게 어우러져 나갔다.

한편 손권의 수채 강남에서는 연일 소리가 요란하게 일어나는 것을 듣고 조조의 군사들이 조련하는 것으로 알았다.

주유는 산상에 급히 올라 바라보니 조조의 군사는 벌써 조련을 마치고 군사를 거두었다.

다음 날 또다시 북소리가 천지를 진동했다. 탐보하는 군사가 급히 산에 올라 바라보니 작은 배 수십 척이 물결을 박차고 강남으로 향하여 쳐들어오는 것이었다.

탐보 군사는 나는 듯이 주유한테 알렸다.

주유는 모든 장수들을 돌아보았다.

"누가 능히 나가서 적의 배를 무찔러 버리겠느냐?"

한당, 주태 두 사람이 일제히 나와 고했다.

"저희들이 나가서 잠시 선봉이 되어 적의 배를 무찌르겠습니다."

주유는 한당과 주태가 자원 출전하겠다는 말을 듣고 기쁨을 금할 수 없었다. 곧 두 장수에게 출전을 허락하고 각 진에 영을 내려 엄하게 지키고 가볍게 움직이지 말라 했다.

한편 한당, 주태는 각각 초선哨船 다섯 척씩을 거느리고 좌우편으로 갈라 배를 저어 나갔다.

이때 초촉과 장남은 자기들의 용맹을 믿고 노를 빨리 저어 짓쳐들어 왔다.

한당은 엄심갑掩心甲 입고 손에 긴 창 들고 우뚝 뱃머리에 서서 나갔다.

초촉의 배는 한당의 배와 마주 섰다.

초촉이 급히 군사한테 영을 내렸다.

"적의 배를 향하여 활을 쏘아라!"

초촉의 군사들은 일제히 한당의 배로 화살을 쏘아 보냈다.

살은 어지럽게 쏟아졌다.

한당은 군사들에게 명하여 뱃머리에 큰 방패를 세우게 했다.

초촉은 장창을 비껴들어 한당을 찌르려 했다.

한당은 성이 불같이 일어났다. 번쩍 창을 들어 초촉의 명치를 찔렀다.

초촉은 외마디소리를 치며 배 위로 쓰러졌다.

장남은 초촉이 쓰러지는 것을 보자 큰소리로 외치며 배를 저어 쫓아 들었다.

주태의 배가 노를 빨리 저어 장남의 배를 가로막았다.

장남이 창을 잡고 뱃머리에 서니 양편의 화살은 어지럽게 날았다.

주태는 한 손으로 배 앞에 막아 논 방패를 끌어 제치고 한 손으로 칼을 뽑아 들었다.

이때 두 배의 거리는 7~8척가량 떨어져 있었다.

주태는 몸을 날려 장남의 배로 뛰어들었다.

번쩍 칼을 들어 장남을 찔러 물속으로 떠밀어 떨어뜨려 버리고 조조의 20척 작은 배를 돌격해 나가니, 장수를 잃은 조조의 배는 물결을 박차 산지사방 흩어져 달아났다.

한당, 주태는 계속해서 적의 배를 쫓아 나갔다. 문빙의 30척 배와 서로 만나 또 한바탕 화살이 날고 창이 부딪쳤다.

한편 주유는 모든 장수와 함께 산에 올라 멀리 강북江北 수면을 바라보았다. 몽동艨艟 전선戰船이 강 위에 벌여 있고 기치旗幟와 호대號帶가 모두 차서가 있었다.

고개를 들어보니 한당, 주태가 문빙의 배와 어지럽게 싸우는 중에 문빙이 당해 낼 수 없어 급히 뱃머리를 돌려 달아나는 모양이 보였다.

그러나 한당, 주태는 계속해서 달아나는 문빙의 배를 쫓았다.

주유는 두 장수가 적의 진터로 깊이 들어가면 큰일이라 생각했다.

주유는 친히 흰 기를 두르고 군사들에게 쟁을 쳐 추격하는 군사를 불렀다.

한당, 주태는 자기편 군호를 듣자 문빙 쫓던 것을 중지하고 배를 돌려 돌아왔다.

주유는 계속하여 조조의 수채를 바라보며 장수들에게 말했다.

"조조의 강북 전선戰船이 마치 갈대가 들어선 듯 저같이 주밀한 중에 그의 막하는 슬기로운 모사들이 많으니 무슨 계교로 조조를 격파하겠소?"

모든 장수들이 미처 대답을 못했을 때, 홀연 조조의 수채에 큰 바람이 일어나면서 중앙의 황기가 우지끈 부러지면서 깃발은 펄펄 날려 강중으로 떨어졌다.

주유는 이 모양을 바라보고 소리를 높여 깔깔 웃었다.

"하하하, 이것은 조조한테 해로운 상서롭지 못한 조짐이다! 하하하."

한참 주유는 자지러지게 웃을 때 홀연 일진광풍은 또다시 강 속에 일어나면서 산더미 같은 파도가 허옇게 부서지며 주유가 서 있는 강가의 붉은 석벽을 박차는 찰나 주유 앞에 세워 논 장수기가 바람에 쓸려 쓰러지면서 깃발은 강하게 주유의 뺨을 갈겼다.

주유는 번개같이 무슨 생각이 번쩍 나면서,

"어허!"

큰소리로 외마디를 치자 그대로 쓰러져 피를 토했다.

모든 장수들은 뜻밖의 일을 당했다. 급히 구하여 일으켰으나 인사불성이었다.

좌우는 주유를 떠메어 진터로 돌아와 장중帳中에 뉜 후에 한편으로 오후 손권한테 보하고, 한편으로 명의를 청하여 치료했다.

진중에 있던 모든 장수들은 깜짝 놀라 주유의 동정을 물은 후에 서로 돌아보며 탄식했다.

"강북의 백만 대병은 범같이 우리를 노리고 고래처럼 삼키려 하는데 뜻밖에 도독께서 이렇듯 병이 들었으니 만약에 조조의 군사가 일시에 쳐들어온다면 장차 어찌한단 말인가?"

모두들 괴탄만 하고 있었다.

노숙도 주유의 급한 병이 든 소식을 듣고 주유를 찾았다. 주유의 병세는 용이치 아니했다. 마음이 답답하고 근심스러웠다.

공명을 찾아보고 주유의 졸병 든 일을 말했다. 공명은 노숙을 향하여 물었다.

"공의 생각엔 어떠하시오?"

"주 도독이 급한 병이 난 것은 인력으로 어찌하는 도리가 없습니다. 이것은 조조 복이고 강동의 화라고 생각합니다."

공명은 미소 지으며 말했다.

"주공근의 병은 내가 고칠 수 있소이다."

노숙의 얼굴에는 반가운 빛이 떠돌았다.

"만일 공명께서 주 도독의 병을 고쳐 주신다면 이것은 국가의 만행이올시다."

노숙은 말을 마치자 곧 공명을 청하여 함께 주유의 장중으로 들어갔다.

노숙이 먼저 침실로 들어가 보니 주유는 이불을 뒤집어쓰고 누웠다. 노숙이 나직이 주유의 곁에 가서 물었다.

"그동안 병세가 좀 어떠하십니까?"

주유는 조금 정신이 드는 것 같았다.

"심복이 쥐어짜지는 듯 아프고 때때로 정신이 혼미합니다."

공명은 칠성단에서 동남풍을 빌다

노숙은 다시 주유한테 물었다.

"그동안 무슨 약을 잡수셨습니까?"

"구역嘔逆이 나서 약만 먹으면 토해 버립니다. 그러니 약도 먹을 수 없습니다."

"마침 공명을 찾아보고 도독의 병환 나신 말씀을 했더니 공명의 말이 자기가 능히 도독의 병환을 고칠 수 있다 합니다. 함께 왔으니 한번 만나보시는 것이 어떠하겠습니까?"

"만나 보겠소이다."

노숙은 밖으로 나가 공명을 청해 들였다.

좌우는 주유를 부축하여 상 위에 일으켜 앉혔다.

"그동안 만나 뵙지 못했더니, 누가 오늘 도독께서 병환이 드실 줄 알았으리까?"

주유는 한숨을 짓고 대답했다.

"사람은 아침저녁 사이에 회복이 있다 하더니 암만해도 생명을 보전치 못할 것 같소이다."

기운 없이 말하는 주유의 말을 듣자 공명은 미소를 지어 대답했다.

"하늘에도 헤아리지 못할 풍운風雲이 이는 법이니 사람이 어찌 자신의 일을 미리 알겠습니까?"

주유는 공명의 말을 듣자 얼굴빛이 노랗게 변하면서 신음하는 소리를 지었다.

공명은 주유의 얼굴빛을 살피며 나직이 물었다.

"도독의 가슴속이 답답하지 않습니까?"

"그렇소이다. 몹시 답답합니다."

"서늘한 약을 써서 풀어야 할 것입니다."

"서늘한 약도 많이 썼습니다마는 전연 효험이 없소이다."

주유는 기운 없이 대답했다.

"먼저 기운이 내리도록 하십시오. 기운만 순하다면 호흡하는 사이에 답답증은 저절로 가라앉을 것입니다."

주유는 영리한 사람이었다. 공명의 말뜻을 벌써 알아차렸다. 공명의 뜻을 더듬어 보았다.

"기운을 순히 하자면 무슨 약을 쓰면 좋으리까?"

공명은 빙긋 웃으며 대답했다.

"내가 화제를 써서 도독의 순기할 방법을 가르쳐 드리겠습니다."

"선생께서는 빨리 가르쳐 주십시오."

"벼루와 붓과 종이를 좀 주셔야겠습니다."

주유는 연상을 내게 하고 좌우를 물리쳤다.

공명은 연상을 당기어 밀서를 썼다.

欲破曹操宣用火攻

萬事俱備只缺東風

조조를 깨치려면 화공을 해야 한다.

만사는 구비했으나 동풍이 없구나.

공명은 쓰기를 다하자 주유한테 내주었다.

"이것이 도독의 병원病源입니다."

주유는 공명의 글을 보고 깜짝 놀랐다.

마음속으로,

'공명은 참 신인神人이다. 벌써 내 심사를 짐작하고 이같이 글을 썼구나! 불가불 이실직고하는 수밖에 도리가 없다.'

탄복하기를 마지아니했다.

주유는 미소를 지어 물었다.

"선생께서는 이미 내 병의 근원을 아셨습니다. 무슨 약을 써서 다스리이까? 일이 위급합니다. 곧 가르쳐 주십시오."

공명이 대답했다.

"제갈양이 비록 재주는 없으나 일찍 이인異人을 만나서 기문둔갑천서奇門遁甲天書를 전수해 받아서 호풍환우呼風喚雨를 할 줄 압니다. 도독께서 만약 동남풍이 필요하시다면 남병산南屏山 아래 대臺를 모아 칠성단을 만드는데, 높이는 아홉 자에 삼 층으로 이룩하여 백이십 명의 손에 기를 잡고 둘러서면, 양은 단에 올라 법문을 외어 삼일三日 삼야三夜의 동남풍을 빌겠습니다. 도독의 생각은 어떠하시오?"

"사흘 낮 사흘 밤은커녕 단지 하룻밤의 동남풍을 빈다 해도 대사는 이루어지겠습니다. 일이 목전에 급하니 조금이라도 지체할 수 없습니다."

"십일 월 이십 일 갑자 일 갑자 시에 동남풍을 빌어서 이십이 일 병인일에 바람이 멎도록 하면 어떠하겠습니까?"

주유는 공명의 말을 듣자 별안간 정신이 쇄락하고 가슴이 시원했다. 벌떡 자리에서 일어났다.

문득 진중에 전령을 내렸다.

"오백 명 날랜 군사를 뽑아서 남병산에 단을 모으고, 백이십 명 군사는 기를 들고 단을 지켜 영을 기다리라."

5백 명 군사들은 일제히 남병산으로 향했다.

공명은 주유를 작별한 후에 노숙과 함께 말을 달려 남병산에 올라 지세를 살핀 후에 군사를 지휘하여 동남방의 붉은 진흙을 취하여 단을 쌓기 시작하니 방원方圓이 24장二十四丈이었다.

한 층마다 높이는 3척尺이요, 3층으로 쌓아 올리니 도합 9척尺이었다.

제1층에는 28수宿의 기를 꽂으니, 동방東方 7면七面 청기靑旗는 각角, 항亢, 저低, 방房, 심心, 미尾, 기箕를 벌여서 창룡蒼龍의 모양으로 세우고, 북방北方 7면七面 조기皂旗는, 두斗, 우牛, 여女, 허虛, 위危, 실室, 벽壁을 벌여서 현무玄武의 형세로 벌이고, 서방西方 7면七面 백기白旗는 규奎, 누婁, 위胃, 묘昴, 필畢, 자觜, 삼參의 기를 벌여 백호白虎의 위세로 세워 놓고, 남방南方 7면七面 홍기紅旗는 정井, 귀鬼, 유柳, 성星, 장張, 익翼, 진軫의 기를 세워 주작朱雀의 형상으로 벌여 놓았다.

둘째 층에는, 주위를 황기黃旗로 꽂았는데, 64면六十四面에 64괘六十四卦를 응해서 8위八位로 나누어 세우고, 상일층上一層에는 네 사람이 사면에 섰는데 머리에 속발관束髮冠 쓰고 몸에는 조라포皂羅布 입고 봉의鳳衣에 박대博帶 띠고 주리朱履 신고 방거方裾를 입었다.

전방 좌편에 선 사람은 긴 장대에 닭의 털을 꽂아 바람이 부는 신호를 보게 하고, 전방 우편에 선 사람은 긴 장대에 칠성七星 호대號帶를 매어 풍색風色을 표하고, 후면 좌편에 선 사람은 보검을 받들고 섰고, 후면 우편에 선 사람은 향로를 받들어 섰다.

단 아래 24인二十四人은 정기旌旗, 보개寶蓋[4], 대극大戟, 장과長戈, 황모黃旄[5], 백월白鉞[6], 주번朱旛[7], 조둑皂纛[8]을 잡고 사면에 둥글게 둘러서 있게 했다.

공명은 11월 20일 갑자甲子에 목욕재계하고 몸에 도의道衣 입고 발 벗고 머리 풀어 산발하고 단 안에 당도하자 노숙한테 당부했다.

"자경子敬은 진중으로 돌아가서 공근公瑾의 조병調兵하는 것을 도와주시오. 그리고 내가 비는 것이 설혹 징험이 없다 하더라도 괴이쩍게 여기지는 마시오."

노숙은 공명을 작별하고 가니 공명은 단 지키는 장수한테 영을 내렸다.

"너희는 함부로 방위를 떠나서는 아니 된다. 그리고 머리를 대고 귓속말을 해도 아니 된다. 질서 없이 큰소리로 떠들어 대도 아니 된다. 요망스럽게 놀라거나 서로들 괴상한 짓을 해도 아니 된다. 만약에 영을 어기는 자가 있다면 참斬하리라."

모든 군사들은 일제히,

"네."

하고 대답했다.

공명은 천천히 걸어 단에 올라 방위를 살핀 후에 향로에 향을 사르고 사발에 물을 붓고 하늘을 우러러 암축暗祝하고 단에 내려 장중帳中으로 들어가 잠깐 쉬면서 군사들을 교대하여 밥 먹게 했다.

---

4) 보개 : 일산日傘, 양산陽傘.

5) 황모 : 깃대에 털이 달린 누른 빛의 기旗.

6) 백월 : 은도끼.

7) 주번 : 자주색 기旗.

8) 조둑 : 검은 빛 나는 큰 용대기龍大旗.

공명은 하루에 세 번 단에 오르고 세 번 단에서 내렸다. 그러나 동남풍은 불지 않았다.

한편 주유는 정보와 노숙 등 일반 군관들을 장중으로 불러 놓고 동남풍만 불기 시작하면 곧 군사를 출전시킬 대기 태세를 갖추고, 일변으로 사람을 손권한테 보내서 접응할 것을 청했다.

손권은 이 뜻을 모든 장수한테 전하니 황개는 벌써 화선火船 20척을 준비하여 뱃머리에는 빽빽이 큰못을 박아 놓고, 배 안에는 마른 갈대와 섶을 가득히 실은 후에 생선 기름을 부어 두고 그 위에는 유황과 염초 등 인화할 물건을 쌓아 논 후에 다시 푸른 베에 기름을 먹인 유단으로 뱃머리를 덮어놓고 청룡靑龍기를 꽂아 놓았다. 배꼬리에는 작은 종선들을 매어 놓아 장하에서 청사聽候하면서 도독 주유의 명령 내리기만 고대했다.

한편 감녕과 감택은 비밀이 새어 나가지 않게 하기 위하여 채중蔡中, 채화蔡和, 조조한테서 항복해 온 장수를 데리고 수채水寨 속에서 날마다 술 마시면서 군사 한 명도 배에 오르지 못하게 하니 이편 소식은 새어 나갈 까닭이 없었다.

한편 주유는 장중에 앉아서 제갈공명의 동남풍 비는 일이 성사되기만 기다리고 있을 때, 척후斥候하던 군사가 급히 와서 아뢰었다.

"오후께서 지금 많은 전함을 친히 거느리시어 팔십오 리 밖에 닻을 내리고 도독의 좋은 소식이 오기만 고대하고 계십니다."

주유는 더한층 긴장이 되었다.

노숙을 여러 진중으로 보내서 군령을 내렸다.

"부하의 관병官兵과 장수들은 제각기 선척 군기軍器 돛(帆)과 노를 수습해 두었다가 한번 영이 내리면 즉각 출동케 하라. 만일 시각을 어기는 자가 있다면 곧 군법 처치를 하리라."

모든 장병들은 손을 비벼 준비하기에 바빴다.

해는 저물어 어둡기 시작하는데 하늘은 맑게 개고 가만한 바람조차 불지 아니했다.

주유는 조바심이 쳐졌다.

노숙을 향하여 말했다.

"공명의 말이 암만해도 틀린 수작이지. 옥동같이 추운 동짓달 추위에 동남풍을 어떻게 빌어 일으키겠소?"

"좀 더 기다려 보십시다. 공명이 헛수작을 할 리는 만무합니다."

노숙은 그래도 기다려 보자고 말했다.

이같이 말하고 있을 때 밤은 점점 깊어 삼경 때나 가깝게 되었다.

홀연 바람 소리가 들려왔다.

두 사람은 귀를 기울였다.

분명히 바람에 깃발이 펄럭이는 소리였다.

주유는 벌떡 일어나 장 밖으로 뛰어나갔다. 노숙도 쫓아 나갔다.

서북편에서 불어오던 바람은 삽시간에 방향을 바꾸어 동남풍이 크게 일어났다.

주유는 깜짝 놀랐다. 무한 기쁘면서도 얼굴빛이 변했다.

"제갈양은 천지조화天地造化를 뺏고 귀신불측鬼神不測의 술법을 쓰는 사람이다. 만약 이 사람을 그대로 두었다가는 마침내 동오에 큰 화근이 될 사람이다. 급히 죽여서 다른 날 근심이 없게 하리라!"

주유는 혼잣말하고 급히 장중으로 돌아와 호군護軍 교위校尉 서성徐盛, 정봉丁奉 두 장수를 불렀다.

"너희는 각각 일백 군사를 거느리고 서성은 뱃길로 가고 정봉은 육지로 가서 남병산 칠성단 앞에 당도하여 불문곡직하고 제갈양의 목을 베어

가지고 공을 청하라!"

두 장수는 청령하고 물러 나와 서성은 1백 도부수刀斧手를 거느리고 배에 올라 물결을 박차 나가고, 정봉은 1백 궁노수弓弩手를 거느리고 남병산으로 향하여 말을 달렸다.

정봉의 마군馬軍이 먼저 남병산 칠성단 앞에 당도했다.

정봉은 눈을 들어 칠성단을 살펴보았다.

기를 잡은 군사가 동남풍을 맞이하여 꼼짝 않고 서 있을 뿐 공명의 모습은 보이지 아니했다.

정봉은 말에서 내려 칼을 끌고 단으로 뛰어올랐다. 두루 찾았으나 공명은 보이지 아니했다.

정봉은 황당하게 단을 지키는 군사에게 물었다.

"공명은 어디로 갔느냐?"

"조금 전에 단에서 내려가셨습니다."

정봉은 다시 황망히 뛰어내려 공명을 찾았다. 마침 서성의 배가 당도했다.

두 사람은 강변에서 서로 공명을 찾을 것을 의논하고 있을 때 군사 한 명이 앞으로 나와 고했다.

"어젯밤에 한 척 배가 앞 여울목에 닻을 내리더니 조금 전에 제갈공명이 머리 풀어 산발하고 배에 올라가더이다."

군사의 말을 듣자 서성, 정봉은 다시 수로와 육로 두 길로 공명을 찾아갔다.

서성은 돛대를 높이 달고 바람을 거슬러 올라가니 멀리 앞에 가는 배가 보였다.

서성은 큰소리로 외쳤다.

"군사軍師는 가지 마시고 잠깐 멈추시오. 도독께서 청하십니다."

공명은 배꼬리에 앉아 껄껄 웃으며 대답했다.

"도독께 내 전갈을 전하오. 제갈양은 이제 동남풍을 빌어 놨으니 도독은 잘 용병用兵을 해서 조조를 이기라고 하오. 제갈양은 잠깐 하구夏口에 볼일이 있어 가는 길이니 다른 날 다시 뵙겠다 하시오."

서성이 다시 말했다.

"잠깐만 배를 멈춰 주시오. 긴히 드릴 말씀이 있습니다."

"나는 벌써 다 알고 있소. 도독이 나를 용납하지 아니하고 해하려 하므로, 미리 조자룡에게 분별하여 배를 가지고 오라 한 것이니 장군은 애써 나의 뒤를 쫓지 마오."

서성은 공명의 탄 배에 뜸을 덮지 아니한 것을 보고 그대로 뒤를 쫓았다.

두 배의 거리는 점점 더 가까워졌다.

문득 한 장수가 배 안에서 벌떡 일어나 활을 가득히 당겨 들고 배 앞에 서서 서성을 꾸짖었다.

"나는 상산 조자룡이다. 특별히 영을 받들어 제갈 군사를 모시러 왔다. 네 어찌 쫓아오느냐? 화살 한 대로 너를 쏘아 죽일 것이나 양가兩家의 화기를 상할까 하여 너한테 잠깐 내 수단을 뵈는 것이니 정신을 차리라!"

조운의 말이 채 떨어지기 전에 살은 나는 듯이 날아서 서성의 배의 뜸 매어 놓은 동아줄을 맞히어 탁 끊어 놓았다.

뜸은 강물로 떨어지고 배는 왈칵 기울어졌다.

조운은 사공에게 영을 내려 순풍에 돛을 높이 달고 쏜살같이 달아나니 서성의 배는 쫓을 길이 없었다.

이때 육지에서 달려온 정봉이 서성의 배 앞으로 와서 말했다.

"제갈양의 신기神機 묘산妙算은 사람의 힘으로 미치지 못할 바인데 다시 조자룡의 만부부당萬夫不當의 용맹을 겸해 놨으니 어찌 우리가 당할 수 있나. 자네, 조자룡이 당양當陽 장판長坂에서 아두阿斗를 품에 안고 조조의 십만 대병을 헤쳐 나갔다는 말을 못 들었는가? 그대로 돌아가는 수밖에 없네."

두 사람은 하는 수 없이 빈손으로 돌아가 주유한테 고했다.

"제갈공명은 벌써 도독께서 목을 베라는 영이 내리실 줄 알고 상산 조 자룡에게 미리 약속해서 배를 가져오게 하여 멀리 달아났습니다."

주유는 더한층 크게 놀랐다.

"이 사람이 이같이 꾀가 많으니 내 마음은 낮이나 밤이나 편할 때가 없 겠구나……."

큰소리로 탄식했다.

옆에 있던 노숙이 말했다.

"우선 조조나 격파한 후에 천천히 다시 도모하기로 하십시다."

"자경의 말씀이 옳소이다."

주유는 공명 죽일 생각을 뒤로 미루고 모든 장수를 불러 영을 내렸다.

적벽 대전

　도독 주유는 제갈양이 빌어 온 슬슬 부는 동남풍의 기회를 놓치지 아니
했다.

　장대 위에 높이 올라 모든 장수에게 출전 명령을 내렸다.

　"감녕이 어디 있느냐?"

　감녕이 창 짚고 칼 차고 갑옷, 투구에 화살 꽂은 동개 메고 군례를 드
렸다.

　"감녕이 등대하였소."

　"너는 항복한 장수 채중蔡中 이하 항졸降卒들을 거느리고 남편 강 언덕
으로 나가 북군의 기호旗號를 세운 후에 바로 오림烏林을 점령하여 조조의
양식 쌓아 둔 곳으로 들어가 불을 질러 군호하라. 채화蔡和는 내가 따로
쓸 곳이 있으니 장하帳下에 머물러 두게 하라."

　감녕이 군례 드려 대답했다.

　"영대로 거행하겠습니다."

　감녕이 물러섰다.

　주유는 다시 장수를 불렀다.

　"태사자 있느냐?"

　"네, 태사자 등대하였소."

　태사자가 장대 앞에 창 짚고 나와 군례를 드렸다.

"너는 삼천 군을 거느리고 황주 땅으로 달려가서 합비에서 오는 조조의 군사를 막고 불을 질러 군호하라. 다음에 붉은 기를 흔드는 것을 보거든 오후吳侯께서 접응하시는 군사인 줄 알라. 그리고 태사자는 길이 머니 다른 부대보다 먼저 떠나게 하라."

"네, 영대로 거행하겠습니다."

태사자가 청령하고 물러섰다.

주유는 다시 장수를 불렀다.

"여몽呂蒙이 게 있느냐?"

"네, 여몽이 등대하였소."

여몽이 장대 앞으로 나와 도독 주유한테 군례를 드렸다.

"너는 삼천 군을 거느리고 오림烏林으로 가서 감녕을 도와서 조조의 진을 불살라 버리게 하라."

"네, 명심하고 거행하오리다."

여몽이 물러갔다.

"능통凌統이 나왔느냐?"

"네, 등대하였소."

"너는 삼천 군을 거느리고 이릉彝陵 길을 끊고 있다가 오림에 불이 일어나거든 쫓아가 도와주라."

능통이 청령하고 물러갔다.

주유는 다섯 번째 동습董襲을 불렀다.

동습이 대령했다가 들어왔다.

"너는 삼천 군을 거느리고 곧 한양漢陽을 취해서 한천漢川으로 달려 조조의 진으로 돌진하라. 뒤편에 백기白旗가 보이거든 곧 행동을 개시하라."

동습이 청령하고 물러갔다.

주유는 여섯 번째로 반장潘璋을 불렀다.

"너는 삼천 군을 거느리고 한양으로 가서 백기白旗를 흔들면서 동습을 도와주라."

반장이 청령하고 물러갔다. 여섯 대의 군사들은 일제히 주유의 군령을 받들어 제각기 강으로 나가 배를 저어 길을 떠났다.

주유는 다음에 황개를 불렀다.

"장군은 화선火船을 정돈한 후에 졸개 한 명을 조조한테 보내서 오늘 밤에 항복하러 온다는 것을 글월로 약속하고 곧 전함을 거느려 나가시오. 뒤에는 따로 네 척 전선을 보내서 접응케 하리라."

황개가 청령하고 물러갔다.

주유는 계속해서 황개를 도와줄 4대四隊 수군을 조발시켰다.

제1대는 영병군관領兵軍官 한당韓當이요,

제2대는 영병군관 주태周泰요,

제3대는 영병군관 장흠蔣欽이요,

제4대는 영병군관 진무陳武였다.

네 대로 나누어 각각 전선 3백 척씩 거느리고 앞에 나가는 20척의 화선 火船을 따라갔다.

주유는 대군을 조발시킨 후에 정보程普와 함께 대몽동大艨艟에서 독전督 戰하기로 하고 서성, 정봉의 배로 좌우 호위를 삼았다.

다만 노숙은 감택과 함께 모든 모사들을 거느려 본채를 지키라 했다.

정보는 주유의 조군調軍하는 일이 매우 법이 있는 것을 보고 마음속으로 경복敬服함을 마지아니했다.

이때 손권이 보낸 사명使命이 병부兵符를 가지고 와서 주유한테 전갈을 올렸다.

"오후께서는 육손陸遜으로 선봉장을 삼으시어 바로 기주와 황주로 진군시키고 친히 호응되어 오십니다."

주유는 보고를 받자 다시 사람을 보내서 황혼 때 서산에 방포放炮하고 남병산에 기호旗號를 들어 행동을 개시하는 군호를 하라 일렀다.

한편 유현덕은 하구夏口에서 공명이 돌아오기만 기다리고 있을 때 홀연 한 떼 선척이 당도했다.

이 배들은 공자 유기劉琦가 궁금해서 소식을 들으러 온 것이었다.

현덕은 공자 유기를 맞이하여 누에 올라 좌정하고 공명의 동남풍 비는 일과 동남풍이 일어나거든 조자룡을 보내라 해서 간 지가 이미 한동안인데 아직 보이지 아니하니 근심스럽다는 말을 하고 있을 때, 모시고 섰던 졸개가 멀리 번구樊口의 항구를 가리키면서 말했다.

"저기 한 척 돛단배가 쏜살같이 옵니다. 반드시 군사께서 타신 밴가 합니다."

현덕과 유기가 졸개 군사의 가리키는 곳을 바라보니 과연 일엽편주가 나는 듯이 저어 왔다.

현덕과 유기는 급히 누에 내려 강가로 나갔다.

조금 있다 배가 당도하니 과연 공명이었다.

공명과 조자룡이 천천히 언덕으로 올랐다.

현덕은 반가움을 이기지 못했다.

덥석 공명의 손을 잡았다.

"무사히 돌아오셨구려!"

공명이 말했다.

"겨를이 없어 따로 기별을 못 드렸습니다. 전자에 말씀 아뢴 군마軍馬와 전선戰船은 모두 다 준비가 되어 있습니까?"

"준비해 놓은 지는 벌써 오랩니다. 다만 군사께서 돌아오시기만 기다리고 있었습니다."

공명은 현덕을 모시고 유기와 함께 장에 올라 좌정한 후에 조운에게 일렀다.

"자룡은 삼천 군마를 거느리고 강을 건너 지름길로 오림烏林을 취하고 소로小路에 숲이 무성한 곳에 매복했다가 오늘 밤 사경이 지난 후에 조조가 도망해 올 것이니, 그들의 군마가 반쯤 지나가거든 섶에 불을 질러 버리라. 못 죽여도 반은 죽이리라."

조자룡이 대답했다.

"오림烏林에 두 길이 있습니다. 한편 길은 남군으로 가는 길이고, 한편 길은 형주로 가는 길인데 어느 길을 막는 것이 좋겠습니까?"

공명이 대답했다.

"조조는 형세가 절박하게 되면 남군으로는 못 갈 것이고 형주 길을 취해서 허창으로 달아나려 할 테니 형주 길을 막게 하오."

조운이 영을 받고 물러가니 공명은 장비를 불렀다.

"장익덕은 삼천 군사를 거느리고 강을 건너 이릉 길을 끊은 후에 호로곡胡蘆谷에 매복해 있다가, 조조가 남이릉南彝陵으로 못 가고 북이릉北彝陵으로 갈 것이니, 내일 비 온 후에 조조는 그곳으로 군사를 데리고 와서 솥을 걸고 밥을 지어먹을 것이 분명하오. 장군은 연기가 일어나거든 곧 불을 지르고 내달으시오. 비록 조조는 잡지 못한다 해도 익덕의 공은 적지 않을 것입니다."

장비가 영을 받고 물러나니 공명은 미축, 미방, 유봉 세 장수를 불렀다.

"그대들은 각기 배 타고 강변으로 돌면서 쫓기는 군사를 사로잡고, 무기를 압수하라."

세 장수는 명을 받아 물러갔다.

공명은 공자 유기를 향하여 말했다.

"무창武昌은 한눈에 환하게 바라보이는 가장 긴요한 땅입니다. 공자께서는 데리고 오신 부대들을 영솔하시고 수구水口를 단단히 지키도록 하십시오. 조조는 패하면 반드시 그곳으로 도망할 무리가 많을 것입니다. 만나는 대로 사로잡으십시오. 그리고 무단히 성곽을 떠나지 마십시오."

공명의 지휘를 받은 유기는 곧 현덕과 공명께 하직을 고하고 무창으로 돌아갔다.

이때 관운장이 처음부터 옆에 있었으나 공명은 전혀 본 체도 아니했다.

관운장은 참다못하여 큰소리로 말했다.

"관우는 우리 형님을 따라서 허다한 전쟁터로 치달리면서 한번도 남에게 뒤떨어진 일이 없는데, 오늘 큰 적병과 싸우는 이 마당에 군사께서는 나한테는 책임을 맡기지 아니하시니 이것이 무슨 뜻이오니까?"

공명이 방긋 웃으며 대답했다.

"관운장께서는 괴이쩍게 생각하지 마시오. 내 본시 족하足下를 번거롭게 해서 한곳 제일 긴요한 애구隘口를 지키라 하고 싶은데 다만 구애되는 일이 약간 있어서 감히 보내지 못합니다."

"무슨 구애될 일이 있습니까? 깨우쳐 주시기 바랍니다."

관운장은 간청하였다.

공명은 얼굴빛을 정색하며 대답했다.

"전에 조조는 족하 대접하기를 후하게 했습니다. 족하께서는 언제든 이 후한 뜻은 갚으셔야 할 것입니다. 이번에 조조의 군사는 반드시 패해서 화용도華容道로 달아날 것입니다. 이때 당신이 가시면 반드시 놓아 보낼 테니 그래서 가시란 말씀을 못합니다."

제갈공명의 말을 듣자 관운장은 껄껄 웃으며 대답했다.

"군사께서는 참 다심도 하시오. 당시에 조조는 과연 나를 중하게 대접했소이다. 그러나 나는 이미 그의 은공을 갚았습니다. 안량과 문추의 목을 베어 백마白馬의 포위당한 것을 풀어 주었소이다. 이미 그 은공을 갚은 터인데 어찌 조조를 그냥 놓아 보낼 리 있겠습니까?"

공명은 정색하고 관운장에게 물었다.

"만약 조조를 놓아 보낸다면 어찌하실 테요."

"관우의 목을 베십시오. 당연히 군법을 받으오리다."

"그렇다면 군령장軍令狀을 써서 다짐하시오."

제갈공명의 얼굴엔 엄숙한 표정이 떠돌았다.

관운장은 군령을 써서 수결 두어 바친 후에 공명에게 물었다.

"만약 조조가 화용도華容道로 오지 않을 때는 어찌하실 텝니까?"

"나도 장군한테 군령장을 써서 바치오리다."

공명은 말을 마치자 붓을 들어 군령장을 써서 관운장한테 넘겨주었다. 운장은 크게 기뻐했다.

공명은 다시 운장한테 당부하였다.

"운장은 화용도로 가시거든 높은 산, 초로樵路에 섶단을 많이 쌓아 두었다가 불을 질러서 조조를 유인하시오."

공명의 말을 듣자 운장이 웃으며 물었다.

"만약에 조조가 연기 나는 것을 보면 필연코 매복한 군사가 있는 줄 알고 아니 올 텐데 유인이라니 무슨 말씀입니까?"

"운장은 병법에 허허실실虛虛實實이란 말을 듣지 못하였소. 조조가 대강 용병할 줄 알지만 이번엔 속아 넘어갈 것입니다. 조조는 연기 나는 것을 보고 허장성세虛張聲勢로 이편에서 불을 지른 줄 알고 반드시 이 길로 올 테니 장군은 결코 인정을 두어서는 아니 됩니다."

관운장은 곧 장령將令을 받들어 관평, 주창 이하 5백 명 도부수를 거느리고 말을 돌려 화용도로 나갔다.

관운장이 나간 후에 유현덕은 공명을 향하여 말했다.

"내 아우는 의기가 깊고 무거운 사람이라 과연 조조가 화용도로 온다면 모르되 놓아 보내기가 십상팔구라 생각하오."

공명은 빙긋 웃으며 대답했다.

"제가 밤에 건상乾象을 보니 조조의 운수는 아직도 남았습니다. 그러므로 일부러 관운장을 시켜서 인정을 쓰라 한 것입니다. 역시 아름다운 일이 아닙니까?"

유현덕은 옷깃을 여미어 대답했다.

"선생의 신산神算은 과연 세상에 드문 솜씨올시다. 보통 사람들이 따라갈 수 없습니다."

현덕은 탄복하기를 마지아니했다.

공명은 손건과 간옹을 불렀다.

"나는 주상主上을 모시고 번구로 가서 주유의 용병用兵하는 것을 살필테니 두 사람은 단단히 성을 지키라."

공명은 영을 내린 후에 현덕과 함께 번구로 향했다.

한편 조조는 대채大寨 장중에 모든 장수들을 모아 놓고 황가의 항복하러 온다는 소식이 오기만 기다렸다.

이날 별안간 동남풍이 강하게 일어났다.

정욱이 조조한테 들어와 고했다.

"오늘 동남풍이 강합니다. 미리 예방으로 제방을 단단히 막으셔야 하겠습니다."

조조는 웃으며 대답했다.

"동지 때는 일양一陽이 부생復生하는 법인데 동남풍 부는 것이 괴상할 것이 없네."

태평하게 대답하고 있을 때 군사가 들어와 보했다.

"강동에서 한 척 작은 배가 왔는데 황개가 밀서를 바친다 합니다."

조조는 급히 들어오라 명했다.

강동 황개한테서 왔다는 사람은 조조한테 절하고 편지를 올렸다.

조조는 급히 밀서를 뜯어보니 편지 사연은 아래와 같았다.

주유의 관방關防이 하도 엄해서 몸을 빼칠 길이 없었습니다. 지금 파양호鄱陽湖에서 새로 군량미가 도착되어 주유는 저에게 순찰을 하라 하므로 좋은 기회라 생각해서 강동江東 명장名將의 목을 베어 가지고 오늘 밤 삼경 때 항복하러 가겠습니다. 배에 청룡기青龍旗를 꽂은 것이 저의 운량선運糧船인 줄 아십시오.

조조는 밀서를 받아 보고 크게 기뻐했다. 모든 장수들과 함께 큰 배에 올라 청룡기를 꽂은 황개의 배가 오기만 기다리고 있었다.

한편 강동에서는 천색天色이 저물어 가니 주유는 큰소리로 채화蔡和를 결박 지어 잡아내라는 군령을 내렸다.

별안간 결박 지어 나오는 채화는 주유 앞에 꿇어 손을 모아 싹싹 빌었다.

"소인이 무슨 죄가 있습니까? 아무 죄도 없습니다."

주유는 등채를 들어 채화를 꾸짖었다.

"네 이놈, 네가 네 죄를 모르느냐? 네 어찌 나한테 거짓 항복하여 우리 군정을 정탐해서 조조한테 보냈느냐? 마침 군기에 제를 지낼 터인데 제수가 없기에 네 머리를 베어 제사를 지낼 테다. 도부수는 빨리 채화의 목을 베어 제사 지내게 하라."

채화는 마침내 면하지 못할 것을 알았다. 큰소리로 악을 써 부르짖었다.

"주유야, 듣거라. 너의 수하 감택과 감녕도 반하기로 공모를 했느니라."

"그것은 내가 시킨 것이다."

주유의 말을 듣는 채화는 마음이 쥐어짜지는 듯 아팠다. 그러나 소용이 없었다.

주유는 도부수에게 영을 내려 강변으로 채화를 잡아내려 검은 기를 세우고 술을 뿌려 소지를 사른 후에 한칼에 채화의 목을 베어 피를 뿌려 군기에 제 지내고 닻을 풀어 뱃길을 열었다.

황개는 제3척第三隻 화선 위에 혼자 엄심갑掩心甲 입고, 손에 이도利刀 들고, 기에는 '선봉先鋒 황개黃蓋'라 쓴 후에 순풍에 돛을 높이 달고 적벽赤壁으로 향하여 떠나갔다.

이때 동남풍은 크게 일어 강 물결은 뛰는 듯 용솟음쳤다.

조조는 중군에 있다가 멀리 강을 격하여 바라보니 달은 높이 올라 강심에 비쳤는데 마치 만 마리 금뱀(金蛇)이 강물을 희롱하고 파도를 박차 어우러지는 듯 눈이 부시고 찬란했다.

조조는 강풍을 맞이하여 마음이 상쾌했다.

제법 호연한 기운이 생겼다. 뜻을 얻은 듯 한번 크게 웃었다.

"어어, 참 달빛 좋구나!"

이때 한 군사가 홀연 강 남편을 손으로 가리키며 말했다.

"승상님, 저기 은은히 돛단배가 순풍에 달려오는 것이 보입니다."

조조는 뱃전에 비스듬히 기대어 멀리 바라보니 과연 배 한 척이 오는데 배에는 무수한 청룡기를 꽂아 놓았고, 그 중 큰 기 하나에는 '선봉 황개'라 크게 씌어 있었다. 조조는 쾌활하게 웃으며 말했다.

"황개가 와서 항복하는 것은 과연 하늘이 나를 도와주는 일이다!"

배는 점점 가까이 왔다.

옆에서 정욱이 한참 바라보다가 말했다.

"암만해도 지금 오는 배는 수상합니다. 거짓 항복하러 오는 배 같습니다. 너무 가까이 수채水寨 앞에 오지 못하게 하십시오."

"어떻게 아나?"

"황개의 배는 운량선運糧船이라 했는데 양식이 쌓였으면 배가 무거워서 천천히 올 텐데, 배 오는 모양을 보니 너무나 경첩하게 떠옵니다. 그뿐 아니라, 오늘 밤엔 동남풍이 강하게 붑니다. 만약에 간사한 꾀가 있어 불질이나 한다면 큰 탈이올시다."

조조는 비로소 깨달았다.

"그럼 누가 가서 중지를 시킬 테냐?"

장수 문빙文聘이 앞으로 나와 아뢰었다.

"소인이 물에 자못 익숙합니다. 갔다 오겠습니다."

말이 채 떨어지기 전에 문빙은 작은 배로 뛰어내려 손을 한번 흔드니 10여 척 순라배는 문빙의 배를 따라 일제히 움직였다.

문빙은 뱃머리에 서서 오는 배를 향하여 큰소리로 외쳤다.

"승상의 균지鈞旨[9]시다. 남선南船은 채寨 앞으로 오지 말고 아직 강심江心에 머물러 있으라."

---

9)균지 : 대신大臣의 분부.

모든 군사들도 일제히 고함쳤다.

"빨리 돛을 내려라."

떠들어 대는 소리가 채 떨어지기 전에 어디선지 활시위 소리가 쌩 하고 일어나면서 문빙의 왼편 팔에는 살이 날아 콱 박혔다.

문빙은 외마디소리를 치며 배 안으로 거꾸러졌다.

문빙의 군사들은 황겁해서 크게 어지러웠다.

뿔뿔이 노를 저어 개미 떼 헤어지듯 달아났다.

이때 남선南船과 조조의 수채의 거리는 겨우 2리里쯤 격해 있었다.

황개는 칼을 번쩍 들어 휘두르니, 앞 배들은 일제히 불을 질러 화염을 뿜으며 조조의 진으로 쏜살같이 달려들었다.

황개의 20척 화선火船은 전부 섶단을 산더미같이 쌓아 올리고 생선 기름을 부어 논 배들이었다. 더구나 동남풍은 강하게 불었다.

화염은 창천漲天하면서 20척 기름배는 그대로 시뻘건 불덩이가 되어 조조의 수채水寨로 들이닥쳤다.

조조의 전함들은 모두 다 연환계連環計를 써서 50척, 30척씩 쇠사슬로 연달아 묶어 논 배였다.

황개의 거느린 불배들이 들이닥치니 한 배에 불이 붙자 30척, 50척 배는 그대로 연소가 되어 불이 붙었다.

사슬을 끊으려 하나 불더미 속으로 뛰어들 수도 없었다.

도망을 치려 했으나 도망갈 도리도 없었다.

동남풍은 지등 치듯 계속해서 강하게 불었다.

적벽赤壁강은 온통 불바다였다.

강을 격해서는 대포 소리가 우렁거리고, 사면팔방엔 배가 바람에 불려 5백~6백 척의 조조의 배로 향하여 불을 뿜었다.

5백~6백 척의 조조의 배는 전부 불꽃을 뿜었다

적벽赤壁 삼강三江은 하늘도 붉고 물도 붉었다.

동남풍은 여전히 세차게 불었다.

강물에 불을 뿜던 맹렬한 화염은 육지에 마저 옮겨 붙었다.

육지에 있는 조조의 영채까지 함빡 불바다가 되어 버렸다.

이때 황개는 작은 배로 뛰어내렸다.

뒤에는 두어 명의 장수와 군사들이 따랐다.

황개는 연기와 화염을 무릅쓰고 작은 배를 저어 조조가 있는 곳을 찾았다.

조조는 불바다 속에서 황황망조해서 어찌할 줄 몰랐다.

급히 언덕으로 기어오르려 할 때, 장요가 일엽편주를 저어 조조를 큰 배에서 내려 작은 배로 부축해 옮겼다.

이때 조조가 탔던 큰 배는 벌써 불더미가 되어 와지끈 우지끈 불길 속에 큰 음향을 내며 물속으로 쓰러졌다.

조조의 간담은 콩알만 하게 죄어들었다.

장요는 일엽편주를 저어 조조를 보호하여 나는 듯이 강어귀로 달아났다.

이때 황개가 사면을 둘러보니 한 척 일엽편주가 강어귀에 닿으면서 한 사람의 강홍포絳紅袍[10]를 입은 자가 장요한테 부축이 되어 언덕 위로 올랐다.

분명히 조조였다.

황개는 쏜살같이 배를 저어 앞으로 나가 칼을 들고 큰소리로 외쳤다.

"조적曹賊아, 닫지 말라. 황개가 여기 있다!"

---

10) 강홍포 : 붉은 비단으로 만든 홍포.

조조는 기진맥진 죽을 것 같았다. 입술이 바짝바짝 타 들어갔다.

"이를 어찌하나, 이를 장차 어떡하나? 여보게 장요, 꼭 죽었네그려. 아이고, 아이고."

조조는 창자가 끊어지는 듯 괴로웠다. 죽는소리를 연발했다.

장요는 급했다. 어떻게 해서라도 조조를 구해야만 했다.

급히 활을 당기어 황개를 노리고 화살을 쏘았다.

이때 바람 소리는 크고 화광은 충천한 속에 조조의 군사들이 다투어 살려고 아비규환 아우성치는 소리는 천지를 진동했다

황개는 장요가 쏘아붙이는 활시위 소리를 들을 수 없었다.

별안간 화살은 날아 황개의 어깻죽지를 맞히어 버렸다. 황개는 큰소리를 지르며 몸을 번드쳐 강물로 떨어졌다.

장요는 이 틈을 탔다. 급히 조조를 구하여 언덕으로 오르게 한 후에 말한 필을 얻어서 조조를 태워 가지고 달아났다.

한편 강동 손권의 제1대 영병군관領兵軍官 한당韓當은 창천하는 연기와 맹렬하게 타오르는 불길을 무릅쓰고 조조의 수채를 돌격하고 있을 때 문득 수하 군사가 보했다.

"배 뒤에서 누군지 장군의 함자를 급히 부릅니다."

한당이 귀를 기울여 들으니,

"한 장군은 나를 구해 주시오."

큰소리로 부르는 소리가 들렸다.

한당이 자세히 들으니 황개의 목소리가 분명했다.

한당은 급히 뱃전으로 달려가 보니 황개가 물에 빠져 있었다.

한당은 급히 군사와 함께 황개를 끌어올렸다.

황개의 어깨에는 화살이 박혀 있었다.

한당은 깜짝 놀라 입으로 화살을 뽑아냈다. 그러나 독약을 칠한 살촉은 살 속에 깊이 박혀 나오지 아니했다.

한당은 황개의 젖은 옷을 급히 벗기고 칼로 살촉을 도려낸 후에 기를 찢어 상처를 묶고 자기의 전포를 바꾸어 입힌 후에 따로 배 한 척에 실어 본진으로 보내서 의사에게 치료케 했다.

원래 황개는 물에 익숙한 사람이라 헤엄을 잘 칠 뿐 아니라, 대한大寒 절후건만 두껍게 갑옷을 입고 강물에 빠졌으므로 생명을 구한 것이었다.

적벽 대전은 계속해서 벌어졌다.

강물은 여전히 불바다요, 동남풍은 계속해서 강하게 불어 댔다.

물에 빠져 죽는 군사, 타 죽는 군사들의 구슬픈 비명 소리는 삼강三江이 뒤집히고, 쫓아 드는 동오 군사의 고함 소리는 천지를 진동했다.

좌편에서는 한당, 장흠이 적벽赤壁을 돌아 전함을 거느려 서편으로 짓쳐 들어가고 우편에서는 주태, 진무가 전함을 영솔하여 동편으로 짓쳐 들어가고 중앙에는 주유, 정보와 서성, 정봉의 대대大隊 선척船隻이 함빡 당도했다.

화공전火攻戰의 형태는 극치를 이루었다.

불길은 군대에 응하고, 군대는 불의 위력을 빌렸다.

이것이 삼강三江은 수전水戰이요, 적벽은 오병鏖兵이라는 저 유명한 적벽 대전쟁이었다.

조조의 군사는 화살에 맞아 죽고, 불에 타 죽고, 물에 빠져 죽는 자가 부지기수였다.

화용도로 달아나는 조조

한편 육지에서는 감녕이 채중을 앞세우고 조조의 육채陸寨로 깊이 들어가 채중을 한칼에 찍어 말 아래 떨어뜨린 후에 마른 섶단에 불을 질렀다.

여몽이 멀리 조조의 진을 바라보니 화기 충천했다.

여몽도 수십 곳에 불을 질러 감녕과 호응했다.

반장과 동습도 양편에서 불을 지르고 납함해 쳐들어갔다.

사면팔방에 함성과 북소리가 천지를 진동했다.

조조는 장요와 함께 백여 기를 거느리고 불바다 속을 뚫고 달아나려 했다.

그러나 어느 곳에 불이 붙지 않은 곳이 없었다.

한동안 망설이고 있을 때, 모개가 문빙을 구해 가지고 수십 기를 거느려 당도했다.

조조는 달아날 길을 찾으라 하니 장요는 손으로 한곳을 가리키며 말했다.

"오림으로 가는 수밖에 갈 곳이 없습니다. 그곳은 지형이 넓습니다."

조조는 장요의 말에 따라 오림 길로 달아났다.

조조는 정신없이 달아날 때, 돌연 등 뒤에서 일지 군마가 쫓아왔다.

"역적 조조야, 달아나지 마라!"

일원 대장이 앞에 서서 대갈일성 호통을 쳤다.

조조는 혼비백산이 되었다. 급히 뒤를 돌아보니 화광 속에 여몽의 기호旗號가 펄럭거렸다.

조조는 군사와 말을 재촉하여 앞으로 향하여 달아나면서 장요로 뒤를 끊어 여몽을 막으라 했다.

조조가 한동안 앞을 바라보고 달아날 때, 앞에서 불이 또 일어나며 산골 속에서 일대 군마가 쏟아져 나오면서 일원 대장이 길을 막았다.

"역적 조조야, 닫지 마라. 장군 능통이 너를 기다린 지 오래다!"

조조는 간이 콩알만큼 오그라들었다.

어찌해야 좋을지 벌벌 떨고 있을 때, 홀연 옆길에서 한 떼 군마가 쏟아져 나왔다.

조조는 자지러질 듯 놀라서 펄썩 땅에 주저앉았다.

일원 대장이 말을 달려 뛰어나왔다.

"승상께서는 너무 놀라지 마십시오. 서황이 여기 있습니다."

조조는 저승길에서 형제를 만난 듯했다.

서황은 동오의 장수들과 한바탕 싸우면서 조조를 호위하여 북편을 바라보고 달아났다.

조조가 홀연 달을 바라보니 산등성이에 일대 군마가 둔병屯兵을 하고 있었다.

서황이 앞에 나가 물어보니 다른 부대가 아니라 원소의 수하로서 조조한테 항복해 온 마연馬延, 장의張顗 두 장수가 3천 북군을 거느리고 진 치고 있는 곳이었다.

이날 밤에 하늘에 가득히 화광이 충천한 것을 보고 큰일이 난 줄 알았으나 함부로 군사를 움직이기 어려워서 조조의 명령을 기다리고 있다가 이제 조조를 만난 것이었다.

조조는 두 장수에게 1천 군마씩 거느려 길을 인도하라 이르고 남은 천 명은 곁에 따라오면서 자기 신변을 호위하게 했다.

조조는 마연, 장의가 거느린 3천 북군을 만난 후에 비로소 마음이 조금 놓였다.

마연과 장의는 1천 군마씩 거느려 길을 열고 1천 군마는 조조를 호위하여 나갈 때, 10리를 채 못 가서 함성이 크게 일어나면서 한 떼 군마가 쏟아져 나왔다.

모두 다 깜짝 놀라 황망히 바라보니 앞에 선 대장은 큰소리로 외쳤다.

"나는 동오東吳 홍패興覇다!"

마연은 창을 잡고 말을 달려 홍패와 싸우기 시작했다. 그러나 마연은 홍패의 적수가 아니었다.

교봉 두어 합에 내리지르는 홍패의 칼에 마연은 말 아래 떨어져 버렸다.

마연이 죽는 것을 보자 장의가 창을 꼬나들고 뛰어나왔다.

장의가 채 손을 놀리기 전에 홍패는 대갈일성에 칼을 들어 장의의 명치를 찌르니 장의는 몸을 번드쳐 말 아래 떨어졌다.

후군이 급히 조조한테 고했다.

조조는 합비에서 구원병이 올 줄 생각했으나, 뜻밖에 손권이 합비 어귀에서 강중江中에 화광이 충천하는 것을 바라보고 자기편 군사의 이긴 것을 확인하고, 곧 육손을 시켜 불을 놓아 군호하니 태사자는 군호를 보고 군사를 거느려 육손과 합세하여 조조의 길을 끊었다.

조조는 혼비백산이 되어 이릉을 바라보고 달아나다가 자기편 군사 장합을 만났다.

조조는 장합으로 뒤에 쫓아오는 손권의 군사를 막게 하고 달리는 말에 채를 더하여 밤을 도와 달아났다.

오경五更 때나 되었을까, 화광이 점점 떨어졌다.

조조의 마음은 비로소 진정이 되었다. 좌우에 따라오는 군사들에게 물었다.

"이곳은 어디냐?"

"오림 서편이요, 의도宜都 북편입니다."

조조가 바라보니 나무와 숲은 우거져 무성하고 산은 험하고 강팔랐다.

조조는 별안간 마상에서 얼굴을 번쩍 들고 깔깔 웃어 댔다.

뒤에 따르던 장수들이 물었다.

"승상께서는 무엇을 보시고 그같이 깔깔 웃으십니까?"

"하하하. 내가 다른 것을 보고 웃는 것이 아니라 주유의 꾀가 없고 제갈양의 지혜 없는 것을 웃는다. 만약 내가 용병을 한다면 미리 저 산 밑에 군사를 매복해 두었을 것을, 참 못난 자들이다. 하하하."

조조의 깔깔대는 웃음소리가 채 떨어지기 전에 별안간 방포 일성이 일어나면서 천지는 두려빠지는 듯하고 화광은 충천하면서 북소리, 징 소리가 요란했다.

조조는 혼비백산이 되었다. 하마터면 말에서 떨어질 뻔했다.

옆길에서 별안간 한 장수가 한 떼 군마를 거느리고 시살해 나오며 벽력같이 소리쳤다.

"나는 상산 땅의 조자룡이다. 제갈공명의 명을 받들어 너를 기다린 지 오래다!"

조조는 정신이 아찔했다. 급히 서황과 장합에게 조자룡을 막아 싸우라 분부하고 급히 말을 달려 자욱한 연기를 뚫고 달아났다.

조자룡은 일부러 조조의 뒤를 더 쫓지 아니하고 군사들의 창이며 기를 뺏었다.

조조는 이 틈을 타서 몸을 빼쳐 흠뻑 달아났다. 어느덧 하늘엔 동이 터 오고 검은 구름장은 산을 덮었는데 아직도 동남풍은 계속해 불더니 홀연 큰 비가 동이로 퍼붓는 듯 쏟아져서 군사들의 갑옷이 흠뻑 젖어 물초가 되어 버렸다.

조조는 군사들과 함께 비를 무릅쓰고 달아났다.

춥고 배가 고팠다. 견딜 도리가 없었다.

조조는 군사들한테 영을 내렸다.

"촌락을 찾아가서 양식을 겁탈하고 불씨를 구해 오너라."

조조는 도둑질을 하는 수밖에 도리가 없었다.

군사들은 양식과 불씨를 노략질해 가지고 와서 한참 밥을 짓는 판이었다.

별안간 후면에서 일대 군마가 말굽 소리 드높게 쫓아 들었다.

조조는 또다시 황황망망했다. 어찌할지 몰랐다.

급히 달아나려 할 때 뒤에서 달려오는 장수들은 조조의 앞에 와서 넙죽 절을 했다.

조조가 바라보니 이전과 허저였다.

조조는 왈칵 반가운 눈물이 쏟아졌다.

"나는 너희들이 죽은 줄 알았구나!"

퍼뜩 두 장수의 손을 잡았다.

"모사들을 호위해 데리고 오는 길입니다. 저희들도 승상께서 돌아가신 줄 알았습니다."

이전과 허저도 주먹으로 눈물을 씻었다.

조조는 기뻤다. 곧 두 장수를 의지하여 군마를 정돈해서 앞을 바라보고 나갔다.

"이곳은 어디냐?"

"한편 길은 남이릉으로 나가는 큰길이고, 한편 길은 이릉 북편으로 가는 산길이올시다."

"남군南郡 강릉江陵으로 가려면 어느 길이 가까우냐?"

"남이릉으로 가는 길을 취해서 호로구胡蘆口 앞으로 가는 길이 제일 가깝습니다."

군사가 대답했다.

"그럼 남이릉으로 가는 길로 나가 볼까?"

군사들은 일제히 뒤를 따랐다.

일행이 호로구 앞까지 당도했을 때, 군사들은 배가 고프고 말은 피곤해 뛰지 못했다.

길가에 쓰러져 일어나지 못하는 자까지 있었다.

조조는 잠깐 쉬어 가라는 명령을 내렸다.

군사들은 말안장에 얹어 온 구리 냄비를 끌어내려 촌에서 훔쳐 온 쌀로 밥을 짓고 말고기를 구워 썰어 먹었다.

젖은 옷은 벗어 바람에 말리고 말은 놓아 풀을 뜯어먹게 했다.

조조는 수풀 아래서 군사들이 쉬는 것을 보고 있다가 별안간 소리를 높여 깔깔 웃었다.

조조의 깔깔대며 웃는 소리를 듣자 모든 사람들은 일제히 등에 소름이 쪽 끼쳤다.

조조가 깔깔거려 웃기만 하면 좋지 않은 일이 반드시 일어났기 때문이었다.

여러 장수들은 일제히 물었다.

"지난번에도 승상께서는 주유와 제갈양이 꾀가 없다고 웃어 대더니 상산 조자룡이 뛰어나와서 허다한 인마가 꺾였습니다. 이제 또 웃으시니 웬일입니까? 큰일이올시다."

조조는 다시 깔깔대며 웃었다.

"하하하. 어째 웃지 않겠느냐? 주유와 제갈양은 아무리 생각해 보아도 참말 무모한 자들이다. 이것 봐라. 이렇게 우리가 쉬는 판에 군사 한 놈 뛰어나오지 않는단 말이냐? 만약 내가 용병을 한다면 이곳에 꼭 한 떼 군마를 매복해 두었다가 한참 쉬는 판에 와싹 밀고 나와서 도륙을 했을 것이다. 이리된다면 다 죽이지는 못한다 해도 모두 다 상하는 군사가 많을 것이다. 이런 까닭에 내가 웃는 것이다. 하하하."

조조는 한참 허리가 부러져라 하고 웃었다.

별안간 조조의 전군前軍, 후군後軍이 일제히 외마디소리를 쳤다. 사면팔방이 돌연 불바다였다.

조조는 깜짝 놀라 엉덩방아를 찧었다. 갑옷투구도 버린 채 벌벌 떨면서 말을 타고 달아났다.

군사들은 놓아둔 말을 거둘 사이가 없었다. 벗어 논 갑옷도 입을 틈이 없었다. 이리 몰리고 저리 몰리며 웃통들을 벗은 채 불을 피했다.

불길은 점점 더 바람을 받아 강하게 일어났다.

산과 골짜기는 연기와 불길로 꽉 찼다.

별안간 맞은편에서 군사 한 떼가 쏟아져 나왔다. 모두들 바라보니 앞에 말을 타고 뛰어나오는 장수는 연인 장익덕이었다.

홍종洪鐘 같은 목소리로 벼락 치듯 호통을 쳤다.

"이놈, 역적 조조야, 어디로 달아나느냐!"

모든 장수와 군사들은 엎친 데 덮친 데다가 장비의 호통 소리를 들으니 간담이 써늘했다.

허저는 안장 없는 말을 타고 장비를 막으려 하고 장요, 서황은 웃통을 벗은 채 말을 달려 협공하러 나왔다.

두 편 군사들은 한 덩어리가 되어 혼전을 했다.

조조는 어마뜨거라 하고 이 틈을 타서 달아났다.

모든 장수들도 장비를 당해 낼 도리가 없었다. 몸을 빼쳐 달아났다.

장비는 장팔사모창을 비껴들고 벽력같은 호통을 치면서 여전히 조조의 뒤를 따랐다.

조조의 간덩이는 콩알만 해졌다.

입술은 타고 코에서는 단내가 났다.

조조는 한참 쫓겨 가다가 숨이 턱에 차서 뒤를 바라보니 쫓아오던 장비의 모습이 보이지 아니했다.

숨을 크게 쉬고 모든 장수들을 바라보니 이마가 깨진 놈, 머리가 터진 놈, 코가 찢어진 놈, 손가락이 떨어진 놈, 다리가 부러진 놈, 상한 자가 부지기수였다.

조조는 패잔병을 거느리고 기운이 떨어져 앞으로 나갔다.

한동안 나갔을 때 앞에 두 갈래 길이 있었다.

앞에 가던 군사 한 사람이 품하였다.

"앞에 두 갈래 길이 있습니다. 승상께서는 어느 길로 가시렵니까?"

"어느 길로 가는 것이 가까우냐?"

조조는 되물었다.

"큰길로 가면 평탄하기는 합니다마는 오십여 리나 돌아가고, 소로로 가면 화용도로 지나가는데 오십여 리 길이 가깝습니다. 다만 산골 초로가 되어 지형이 험하고 길이 협착해서 가기가 극히 어렵습니다."

조조는 군사 한 사람을 시켜 산에 올라 동정을 살피고 오라 했다.

군사가 돌아와 아뢰었다.

"작은 길 산기슭에 두어 군데 연기가 일어납니다. 그리하옵고 큰길에는 아무런 동정도 없습니다."

조조는 영을 내렸다.

"그렇다면 연기 나는 작은 길을 취하여 진군하라."

모든 장수들은 의아하게 생각했다.

"연기 나는 곳에는 반드시 복병이 있는 것입니다. 무슨 까닭에 연기 나는 곳으로 길을 취해 가라 하십니까?"

"에이 못난 것들, 너희들은 병서도 못 읽었느냐. 실즉허實則虛, 허즉실虛則實이다. 제갈양은 꾀가 많은 사람이다. 사람을 시켜서 일부러 불을 질러 연기를 내서 우리 군사가 저 길로 가지 못하게 만들어 놓고 큰길에 복병을 두어서 우리들을 유인하는 계획이다. 내가 이미 판정을 내렸으니 딴소리를 하지 마라."

모든 장수들은 일제히 탄복했다.

"승상의 신기 묘산은 범인이 따라갈 수 없습니다."

장수와 군사들은 말을 달려 화용도로 향해 나갔다.

이때 군사들은 모두 다 배가 고프고 말들은 피곤했다. 불 속에서 머리를 그슬리고 이마를 덴 자들은 지팡이 막대를 짚고 걸어가고, 활에 상하고 창에 찔린 자들은 절뚝거리며 따라갔다.

옷은 비에 젖고 화약에 상했다. 기는 갈가리 찢어지고 말은 안장이 없었다. 모두 다 이릉 길에서 패한 군사들이었다. 기운은 떨어지고 혼이 빠졌다. 더구나 절기는 엄동이었다. 괴로운 말은 이루 다 할 수 없었다.

조조가 앞을 바라보니 홀연 앞에 가던 말과 군사가 나가지 못했다.

"웬일이냐?"

조조는 큰소리로 물었다.

"전면 산 굽이진 곳에 새벽에 비가 와서 땅이 패어 구덩이가 됐습니다. 진흙 구덩이 속에 말굽이 빠져서 꼼짝달싹을 못합니다."

조조는 불끈 성이 났다.

"군대는 으레 산을 만나면 길을 더 나가고, 물이 있으면 다리를 놓아 행군을 하는 법이다. 진흙 구덩이쯤 만났다고 그래 행군을 못한단 말이냐. 늙은 군사와 상한 군사는 뒤에 서고, 강장한 군사는 흙을 나르고 섶을 깔아서 구덩이를 메워 곧 행군을 하게 하라. 만약 영을 어긴 놈이 있다면 목을 베리라."

군사들은 하는 수 없이 말에 내려 길가에 있는 대나무를 작벌하여 비에 패어 나간 진흙 구덩이를 메웠다.

조조는 뒤에 추병이 올까 겁이 났다. 장요, 허저, 서황에게 영을 내려 1백 군마를 거느리고 칼을 잡아 늦게 오는 군사들의 목을 베게 하고 호령을 내려 잔도棧道로 나가게 하니 죽는 사람이 부지기수요, 호곡하는 울음소리는 골짜기에 애끊는 메아리를 쳤다.

조조는 부화가 치밀었다. 캥캥한 목소리로 또다시 호통을 쳤다.

"이 못난 놈들아, 울기는 왜 우느냐? 죽고 사는 것은 천명이다. 이놈들 곡성을 뚝 그치지 못하느냐. 만약에 다시 우는 놈이 있으면 선 채로 목을 벨 테다."

군사들은 세 부대로 길을 취해 나가다가 한 부대는 뒤에 떨어지고, 한 부대는 구렁텅이로 굴러 떨어지고, 한 부대만이 겨우 조조를 따라 험준한 산길을 지났다.

조조가 돌아보니 겨우 3백여 기만 남았는데, 그나마 갑옷과 투구에 제대로 군복을 차린 놈은 한 놈도 없었다.

조조는 성화같이 재촉해 달아나니 모든 장수들이 청을 했다.

"조금만 쉬어 가십시다. 군사와 말이 몹시 피곤한 모양이올시다."

"에이 못생긴 놈들, 이까짓 행군을 가지고 피곤하다 하느냐? 형주까지 가서 쉬기로 하자."

조조는 칼을 들어 군사들을 휘몰아 나갔다.

두어 마장 더 나갔을 때, 조조는 홀연 마상에서 채찍을 번쩍 들고 깔깔거려 웃어 댔다.

쫓겨 달아나면서 세 번째 웃는 요망스런 웃음소리였다.

모든 장수들은 조조의 웃음소리에 또 소름이 끼쳤다. 불길하다고 생각했다.

"승상께서는 왜 또 웃으십니까?"

"사람들이 말하기를 주유와 제갈양은 제법 꾀가 많다고 하지만 내가 보기에는 참말로 무능하기 짝이 없는 자들이다. 만약 이런 곳에 군사 몇백 명만 매복해 둔다면 우리들은 꼼짝없이 속수무책 결박을 당하고 말 것이다."

조조의 말이 채 떨어지기 전에 일성 포향이 천지를 진동하면서 산골 양편에서는 5백 도부수들이 칼과 창을 들고 쏟아져 오는데 위수爲首 대장大將은 관운장이었다.

관운장은 청룡언월도를 비껴들고 적토마赤兎馬 위에 높이 앉아 봉의 눈을 부릅뜨고 삼각수를 바람에 흩날리며 조조의 가는 길을 끊었다.

"조 승상은 달아나지 말라. 한수 정후 관운장이 여기서 기다린 지 오래다!"

조조의 군사는 담이 떨어지고 넋을 잃었다. 면면이 서로 얼굴을 쳐다보면서 어찌할 줄 몰랐다.

조조는 벌벌 떠는 장수와 군사들한테 영을 내렸다.

"이쯤 되었으니 한번 결사전을 하는 수밖에 도리가 없다!"

모든 장수들이 대답했다.

"저희들은 겁날 것이 없습니다마는 말은 벌써 기진맥진이 되었습니다. 어떻게 다시 싸우겠습니까?"

정욱이 조조 앞에 나와 말했다.

"저는 원래 관운장의 성격을 잘 짐작합니다. 그는 윗사람한테 거만해도 아랫사람한테는 부드럽고, 강한 자는 콧방귀같이 알지만 약한 사람은 붙들어 주고 은원恩怨이 분명하고 신의信義가 대단한 사람이올시다. 승상께서는 전에 저 사람한테 은정을 많이 두셨으니 승상께서 친히 말씀하신다면 요행 어려운 고비를 넘길 수 있을 듯합니다."

조조는 정욱의 말을 그럴듯하게 생각했다.

곧 말을 달려 관운장의 앞으로 나가 몸을 굽혀 말했다.

"장군께서는 별래別來 무양無恙하시오니까?"

운장은 조조가 몸을 굽혀 예를 올리는 것을 보자 자기도 몸을 굽혀 마상에서 답례했다.

"아무 일 없소이다마는 오늘 관우는 군사軍師의 장령을 받들어 승상을 이곳에서 기다린 지 오랩니다."

"조조는 군사가 패하고 세궁역진하여 이 꼴이 되었습니다. 장군께서는 옛정을 생각하시어 조조의 목숨을 살려 주십시오."

조조는 눈물을 머금어 애걸했다.

관운장은 의젓이 대답했다.

"관우가 비록 전에 승상의 후한 대접을 받았으나, 이미 안량과 문추를 베어 백마白馬의 위태로움을 풀어 드렸습니다. 오늘은 사사로운 일로 공도를 폐할 수 없소이다.”

조조가 다시 애걸했다.

“장군께서는 오관五關 참장斬將하시던 일을 기억하실 것입니다. 저는 그
때 장군을 잡지 아니하고 놓아 보냈습니다. 대장부는 신과 의를 소중하게
생각한다 합니다. 장군께서는 『춘추春秋』, 『사기史記』에 밝으실 것입니다.
어찌 유공지사庾公之斯가 자탁유자子濯孺子를 쫓던 일을 모르시겠습니까?”

관운장은 의기가 태산 같은 사람이었다.

조조의 말을 듣자 조조한테 받았던 3일三日 소연小宴에 5일五日 대연大宴
과 오관 참장하면서 형수를 모시어 돌아올 때, 조조가 잡지 아니했던 생
각이 났다.

더구나 조조가 눈물을 흘려 애걸하는 꼴을 보니 차마 조조를 죽일 수
없었다.

운장은 말 머리를 돌려 군사한테 분부했다.

“길을 비켜라!”

조조는 살짝 틈을 타 달아났다.

관운장은 달아나는 조조와 군사를 향하여 큰소리로 한번 얼러 댔다.

“이놈들, 어디로 달아나느냐?”

조조 이하 군사들은 납작 땅에 엎드려 울면서 빌었다.

“장군님, 그저 살려 주십시오.”

더구나 승상 조조는 무릎 꿇고 앞에 엎드려 닭똥 같은 눈물을 찢어진
홍포 앞자락에 뚝뚝 떨어뜨리며 애망갈망 손을 모아 싹싹 빌었다.

“한수 정후 관공님, 그저 조조의 목숨을 살려 주십시오.”

관운장은 측은한 마음이 들었다. 차마 조조의 목을 벨 수 없었다.

잠깐 망설이고 있을 때, 장요가 조조를 찾아 말을 달려오다가 관운장과

마주쳤다.

　장요는 관운장을 보자 고개를 숙여 묵묵히 말이 없었다.

　살려 달라고 애걸할 수도 없었다. 칼을 들어 싸울 수도 없었다.

　관운장의 마음은 또 한 번 흔들렸다. 옛정을 차마 잊을 수 없었다.

　"하는 수 없구나!"

　한마디 긴 탄식을 하고 말 머리를 돌려 모두 다 놓아 보냈다.

　조조는 화용도의 호구虎口를 벗어나 곡구谷口에 당도하여 군사를 점고해 보니 패잔병의 군사는 겨우 27기였다.

　저녁 때 남군南郡 앞에 이르렀을 때 별안간 한 떼 인마가 횃불을 들고 쏟아져 나오면서 앞을 가로막았다.

　조조의 간담은 또 한 번 떨어졌다.

　철썩 땅에 주저앉았다.

　"이제는 꼭 죽었구나!"

　장탄 일성에 어찌할지 모를 때 한 떼 인마는 벌써 코앞에 당도했다.

　조조는 다시 눈을 들어보니 조카 조인曹仁이었다.

　조조는 슬펐다가 기뻤다.

　반가움을 이기지 못했다.

　"너 어떻게 오느냐!"

　"아저씨께서 패하신 것을 알았습니다마는 저마저 달아날 수야 있습니까? 멀리 가지 않고 이곳에 있다가 영접합니다."

　"하마터면 너와 서로 만나 보지 못할 뻔했다."

　이때 장요도 군사를 기느려 당도했다.

　서로들 관운장의 큰 덕을 칭송하면서 남군南郡으로 들어가 쉬었다.

　조조는 조인을 시켜서 상한 군사들에게 약을 주어 치료하게 하고 장수와 모사들한테 술을 마시게 하여 울분한 마음을 풀게 했다. 모사들은 조조한테 술 한 잔을 따라 바쳤다.

조조는 술 한 잔을 받아 마시자 홀연 하늘을 우러러 방성통곡을 했다.

"아이구, 아이구, 흐흐흐, 아이구, 아이구."

모든 모사들이 만류했다.

"승상께서는 호굴 속에서 도망해 오실 때도 조금도 겁내거나 두려워하지 아니하셨는데 이제는 남군으로 와서 양식도 많고 군사도 있습니다. 원수 갚을 생각이나 하시지 울기는 왜 우십니까?"

관운장의 목을 베려 하는 제갈공명

조조가 대답했다.

"나는 곽봉효郭奉孝를 생각하고 통곡을 한 것이다. 만약 곽봉효만 살아 있었더라면 결코 나로 하여금 이번 같은 큰 실패는 하지 않게 했을 것이다."

말을 마치자 조조는 가슴을 치면서 다시 통곡하며 푸념했다.

"슬프다! 봉효야, 아프구나! 봉효야, 아깝구나! 봉효야."

모든 모사는 입을 닫고 얼굴에 부끄러운 빛을 띠었다.

다음 날 조조는 조인을 불러 분부했다.

"나는 이제 잠깐 허도로 돌아가서 군마를 수습해 가지고 기어코 원수를 갚으러 올 테다. 너는 그동안 남군을 보전해 있거라. 나는 한 계교를 비밀하게 써서 너를 줄 테니 급하거든 뜯어보아 나의 계책대로 행하고 급하지 않거든 뜯어보지 아니해도 좋다. 이리한다면 동오 손권은 감히 우리 남군을 바라보지 못할 것이다."

"그러면 합비와 양양은 누가 지킵니까?"

조인이 물었다.

"형주 땅은 네가 관령管領하고 양양에는 벌써 하후돈을 보내서 지키라 했다. 그리고 합비는 가장 긴요한 땅이다. 장요로 주장主將을 삼고 악진, 이전으로 부장을 삼아서 이 땅을 지키라 했다. 만일 급한 일이 있거든 곧 나한테 보하라."

조조는 분별을 마친 후에 문무 관원과 형주에서 항복한 장수를 거느리고 허창으로 달아났다.

조인은 조조의 명을 받들어 조홍으로 이릉과 남군을 지키라 했다.

한편 관운장은 조조를 놓아 보낸 후에 군사를 이끌어 천천히 돌아갔다.

이때 모든 군사들은 조조와 싸워서 칼과 창이며 허다한 양식과 기계 등속을 많이 얻어 하구로 돌아왔다. 그러나 유독 관운장만은 군사 한 명 말한 필을 얻지 못하고 빈손으로 돌아와 현덕과 공명한테 뵈었다.

공명은 현덕을 모시고 이번 전쟁에 크게 이긴 것을 치하하고 있을 때 좌우의 시자들이 아뢰었다.

"관운장께서 돌아오십니다."

공명은 자리에 일어나 잔에 가득 술을 부어 들고 관공한테 보내며 말했다.

"장군께서는 이번에 개세蓋世의 큰 공을 세우시어 천하의 역적 조조의 목을 베어 돌아오시니 국가의 다행이요, 천하의 다행이올시다. 삼가 치하를 드려 영접합니다."

관운장은 고개를 숙여 잠자코 대답이 없었다.

제갈양은 미소를 지어 다시 말했다.

"장군께서는 저희들이 멀리 나가 마중을 하지 아니했다 해서 응낙하지 아니해하십니까?"

공명의 비꼬아 묻는 말에 관운장은 묵묵히 대답이 없었다.

공명은 좌우를 꾸짖었다.

"어찌하여 너희들은 관운장께서 돌아오시는 것을 미리 연통하지 아니했더냐?"

좌우는 황공하여 어찌할 줄 몰랐다.

관운장은 장중하게 입을 열었다.

"관우의 목을 베어 주시오!"

"조조가 화용도로 오지 아니했습니까?"

공명은 별빛 같은 눈으로 관운장의 얼굴을 뚫어져라 하고 바라보았다.

관운장은 머리를 긁적긁적 긁었다. 마침내 무겁게 대답했다.

"조조가 화용도로 오기는 왔습니다마는 관우가 무능하여 그만 그대로 놓쳐 보냈습니다."

공명의 얼굴빛은 추상같이 엄해졌다.

"무능해서 조조를 놓쳐 버렸다? 그렇다면 장수와 군사들은 몇 명이나 잡아 왔는가?"

"한 명도 잡지 못했습니다."

관운장은 고개를 푹 숙여 대답했다. 목소리는 풀기가 없었다.

공명은 주먹을 번쩍 들어 책상을 강하게 쳤다.

"바른대로 말하라!"

공명의 목소리가 쨍하게 떨어졌다. 서리 찬 푸른 하늘이 두 쪽으로 짝 갈라지는 듯했다.

관공은 여전히 고개를 숙여 대답이 없었다.

"너는 군령장을 쓰고 가지 아니했더냐? 조조를 못 잡으면 네 목을 내놓겠다고. 보아라, 네가 쓴 군령장이 여기 있다!"

제갈공명은 관운장이 친필로 쓴 군령장을 번쩍 들어 관공 앞에 내놓았다. 관공은 여전히 고개를 숙여 묵묵히 섰다.

공명은 계속해서 추상같은 호령을 내렸다.

"너는 조조의 옛 은혜를 생각해서 고의로, 일부러 조조를 놓아 보낸 것이 아니냐?"

제갈공명의 노기는 절정에 올랐다. 뜰아래 창과 칼을 잡고 벌여 서 있는 도부수들을 불렀다.

"도부수 게 있느냐?"

"네이."

긴 대답 소리가 떨어지며 도부수 패장이 성큼 앞으로 나섰다.

"관우를 잡아 내려 목을 베라!"

공명의 쩌렁한 목소리는 흰 무지개를 뿜어 쌀쌀한 하늘을 가로 끊었다. 도수부들은 우르르 달려들었다. 관운장의 등 뒤로 돌아섰다.

순간 현덕이 벌떡 자리에 일어나 공명한테 말했다.

"관우는 나와 함께 의를 맺어 생사를 함께하자고 맹세했던 사람이올시다. 관우의 목을 벤다면 나도 죽어야 합니다. 차마 맹세를 저버릴 수 없소이다. 지난 허물을 용서하시고 장공속죄將功贖罪케 해 주시기 바라오."

현덕의 간곡하게 부탁하는 말을 듣자 제갈공명은 얼굴빛을 부드럽게 하여 관운장에게 말했다.

"주상主上의 간곡하신 분부를 받들어 특별히 용서하거니와 군에는 군율이 있다. 군령장을 써 놓고 자기의 책임을 다하지 못하는 장수는 군의 질서를 문란케 할 뿐 아니라, 적을 이롭게 하고 나라를 결딴내고야 말 것이다. 사私와 공公을 혼돈할 수는 없다. 그러나 이번엔 주상의 낯을 보아 특별히 용서하거니와 또다시 이런 일이 있다면 단연코 군법대로 시행하리라."

관운장은 대춧빛 붉은 얼굴에 더한층 수줍은 빛을 띠고 공명한테 군례를 드려 물러갔다.

관운장이 물러간 후에 공명은 미연히 웃으면서 현덕한테 말했다.

"조조의 운수가 아직도 남아 있습니다. 관운장이 아니라도 조조는 목숨이 붙어서 다시 살아날 위인이올시다. 이러한 까닭에 양은 일부러 화용도에 관운장을 보내서 조조를 살려 보낸 것이올시다."

"공명 선생의 신기 묘산은 유비로서는 도저히 당해 낼 수 없소이다. 이번 적벽 대전에 동남풍이 아니었던들 어찌 조조의 백만 대병을 이십칠 기만 남겨 놓고 깨강정이 되도록 부쉈으리까. 전혀 공명 선생의 신출귀몰한 지략으로 큰 성공을 한 것입니다."

공명은 현덕의 말을 듣자 옷깃을 여며 대답했다.

"모두 다 하늘 뜻과 사람의 힘이 한데 합해서 된 일이올시다. 인력으로만 된 일이 아닙니다."

"조조의 수명은 아직 길게 남았습니까?"

"양亮이 남양 초당에서 주상의 삼고초려三顧草廬하신 후은을 받아 진세에 나올 때 천하는 삼분三分이 되어 정해진다고 말씀하였습니다. 조조는 천하의 삼분의 일을 차지할 사람이올시다. 아직도 그의 운은 양양洋洋합니다."

"하늘 뜻이야 인력으로 어찌할 수 있습니까? 하는 수 없지요."

현덕은 길게 탄식했다.

"번연히 알고도 일을 하는 것은 수인사대천명修人事待天命을 하자는 것입니다."

"옳은 말씀이오. 어질고 바른길로 노력해 보는 것뿐입니다. 이것이 사람이 살아서 일을 하는 근본인가 하오."

"옳으신 말씀이올시다. 그것이 사람의 살아 나가는 길이올시다."

현덕과 제갈양은 뜻 깊은 말을 주고받으며 장수와 군사들에게 후한 상을 내렸다.

조인과 동오의 대전

한편 주유는 적벽 대전에 큰 승리를 거둔 후에 군사와 장수를 점고點考하여 그들의 공훈을 기록하여 오후吳侯께 보하고, 항복한 군사와 전리품을 배에 가득히 실어 강을 건너 본진으로 돌아가 크게 삼군을 호궤한 후에 다시 남군을 취하려 하여 진군을 개시했다.

강을 면하여 다섯 곳에 영문을 배치하고 주유는 한가운데 진을 치고 있었다.

주유는 모든 장수와 모사와 함께 조조가 차지하고 있는 남군 공격할 것을 의논하고 있을 때, 홀연 군사가 들어와 고했다.

"유현덕의 사신 손건이 도독께 치하를 드리러 왔습니다."

주유는 곧 손건을 청해 들였다. 손건은 주유한테 뵌 후에,

"저희 주공께서 특히 손건을 보내서 적벽 대전의 큰 승리를 거둔 것을 치하하시며 예물을 올리라 하셨습니다."

손건의 말을 듣자 주유가 물었다.

"유현덕께서는 지금 어디 계십니까?"

"우리 주인께서는 군사를 옮기시어 지금 유강구油江口에 둔병屯兵하고 계십니다."

주유는 깜짝 놀랐다.

"그럼 공명도 유강구에 함께 계십니까?"

"그렇습니다. 공명도 함께 계십니다."

"족하足下는 그럼 먼저 돌아가시오. 내 일간 친히 가서 현덕께 뵙고 감사한 뜻을 표하오리다."

주유는 현덕이 보낸 예물을 받은 후에 손건을 돌려보냈다.

노숙이 옆에 있다가 주유한테 물었다.

"지금 도독께서 현덕이 유강구에 있다는 말씀을 듣고 왜 놀라셨습니까?"

"유비가 유강에 둔병했다 하니 이것은 필연코 남군을 취하려 하는 의사가 있는 것이 분명하오. 나는 허다한 군마軍馬와 허다한 전량錢糧을 준비해서 적벽 대전에 이기고 지금 남군에 손을 대려 하는 판인데 저들은 어질지 아니한 마음을 먹고 우리보다 먼저 남군을 취하려 하니 어찌 놀라지 아니하겠소. 맹세코 주유가 죽기 전에는 되지 아니하리다!"

"만약 그렇다면 도독께서는 무슨 꾀로 물리치시겠습니까?"

"나는 저들을 찾아보고 부드럽게 아니 된다고 말해서 저들이 듣지 아니한다면 먼저 유비를 죽여 버리고 말겠소."

"그렇다면 저도 함께 가겠습니다."

주유는 노숙과 함께 3천 경기輕騎를 거느리고 유강구로 나가서 현덕한테 명찰을 들여보냈다.

현덕은 주유가 친히 회사하러 왔다는 말을 듣고 공명한테 물었다.

"주유가 친히 답례하러 왔다 하니 반드시 곡절이 있을 듯하오. 무슨 일입니까?"

공명은 현덕의 묻는 말에 빙긋 웃으며 대답했다.

"주유가 오는 것은 그까짓 사소한 예물을 보내신데 감격해서 오는 것이 아니올시다. 우리의 남군 공격하는 일을 중지시키러 오는 것이올시다."

"주유가 만약 그같이 말한다면 무어라고 대답하면 좋으리까?"

"여차여차하게 대답하십시오."

제갈공명은 현덕의 귀에 가만히 말을 전했다.

공명은 말을 마친 후에 군중에 영을 놓아 전선戰船을 양편으로 갈라 세우고 강 언덕에는 보군을 질서 정연하게 벌여 세운 후에 조자룡에게 두어 명 말 탄 군사를 거느리고 주유를 맞아들이라 했다.

주유는 현덕의 군세가 웅장한 것을 보고 심중이 매우 불안했다.

영문 앞에 당도하니 현덕은 공명과 함께 문까지 친히 나와 주유를 맞아들였다.

장중帳中에 들어 인사를 마친 후에 술을 내어 관대했다.

현덕은 술잔을 들어 적벽 대전에 승리한 것을 축하하면서 주유한테 술을 권했다.

주유도 현덕한테 축배를 올렸다.

술이 두어 순배 돌았을 때 주유는 현덕에게 말했다.

"유 예주豫州께서 이곳에 군사를 옮기신 것은 남군을 취할 뜻이 계신 것이 아닙니까?"

"내가 남군을 취하러 이곳에 진을 친 것이 아니라 도독께서 남군을 취할 뜻이 계신단 말을 듣고 도독을 도우러 온 것입니다. 그러나 만약 도독께서 필요치 아니하시다면 유비가 취하겠소이다."

현덕의 말을 듣자 주유는 빙그레 웃으며 말했다.

"우리 동오東吳에서는 오래 전부터 한강漢江에 진병進兵하고 있었습니다. 이제 남군은 장중지물掌中之物이올시다. 왜 버리겠습니까?"

현덕은 얼굴빛을 고치지 아니하고 주유의 말에 대답했다.

"승부는 미리 예측하기 어렵지요. 조조가 허창으로 돌아갈 때 조인曹仁으로 남군을 지키라 하고 갔으니 필연코 기이한 계책을 가졌을 것입니다.

더구나 조조의 조카 조인은 기막힌 용맹을 가진 장수올시다. 모르면 모르
되 도독께서는 수중에 넣지 못하시리다."

주유는 여전히 웃으며 대답했다.

"만약 주유가 취하지 못하거든 그때 가서 영공께서 취하십시오."

현덕은 정색하고 대답했다.

"그렇습니까? 여기 노자경과 공명이 있습니다. 증인이 될 것입니다. 도
독께서 식언食言을 해서는 아니 되십니다."

노숙은 주저하고 채 대답을 못했다.

"대장부 말은 한번 나오면 천금보다 더 무겁습니다. 식언을 할 리 있습
니까?"

주유가 말했다.

주유의 입에서 희떠운 대답이 나오니 공명이 말했다.

"도독의 하신 말씀은 참 옳은 공론이십니다. 먼저 동오한테 양보하셨
다가 동오가 취하지 못하는 경우에 우리가 손을 댄다는 것은 조금도 잘못
이 아닙니다. 의리에 당당한 일입니다."

네 사람은 서로들 환담하면서 술을 두어 잔씩 더 마시었다.

주유와 노숙은 현덕과 공명을 작별하고 돌아갔다.

현덕은 공명한테 말했다.

"아까 주유한테 선생이 시킨 대로 대답은 했소마는 가만히 생각해 보
니 나는 지금 외롭고 궁하여 발붙일 땅이 없소이다. 어떻게 남군이나 취
해서 잠시 용신容身이라도 해야겠는데 지금 주유보고 먼저 취하라 했으니
남군이 한번 동오한테 돌아간 후에야 어찌 다시 우리 땅이 되겠소."

공명은 현덕의 말을 듣자 껄껄 웃으며 대답했다.

"당초에 저는 주공께 형주를 취하시라 했는데 그때 주공께서는 듣지

아니하시고 오늘날 도리어 외롭고 궁한 것을 한탄하십니까? 하하하."

현덕은 빙긋 웃으며 대답했다.

"그것은 그렇지 아니하오. 전의 형주는 나의 일가 형님 유경승劉景升의 땅인 때문에 차마 취하지 못한 것이고, 지금은 조조의 땅이 됐으니 취해도 상관이 없다 생각하오."

"주공께서는 너무 염려 마십시오. 주유보고 흠뻑 시살해서 싸우라 한 후에 제갈양은 주공을 남군성에 높직이 앉아 계시도록 해 놓겠습니다."

"어떻게 하면 그렇게 되겠소?"

현덕은 공명의 앞으로 교의를 끌어당겼다.

공명은 현덕의 귀에 입을 대고,

"이같이 하십시오."

하면서 무슨 소린지 한동안 말했다.

현덕의 입은 벙긋벙긋 벌어졌다.

현덕은 공명의 말을 받아 유강구에 머무른 채 군사를 움직이지 아니했다.

한편 주유는 노숙과 함께 채로 돌아온 후에 노숙은 주유한테 물었다.

"도독은 어찌해서 현덕더러 남군을 취하라 하셨습니까?"

"그까짓 거 나는 손가락 한 번만 퉁기면 남군을 취할 텐데 유현덕이 어찌 감히 제 수중에 넣을 수 있겠소. 한번 희떱게 인정이나 써 둔 것이지."

주유는 말을 마치자 곧 부하들을 불렀다.

"누가 먼저 선봉이 되어 남군을 취하겠느냐?"

주유의 묻는 소리가 채 떨어지기 전에 한 사람이 길게 대답하고 나왔다.

"제가 가겠습니다."

주유가 바라보니 장흠蔣欽이었다.

"그러면 너는 선봉이 되고 서성, 정봉은 부장副將이 되어 오천 정예 부대를 거느리고 먼저 강을 건너라. 나는 뒤에서 접응하리라."

장흠은 주유의 명을 받들어 서성, 정봉과 함께 5천 장병을 거느리고 강을 건너 남군으로 향했다.

한편 조인曹仁은 조조의 명을 받들어 남군을 지키면서 조홍曹洪으로 이릉을 수직하라 하여 서로 의지하는 형세를 이루고 있었다.

탐마병이 급히 고했다.

"동오의 군사가 벌써 한강을 건넜습니다."

조인은 탐마의 보고를 받자 군중에 영을 내렸다.

"굳게 성을 지키고 싸우지 않는 것이 상책이다. 장수와 군사들은 함부로 움직이지 말라."

장사 우금이 분연히 소리치며 나와 말했다.

"적병이 성 아래까지 쳐들어왔는데 나가서 싸우지 않는 것은 겁을 집어먹은 때문입니다. 우리 군사는 지난번에 패한 부끄러움을 씻어서 다시 예기를 떨쳐야 할 것입니다. 저에게 정병 오백 명만 주신다면 한번 죽도록 싸워 보겠습니다."

조인은 우금의 의기를 장하게 생각했다. 5백 군사를 주어 나가 싸우라 했다.

우금이 군사를 거느려 성문을 열고 나가니 동오 편에서는 정봉이 말을 채쳐 나왔다.

싸움이 어우러져 4~5합이 넘었을 때 정봉은 거짓 패해 달아났다.

우금은 5백 군사를 거느리고 정봉의 진으로 돌격해 쫓아 들었다.

정봉은 일시에 군사를 지휘하여 우금을 둘러쌌다.

우금은 좌충우돌하면서 에워싼 정봉의 군사를 뚫으려 했으나 용이하게 뚫고 나갈 도리가 없었다.

조인이 멀리 성 위에서 바라보니 우금이 철통같은 적진 속에 빠졌는데 위태롭기 짝이 없었다.

조인은 곧 갑옷을 떼어 입고 수하 장병 수백 기를 거느리고 말에 올라 칼을 두르며 힘을 다하여 오진吳陣으로 뛰어들었다.

서성이 뛰어드는 조인을 맞이해 싸웠으나 당해 낼 수가 없었다.

조인은 우금이 갇혀 있는 한복판으로 뛰어들어 우금을 구해 가지고 나오다가 다시 돌아보니 아직도 자기 군사 수십 기가 에워싼 속에 갇혀 있었다.

조인은 다시 말 머리를 돌려 겹겹이 에운 속을 뚫고 들어갔다.

오진에서는 장흠이 쫓아 드는 조인을 큰소리로 꾸짖으며 가로막았다.

조인은 우금과 함께 힘을 합하여 장흠을 물리쳤다.

때마침 조인의 아우 조순曹純이 형 조인을 돕기 위하여 군사를 거느려 뛰어들었다.

두 편에서는 고함 소리가 진동했다.

일대 혼전을 이루면서 강동 오병은 패해 달아났다.

조인은 크게 이기고 장흠은 패해서 돌아왔다.

주유는 대로했다. 곧 무사에게 명하여 장흠의 목을 베어 군법을 시행하라 했다.

모든 장수는 간곡하게 빌었다. 장흠의 생명은 겨우 부지하게 되었다.

주유는 분함을 억제할 수 없었다. 친히 군사를 점고하여 조인과 한번 결전하려 했다.

감녕이 간하였다.

"도독께서는 너무 조급하게 굴지 마십시오. 지금 조인은 조홍으로 이릉을 지키게 해서 서로 쇠뿔같이 의지하는 형세를 만들고 있습니다. 저한테 정병 삼천만 주신다면 이릉을 취하겠습니다. 이리한 연후에 남군을 취하십시오."

주유는 마음속으로 감녕의 말이 옳다 생각했다.

감녕에게 3천 군마를 주어 먼저 이릉을 공격하라 했다.

조인의 염탐꾼은 나는 듯이 이 사실을 조인한테 보했다.

조인은 모사 진교陳矯를 청하여 의논하였다.

"주유가 이릉을 먼저 친다 하니 어찌하면 좋겠소?"

"이릉을 잃어버린다면 남군도 지탱할 수 없을 것입니다. 속히 구원병을 보내십시오."

조인은 곧 조순과 우금에게 영을 내려 어둔 밤을 타서 가만히 군사를 거느려 조홍을 구하라 했다.

조순은 먼저 사람을 조홍한테 보내서 성에 나와 오병吳兵을 유인하라 일렀다.

한편 감녕은 군사를 이끌고 이릉에 당도했다.

조홍은 조순의 기별을 받은지라 군사를 거느리고 성 밖에 나와 감녕을 대항하여 20여 합을 싸우다가 슬며시 패해 달아났다.

감녕은 멋도 모르고 이릉 안으로 군사를 거느려 들어갔다.

날이 어둑했을 때, 별안간 조순과 우금은 이릉을 겹겹이 에워쌌다.

감녕의 3천 병마는 독 안에 든 쥐가 되어 버렸다.

탐마는 나는 듯이 말을 달려 주유한테 고했다.

"큰일 났습니다. 감녕 장군은 이릉으로 승승장구하여 들어갔다가 별안간 쏟아져 오는 조조의 군사한테 포위되어 명재경각이올시다."

주유는 깜짝 놀랐다. 어찌할 줄 몰랐다.

정보가 옆에 있다가 말했다.

"급히 군사를 보내서 구해 주어야 합니다."

"이곳은 바로 요해처인데 만약 군사를 나누어 보냈다가 조인이 군사를 거느려 습격한다면 어찌하겠소?"

여몽이 옆에서 말했다.

"감흥패甘興覇는 강동의 명장인데 어찌 구해 주지 않는단 말씀이오? 구해 주어야 합니다."

주유가 말했다.

"간다면 내가 친히 가서 구해 주어야 할 텐데 이곳에는 나를 대신해서 누구한테 책임을 맡길 사람이 없구려."

여몽이 다시 말했다.

"능통淩統을 머물러 두어 도독을 대신하게 하고 여몽이 전구前驅가 되고 도독께서 뒤를 끊으신다면 열흘 안에 반드시 개가를 부르리다."

주유는 옆에 있는 능통을 향하여 물었다.

"능 장군은 잠시 나를 대신해서 도독의 임무를 맡으시겠소?"

"죄송합니다. 어디 재목이 됩니까? 그러나 정 맡으라 하시면 십 일 동안은 책임지고 맡겠습니다. 그러나 십 일 이상은 책임을 다하기 어렵습니다."

주유는 크게 기뻤다. 곧 만여 명 군사를 능통에게 맡기고 당일로 큰 군사를 거느려 이릉으로 향하여 나갔다.

여몽이 주유한테 말했다.

"이릉 남편에 소로가 있는데 남군에서 가장 가깝습니다. 조조의 군사가 패하게 되면 반드시 이 길로 달아날 것입니다. 오백 군사를 보내서 나무를 잘라 그 길을 막아 버리십시오. 조조의 군사들이 달아나다가 장해물이 있으면 반드시 말을 버리고 달아날 것입니다. 이리된다면 우리는 힘

안 들이고 수백 필 말을 거저 얻게 됩니다."

주유는 여몽의 말을 들어 곧 5백 명 군사를 보내서 나무를 작벌하여 길을 막으라 했다.

주유의 대군이 이릉 앞에 당도하니 주유는 모든 장수를 돌아보았다.

"누가 적진을 뚫고 들어가 감녕한테 내가 왔다고 연통하겠나?"

주태가 소리치며 나왔다.

"소장이 감녕을 만나 보러 가겠습니다."

주태는 말을 마치자 칼을 끌고 말에 올라 적진으로 살같이 달려 나갔다.

주태가 성 아래 당도하니 감녕은 성 위에서 달려오는 주태를 바라보며 기쁨을 이기지 못했다.

주태는 성 위에 있는 감녕을 향하여 소리쳤다.

"도독께서 친히 군사를 거느리고 오셨소!"

감녕은 곧 군사들한테 영을 내려 내응할 준비를 차리게 했다.

한편으로 조조의 진에서는 조홍, 조순, 우금이 모여 있다가 주유가 친히 대군을 거느리고 왔다는 소식을 듣자 일변 사람을 남군으로 보내서 조인한테 고하고 한편으로는 군사를 내어 적을 맞아 싸울 준비를 차리고 있었다.

마침내 주유의 군사와 조조의 군사는 마주치게 되었다.

감녕과 주태는 두 길로 나누어 시살해 나오니 조조의 군사는 크게 어지러웠다.

오병은 달아나는 조조의 군사를 추격하니 과연 조홍, 조순, 우금은 군사를 이끌고 소로로 달아나다가 막아 논 나무와 섶단에 막혀서 말을 타고 달아날 수가 없었다.

조조의 군사들은 함빡 말을 버리고 가로막은 나무와 섶을 헤치고 뿔뿔이 달아났다.

이 통에 주유의 군사는 좋은 말 5백여 필을 힘 안 들이고 얻고 감녕은 이릉 포위 속에서 벗어났다.

주유는 승승장구하여 밤을 도와 남군으로 쳐들어가다가 길에서 이릉을 구하러 오는 조인의 군사와 마주쳤다.

두 편 군사는 크게 혼전을 하다가 날이 저무니 제각기 쟁을 쳐 군사를 거두게 되었다.

조인은 진중으로 돌아가 앞으로 싸울 방침을 의논했다.

조홍이 나와 의견을 말했다.

"대장께 아뢸 말씀이 있습니다. 지금 우리는 이릉을 잃어서 형세가 대단 위급합니다. 승상께서 허창으로 떠나실 때 비단 주머니에 비밀한 계교를 넣어 주고 가신 일이 있습니다. 왜 이것을 꺼내 보지 아니하십니까?"

"자네 말이 내 뜻에 맞네. 그렇지 아니해도 나는 승상께서 주고 가신 금낭錦囊을 끌러 보려던 참일세."

조인은 말을 마치자 금낭을 끌러 본 후에 무한 좋아했다.

곧 군중에 전령을 내렸다.

"삼군三軍은 오경 때 밥 지어먹고 날이 밝거든 대소 군마는 일제히 성을 버리고 나가라. 성 밖으로 나갈 때 성 위에는 기치창검을 가득히 꽂아서 허장성세를 이루고 군사들은 삼문으로 나누어 나가게 하라."

조조의 군사들은 일제히 대장 조인의 명령을 받들었다.

한편 주유는 이릉에서 감녕을 구해 낸 후에 남군으로 향하여 쳐들어가서 성 밖에 진 치고 높은 곳에 올라 적세를 바라보니 조조의 군사는 남군성에서 삼문으로 나누어 나오는데 성 위에는 허장성세로 기치창검을 꽂아 놓고 군사들은 허리에 봇짐 하나씩 차고 나왔다.

주유는 가만히 헤아려 보았다.

'이 자들이 도망을 가려고 준비하는구나.'

혼자 생각한 후에 장대에 서서 엄숙히 군령을 내렸다.

"온 군대는 전군前軍, 후군後軍으로 나누고 양군兩軍은 좌우익으로 분포시키라. 전군이 이기거든 그대로 적병을 향하여 돌진해 추격하고, 징을 울리거든 물러오라!"

주유는 삼군에 영을 내린 후에 정보로 후군을 통솔하게 하고 자기 자신이 친히 전군을 지휘하여 적과 대진하니 북소리 나팔 소리는 산천이 떠나가는 듯하고, 군사들의 납함 소리는 천지를 진동했다.

일성 포향과 함께 북소리 울리는 곳에 조홍이 갑옷투구에 장창을 비껴들고 진문으로 나와 싸움을 돋우었다.

주유는 은 투구, 은 갑옷에 손에 등채 들고 진문 앞에 나와 한당에게 응전하라 명을 내렸다.

한당이 창을 비껴들고 조홍을 맞아 싸운 지 30여 합에 조홍은 한당을 당해 내지 못했다.

말 머리를 돌려 급히 달아났다.

이 모양을 보자 조인은 참을 수 없었다. 스스로 말을 달려 앞으로 나왔다.

주유 편에서는 주태가 말을 달려 뛰어나왔다.

조인과 주태는 어우러져 싸운 지 10여 합에 조인은 주태를 당해 내지 못하고 급히 말 머리를 돌이켜 달아났다.

조조의 군사들은 조인의 달아나는 것을 보자 어마뜨거라 하고 산지사방으로 뭉그러져 흩어졌다.

주유는 조인의 달아나는 것을 보자 신명이 났다.

몸소 대군을 몰아 달아나는 조인의 뒤를 쫓아 남군성으로 육박했다.

조조의 군사들은 성으로 들어가지 아니하고 서북편을 향하고 달아났다.

한당, 주태도 전부 군사를 거느리고 힘을 다하여 쫓아갔다.

주유는 성문이 크게 열리고 성 위에 사람이 없는 것을 보자 군사를 호령하여 안으로 들라 한 후에 주유 자신도 말을 놓아 곧 옹성 안으로 뛰어들었다.

이때 조조의 모사 진교陳矯는 성 위에서 주유가 친히 성안으로 뛰어드는 것을 보자 가만히 손뼉을 쳤다.

'승상의 묘한 꾀는 참 귀신같구나!'

탄복한 후에 힘을 다하여 목탁을 치니 양편에서 활과 쇠뇌가 일시에 소나기 내리듯 쏟아지면서 주유의 군사들은 살에 맞아 쓰러져 죽고 함정에 떨어져 죽는 자가 부지기수였다.

주유는 당황했다. 급히 말을 채쳐 돌아가려 할 때 쇠뇌 한 대가 쌩 하는 소리를 치면서 주유의 왼편 갈빗대를 보기 좋게 맞히어 말 아래 떨어뜨렸다.

성안에서 이 모양을 본 조조의 장수 우금은 큰소리를 치면서 뛰어나와 말에 떨어진 주유를 잡으려 했다.

주유 편에서는 서성, 정봉이 눈이 뒤집힐 지경이었다.

마주 호통을 치면서 뛰어나와 우금을 물리친 후에 주유를 떠메어 진으로 돌아갔다.

성안에서는 돌연 조조의 군사가 물밀듯 쏟아져 나왔다.

동오 군사는 서로를 짓밟고 달아나서 죽고 상하는 자가 부지기수였다.

정보는 당황했다. 급히 군사를 거두어 달아나려 할 때 조인과 조홍은 군사를 두 길로 나누어 시살해 들어오니 동오 군사는 전멸이 되려 할 때, 능통凌統이 군사를 거느리고 쫓아와서 겨우 한 곳을 뚫고 달아날 수 있게 되었다.

서성, 정봉 두 장수는 주유를 구원하여 진으로 돌아온 후에 행군行軍 의 자醫者를 청하여 활촉을 뽑아내고 금창약을 발라서 창구를 덮었으나 아픔을 견딜 수 없었다. 주유는 이내 음식을 전폐했다.

"살촉 끝에 독이 박혀서 얼른 낫기 어렵습니다. 만약 노한 기운이 충동 된다면 금창이 다시 터질 테니 주의하십시오."

의사는 당부하고 물러갔다.

정보는 삼군에 영을 내려 긴하게 지키고 움직이지 말라 했다.

사흘이 지났다.

우금은 군사를 이끌고 와서 싸움을 돋우었다.

정보는 군사를 정돈하여 움직이지 아니했다.

우금은 온종일 욕을 퍼부으면서 싸움을 돋우다가 해가 저문 후에야 돌아갔다.

다음 날 날이 밝자, 우금은 또다시 와서 욕설을 퍼부으면서 싸움을 돋우었다.

정보는 주유가 알면 화가 날까 보아 감히 주유한테 알리지 못했다.

다시 사흘이 지났다.

우금은 진문 앞까지 쫓아와서 소리소리 지르며,

"주유 놈을 잡아가겠다!"

악성을 질렀다.

정보는 모든 장수들과 의논하고 잠깐 군사를 물려서 오후를 만나 본 후에 다시 앞일을 처리하리라 마음먹고 있었다.

한편 주유는 상처를 받아 심히 아픈 중에도 항상 머리에는 전쟁에 대해서 아니 생각할 수 없었다.

조조의 군사는 반드시 와서 싸움을 돋울 터인데 장수들은 한 사람 와서 품하는 이가 없었다. 주유는 궁금증이 나서 배겨 날 수가 없었다.

하루는 조인이 친히 군사를 거느리고 와서 북 치며 납함하면서 크게 싸움을 돋우었다. 그러나 정보는 여전히 안병按兵 부동不動하는 태세를 취했다.

주유는 모든 장수들에게 장 안으로 들어오라 분부를 내렸다.

"어디서 저같이 북 치며 떠들어 대느냐?"

모든 장수들은 주유한테 숨겨서 거짓말을 했다.

"군중에서 사졸들을 교련하느라 그리합니다."

주유는 불끈 성이 났다.

"왜 나를 속이느냐? 조조의 군사가 날마다 와서 욕지거리하며 싸움을 돋우는 것을 내가 뻔히 알고 있는데 어찌해서 나를 속이느냐 말이다. 정 장군은 무슨 이유로 가만히 보고만 앉아 있느냐? 곧 들어오라 일러라."

장수들은 황망히 정보를 불러들였다. 주유는 곧 정보한테 물었다.

"어찌해서 적병은 날마다 싸움을 돋우는데 장군은 가만히 앉아서 보기만 하시오?"

"의사 말이 환후 중에 촉노觸怒를 해서는 아니 된다 하므로 적병이 싸움을 돋우건만 일부러 고하지 아니했습니다."

주유는 정보를 향하여 다시 물었다.

"장군이 싸움을 하지 않는 주견을 말씀해 보시오."

"별 주견이 있는 게 아니라, 잠깐 군대를 거두어 동오로 돌아갔다가 도독의 병환이 쾌하신 후에 다시 구처를 하려 한 것입니다."

주유는 정보의 말을 듣자 화가 꼭두에까지 치밀었다.

"대장부가 군록을 먹으면 당연히 전쟁에 죽어서 말가죽으로 시체를 싸서 돌아오는 것이 큰 명예요 행복인데, 어찌 나 한 사람으로 인하여 국가의 큰일을 폐하겠소!"

주유는 말을 마치자 곧 갑옷 입고 투구 쓰고 말에 올랐다.

모든 장수들은 깜짝 놀라지 않는 사람이 없었다.

주유는 곧 수백 기를 거느리고 영문 밖으로 나가 조조군의 군세를 바라보았다.

조조의 군사는 벌써 진까지 치고 있었다.

조인은 친히 싸움을 돋우기 위하여 은안백마에 장창을 비껴들고 말을 몰아 문기門旗 아래 세우고 채찍을 번쩍 들어 큰소리로 꾸짖었다.

"주유, 어린놈아! 네 반드시 비명횡사해서 요절할 것이다. 다시는 나의 군사를 대해 보지 못하리라!"

주유는 조인의 욕설을 듣자 분함을 못 이기어 모든 장수들 틈에서 왈칵 뛰어나와 조인을 향하여 큰소리로 꾸짖었다.

"이놈, 조인 무식한 필부匹夫야. 여기 주랑周郎이 계시다. 동자 없는 눈망울을 들어 똑똑히 바라보아라!"

조조의 군사들은 주유가 다시 진 머리에 나타난 것을 보자 모두 다 깜짝 놀랐다.

조인은 군사를 돌아보며 명을 내렸다.

"욕설을 퍼부어라!"

조조의 군사들은 일제히 욕설을 퍼부어 주유의 기를 돋우었다.

"저 자식이 죽지 않고 또다시 살아났구나!"

"이 자식아, 갈빗대 부러진 맛이 어떠하더냐?"

"우금한테 꼭 잡혀서 죽을 것이 천행으로 되살아났구나!"

주유는 부아가 터졌다.

옆에 있는 반장潘璋에게 영을 내렸다.

"네 나가서 조인을 죽여 버려라!"

반장이 말을 달려 나가 채 교봉交鋒을 하기 전에 홀연 주유는 크게 외마디소리를 지르면서 입으로 피를 뿜고 말 아래로 떨어졌다.

이 모양을 보자 조조의 군사들은 와 소리를 치며 조수 물밀듯 주유의 진으로 몰려들었다.

동오 편 장수들은 죽을힘을 다하여 조인의 군사를 막아 내면서 급히 주유를 구하여 떠메어 가지고 진문 안으로 들어왔다.

동오 편 군사들은 모두 다 수심에 싸였다.

정보가 장중으로 들어가 주유를 위문했다.

"도독의 귀하신 몸이 어떠하십니까?"

주유는 빙긋 웃으며 가만히 대답했다.

"그것은 계교로 그러한 것입니다."

정보가 놀랐다.

"계교라니요? 무슨 계교입니까?"

"내 그리 아프지는 않소마는 내가 피를 토한 것은 조인을 속이자는 계획이오. 조인은 내가 피를 토하고 쓰러진 것을 보고 반드시 다행하다 생각했을 것이오. 우리 편에서는 심복 군사를 시켜서 거짓 항복하게 한 후에 내가 죽었다 하면 오늘 밤에 조인은 반드시 야습을 할 테니 우리는 군사를 매복했다가 일제히 쏟아져 나온다면 조인은 북 한 번 울리는 사이에 잡히고 말 것이오."

정보는 주유의 말을 듣고 탄복했다.

"그 계교가 참 묘합니다."

칭찬하기를 마지아니했다.

이날 밤에 정보는 주유의 장 앞에서 주유가 죽었다는 것을 알리기 위하여 슬피 통곡을 하여 발상 거애를 했다.

모든 군사들은 깜짝 놀랐다.

"도독께서는 살에 맞은 금창이 다시 터져서 돌아가셨다네."

모두들 통곡하며 거상을 입었다.

조인은 성중으로 돌아가 여러 사람과 상의했다.

"주유는 노기가 충발해서 금창이 다시 터져서 입으로 피를 토하고 말에 떨어졌으니 미구에 죽고 말 것이다."

이같이 말하고 있을 때, 홀연 오채吳寨에서 수십 명 군사가 항복하러 왔다고 고했다. 이 속에는 본시 조조 편 군사로 포로가 되어 잡혀갔던 두 사람의 군사도 끼여 있었다.

조인은 곧 군사를 불러 물었다.

"너희들은 어찌해서 항복하러 왔느냐?"

"오늘 주유는 진 앞에서 금창이 터져서 돌아간 후에 곧 죽었습니다. 지금 주유의 진에서는 장수와 군사들이 함빡 상복들을 입어 슬퍼하고 있습니다. 저희들은 항상 정보한테 욕을 당하고 있었습니다. 주유가 죽었으니 정보의 밥이 되게 되었습니다. 이리하여 항복하러 왔습니다."

조인은 크게 기뻤다. 항복한 군사를 받아들이라 하고 곧 장수들을 모아 의논했다.

"오늘 밤에 야습을 해서 주유의 시체를 뺏은 후에 목을 베어 허도로 보내게 하라."

모사 진교陳矯가 옆에 있다 말했다.

"그 계교가 참 묘합니다. 빨리 서두르십시오. 늦으면 아니 됩니다."

조인은 곧 우금으로 선봉대장을 삼고 자기는 스스로 중군이 되고 조홍,

조순으로 후군後軍을 삼고 진교는 약간의 군사를 거느리고 성을 지키라 한 후 초경 때 밥 지어먹고 성에 나와 주유의 큰 진으로 향했다.

대군이 주유의 진 앞에 당도해 보니 진문 밖에는 한 사람도 보이지 아니하고 다만 기왓장이 헛청에 꽂혀 있을 뿐이었다.

조인은 비로소 계교에 빠진 줄 알았다.

황망히 군사를 물리려 할 때 별안간 사면에서 대포 터지는 소리가 일제히 일어나면서 동편에서는 오나라 장수 한당, 장흠이 군사를 거느려 시살해 나오고 서편에서는 주태, 반장이 소리치며 나오고 남편에서는 서성, 정봉이 벽력같은 소리를 질러 쫓아 나오고 북편에서는 진무, 여몽이 호통을 치고 나오니 조조의 삼군은 혼비백산이 되어 산지사방으로 대패해 달아나면서 서로를 구원할 도리가 없게 되었다.

금창이 터지는 주유

조인은 죽을힘을 다하여 겹겹이 에워싼 오병의 진을 뚫고 목숨을 구하여 달아났다.

얼마쯤 달리다가 뒤를 돌아보니 따라오는 군사는 겨우 말 탄 군사 수십 기뿐이었다.

한참 동안 정신없이 달아나다가 조홍을 만났다.

함께 패잔병을 거느리고 남군으로 향하여 달렸다.

오경 때쯤 하여 거진 남군을 지척에 두고 달릴 때 한번 북소리가 요란하게 일어나면서 일원 대장이 호통을 치며 길을 막았다.

조인이 황겁하여 바라보니 오나라의 맹장 능통이었다.

조인은 젖 먹던 힘을 다하여 일진을 시살하고 달아날 때, 또다시 감녕이 일지 군마를 이끌고 길을 가로막았다.

조인은 남군으로 들어갈 수 없었다. 지름길로 양양 대로를 취하여 달아났다.

동오 군사들은 조인의 뒤를 한 마장이나 쫓다가 돌아왔다.

주유와 정보는 조인을 크게 이긴 후에 기쁨을 이길 수 없었다.

곧 군사를 거두어 승전고를 울리며 남군으로 향하여 들어갔다.

주유와 정보가 남군으로 들어가려고 성 아래 당도해 보니 이상하지 아니한가. 문루 위에는 기치창검이 가득히 꽂혀 있는데 일원 대장이 나타나면서 큰소리로 외쳤다.

"도독은 허물치 마시오. 군사의 장령將令을 받들어 먼저 남군성을 취했소이다. 나는 상산 땅의 조자룡이오."

주유는 어이가 없었다. 화가 꼭두까지 불끈 치밀었다.

"성을 쳐부숴라!"

공격 명령을 내렸다.

동오 군사들은 일제히 남군성을 향하여 화살을 쏘아붙였다.

문루 위에서는 조자룡이 명령을 내렸다.

"성 위에서 화살을 쏘아붙이라."

유현덕의 군사들은 성 아래로 향하여 일제히 쇠뇌와 화살을 쏘아붙였다.

어지러운 화살과 쇠뇌는 바람을 끊어 소리를 내며 비 오듯 쏟아졌다. 주유의 군사는 낭패하지 아니할 수 없었다.

주유는 하는 수 없어 군사를 거두어 진으로 돌아가 삼군에 영을 내렸다.

"감녕은 이천 군마를 거느리고 지름길로 달려 형주를 취하고 능통은 삼천 군마를 거느리고 양양을 점령하라. 이러한 연후에 다시 남군을 취하리라!"

한참 군령을 내리고 있을 때 홀연 탐마가 급히 보했다.

"제갈양이 남군을 취한 후에 남군 수성장守城將의 병부兵符를 형주 수성장守城將한테 보내서, 남군이 위태로우니 빨리 구하러 오라 하여 형주 수성장이 군사를 거느려 남군으로 나간 틈에 장비張飛가 쫓아 들어 형주를 점령했습니다."

주유는 깜짝 놀랐다. 무슨 명령을 막 내리려 할 때, 또 한 사람의 탐마가 급히 말을 달려 뛰어들었다.

"큰일 났습니다. 조조의 장수 하후돈이 양양을 지키고 있는 중에 제갈양이 거짓 조인의 병부를 보내서 남군을 구해 달라 하므로 하후돈은 군사를 거느려 급히 남군으로 향했을 때, 제갈양은 관우를 보내서 양양성을 취해 버렸습니다. 이제 형주와 양양 두 곳 성지는 함빡 유현덕의 땅이 되었습니다. 유현덕은 한 푼어치 힘도 아니 들이고 형주와 양양을 차지해 버렸습니다."

주유는 놀라움을 금할 길이 없었다.

"제갈양이 어떻게 조조의 병부兵符를 얻었단 말인가?"

정보가 옆에 있다가 말했다.

"조자룡이 남군에서 조인의 모사 진교陳矯를 잡았으니 자연 병부는 제갈양한테로 돌아갔을 것이 아닙니까?"

주유는 별안간 으악 하고 한 번 큰소리를 치자, 금창金瘡이 터지면서 아픔을 못 이겨 자리에 쓰러져 버렸다.

주유는 여태껏 괴롭게 싸운 것이 모두 다 물거품같이 허사가 되어 버렸다. 제갈양한테 속아 떨어진 것을 생각하니 분하기 짝이 없었다.

조인과 싸울 때 독한 화살에 맞아 살까지 도려냈던 금창이 분기가 탱중하여 다시 터진 것이었다.

정보 이하 모든 장수들은 황황망조했다. 급히 환약을 개어 입에 흘려 넣고 터진 금창에 약을 발랐다.

주유는 까무러친 지 반나절에 비로소 소생이 되어 눈을 떠 보았다.

모든 장수들은 주유를 위로했다.

"과히 상심 마십시오. 앞으로 차차 좋은 수가 있을 것입니다."

주유는 눈을 부릅뜨고 이를 부드득 갈았다.

"내가 만약 제갈양 촌부 놈을 죽이지 못한다면 내 원한은 영영 풀리지 아니할 것이오. 정덕모程德謀는 나를 도와서 기필코 남군을 빼앗아 동오 땅이 되게 하시오."

정덕모는 정보의 자였다.

이같이 부탁할 때 노숙이 위문하러 들어왔다.

주유는 노숙의 손을 덥석 잡고 말했다.

"나는 기어코 군사를 일으켜 제갈양과 싸워서 자웅을 한번 결단한 후에 다시 남군, 양양, 형주 땅을 뺏을 테니 자경子敬은 부디 나를 도와주시오."

노숙은 주유의 말을 듣자 목소리를 부드럽게 하여 간하였다.

"도독께 아룁니다. 그것은 불가합니다. 방금 조조와 함께 상지하여 아직도 승패를 쾌하게 판가름하지 못했고, 또 합비도 함락하지 못한 이때 유비와 다투다가 조조가 다시 쳐들어온다면 형세가 위태롭습니다. 더구나 유현덕은 조조와 옛 교분이 두터운 터인데 한데 힘을 합해서 우리를 친다면 어찌하실 텝니까? 불가하외다."

"나는 머리를 짜내 계획을 세우고 크나큰 군마를 꺾어 버리고 무수한 양곡과 돈을 소모해 가면서 이 꼴이 되었으니 어찌 분하지 아니하겠소."

노숙은 다시 말을 부드럽게 하여 간하였다.

"도독께서는 잠깐 참으십시오. 제가 친히 현덕을 찾아보고 좋은 말로 한번 이치를 따져 말해 보겠소이다. 그래도 그가 듣지 아니한다면 그때 가서 동병動兵을 해도 늦지 아니합니다."

"좋소이다."

주유는 비로소 허락했다.

노숙은 주유의 허락을 받자 동자 한 사람을 데리고 남군으로 향하여 성 아래 당도하자 문을 두드렸다.

"성문을 좀 열어 주시오."

조자룡이 나와 물었다.

"그대는 누구요?"

"나는 노숙이란 사람인데 유현덕께 말씀을 드리러 왔소이다."

"우리 주공께서는 이곳에 아니 계십니다. 군사軍師이신 제갈공명과 함께 형주 성중에 계십니다."

노숙은 조자룡의 말을 듣자 남군성으로 들어가지 아니하고 곧 말을 돌려 형주성으로 향했다.

노숙이 형주성 앞에 당도해 보니 기치창검이 성 위에 정제하고 군용이 엄숙하여 질서가 있었다. 노숙은 마음속으로 탄식했다.

'공명은 과연 비상한 사람이다!'

노숙이 문 지키는 군사한테 거래하니 공명한테 노숙이 왔다는 사유를 아뢰었다.

제갈공명은 크게 성문을 열고 노숙을 맞아들였다.

예를 마치고 차를 마신 후에 노숙이 말을 꺼냈다.

"내 주인 오후께서 유 황숙께 말씀을 올리라고 지재지삼 당부하시므로 소생이 찾아온 길입니다. 전에 조조가 백만 대병을 거느리고 강남으로 내려왔을 때 실상인즉 유 황숙을 잡으려고 온 것입니다. 다행히 우리 동오에서는 유 황숙을 도와 조조의 대군을 물리쳐 황숙을 구해 냈으니 형주 땅 아홉 고을은 당연히 동오의 소유가 되어야 할 것입니다. 이럼에도 불구하고 이제 황숙은 속임수를 써서 형주와 양양을 점탈占奪하여 강동에서는 공연히 인명과 전량錢糧과 군마軍馬만 허비했으니 세상에 어찌 이런 일이 있겠습니까? 황숙께서는, 혼자서 이익을 본다는 것은 이치에 온당치 못한 일인가 합니다."

노숙의 말에 공명은 정색하고 대답했다.

"자경子敬은 고명하신 선비신데 어찌 이런 말씀을 하십니까? 자경께서는 항상 말씀하시기를 물건은 주인을 찾는 법이라 하지 아니하셨습니까? 형·양 구 군은 동오의 땅이 아니라 유경승劉景升 유표의 땅이고, 우리 주인은 유경승의 아우이십니다. 유경승이 비록 죽었다 하나 그 아들이 아직도 있습니다. 숙부로서 조카를 도와서 자기 땅을 찾는데 무슨 불가할 것이 있습니까?"

공명의 말은 청산유수와 같았다.

노숙은 고개를 가로흔들었다.

"공자 유기劉琦가 점령했다면 모르되 유기는 지금 강하江夏에 있습니다."

노숙의 부정하는 말을 듣자 공명은 다시 정색하고 말했다.

"천만에, 공자 유기는 이곳에 계십니다. 자경子敬은 공자를 보시렵니까?"

공명은 말을 마치자 좌우에 있는 시자에게 명했다.

"공자를 모시고 나오너라."

시자 두 사람은 병풍 뒤로 돌아 공자 유기를 좌우 옆에서 부축해 나왔다.

노숙은 깜짝 놀랐다.

유기는 노숙한테 인사하며 말했다.

"몸이 불편하여 먼저 나와 예를 드리지 못했으니 용서해 주십시오."

노숙은 기가 막혀 할 말이 없었다.

얼마 만에 공명을 향하여 말했다.

"공자께서 만약 아니 계신 때는 어찌하실 테요?"

노숙은 공자 유기의 병이 깊어서 곧 죽을 것만 같이 생각되는 때문이었다.

공명은 벌써 눈치를 채고 대답했다.

"공자께서 하루 동안 계시면 하루를 지키시는 것이고, 이틀 동안 계시면 이틀을 지키는 것입니다. 만약 아니 계신 때는 그때 가서 상의합시다."

노숙은 다시 다짐해 물었다.

"만약에 공자가 아니 계시다면 성지城池는 우리 동오한테로 돌려주셔야 합니다."

"자경의 말씀이 옳습니다. 돌려 드리기로 하지요."

공명은 쾌하게 대답하고 연회를 베풀어 노숙을 관대했다.

노숙은 대접을 받은 후에 밤을 도와 본진으로 돌아와 주유한테 공명과 하던 수작을 일장 설파했다.

주유는 노숙의 말을 들었으나 마음에 흐뭇하지 아니했다.

"유기는 청춘 연소한 사람인데 병이 설혹 좀 났기로서니 어찌 그리 쉬 죽겠소? 어느 때나 형주 땅이 우리 것이 된다 말씀이오?"

"도독께서는 방심 마십시오. 노숙은 힘을 다하여 형주와 양주 땅을 기어코 동오에 돌아오도록 만들어 놓겠습니다."

"무슨 고견이 계시기에 그같이 장담을 하십니까?"

"내가 유기의 얼굴을 보니 주색이 너무 과해서 병이 골수에까지 빠졌습니다. 얼굴은 파리해 야위고 콜록거려 기침을 하는데 혈담까지 뱉는 것을 보니 잘 산다 해도 반년을 넘기지 못하겠습니다. 그때 가서 형주를 내놓으라 하면 유비는 칭탁할 도리가 없을 것입니다."

주유는 그래도 마음이 풀리지 아니했다. 분한 기운을 참지 못하고 있을 때 손권이 사람을 보냈다.

불러들여 안부를 물으니 심부름 온 사람이 대답했다.

"주공께서는 합비를 포위하셨으나 여러 차례 싸워도 이기지 못하셨습니다. 도독의 대군을 거두시어 합비 공격하는 일을 도우라고 특명을 내리셨습니다."

주유는 군사를 정돈하여 정보로 싸움배를 거느려 합비로 가서 손권의 군사와 합세하라 이르고, 자기 자신은 시상柴桑으로 돌아가 병을 치료하기로 했다.

날개를 펴는 유현덕

유현덕은 형주, 양양, 남군을 얻은 후에 마음이 흐뭇했다.

여러 사람들을 불러 오래 이 땅을 지닐 일을 의논했다.

홀연 한 사람이 청상으로 올라,

"제가 한 말씀 드릴 일이 있습니다."

헌걸차게 말했다.

현덕이 바라보니 다른 사람이 아니라 이적伊籍이었다.

현덕은 그가 지난날에 여러 번 자기를 구원해 주었던 옛 은혜를 생각하여 십분 공경했다.

"무슨 가르칠 말씀이 계십니까?"

"형주를 오래 지키시려면 어찌 널리 어진 선비를 구하여 묻지 아니하십니까?"

이적의 말에 현덕은 무릎을 앞으로 내밀고 물었다.

"어진 선비가 어디 있습니까?"

이적이 대답했다.

"형주와 양주에 마馬 씨氏 형제 다섯 사람이 있는데 모두 다 재명才名이 있습니다. 그 중에 연소한 사람은 이름을 속謖이라 하고 자를 유상幼常이라 합니다. 그리고 제일 어진 사람은 이름을 양良이라 하고 자를 계상季常이라 하는데 양미간에 흰 눈썹이 뻗쳐서 동네 사람들이 말하기를 마 씨

다섯 형제 중에 백미白眉[11]가 가장 어질다고들 합니다. 현덕께서는 어째 이 사람을 한번 구해서 의논하지 아니하십니까?"

현덕은 기뻤다. 곧 사람을 보내서 마량을 청했다.

마량馬良이 온 후에 현덕은 형주와 양주 땅을 보수할 대책을 물었다.

"어찌하면 형·양 땅을 오래 보전하리까?"

마량이 대답했다.

"형·양은 사면으로 적을 받는 땅이올시다. 두렵건대 오래 지키기 어려울 것입니다. 우선 공자 유기로 형주에서 병을 치료하라 하시고 옛 신하들을 청하여 지키게 한 후에 천자께 표表를 올려 형주 자사를 봉하시어 민심을 안돈시키는 한편, 남으로 무릉武陵, 장사長沙, 계양桂陽, 영릉零陵 네 고을을 정벌하여 양식과 재물을 저축하여 근본을 삼는다면 오래 지탱하는 계책이 될 것입니다."

현덕은 마량의 말을 듣고 크게 기뻐했다.

"그러면 사군四郡 중에 어느 곳을 먼저 취하리까?"

"상강湘江의 서편인 영릉零陵이 가장 가까우니 이곳을 먼저 취하십시오. 그리고 다음에 무릉을 취하시고 그 다음에 양강의 동편 계양을 취하시고 마지막 장사를 취하시는 것이 좋을 것입니다."

현덕은 곧 마량으로 종사관을 삼고, 공명을 청하여 의논한 후에 유기를 양양에서 형주로 데려오고 형주를 지키던 관운장으로는 양양을 지키라 했다.

한편 장비로 선봉을 삼고 조운으로 후군을 삼아 뒤를 받쳐 영릉을 치라 하고 현덕과 공명은 중군이 되니 인마의 총수가 만 5천 명이었다. 운장은

---

11) 백미 : 잘난 사람을 '백미白眉'라고 부르는데 이곳에서부터 시작됨.

머물러 형주를 지키라 하고 미축과 유봉으로는 강릉을 지키라 했다.

　이때 영릉 태수 유도劉度는 유현덕이 군사를 거느려 쳐들어온다는 말을 듣고 아들 유현劉賢을 불러 상의하였다.

　"현덕이 군마를 거느려 쳐들어온다니 어찌하면 좋겠느냐?"

　아들은 큰소리치며 대답했다.

　"아버님께서는 안심하십시오. 현덕한테는 비록 장비, 조운 같은 명장이 있다 하나 우리 본 고을의 상장上將 형도영邢道榮은 힘이 만인적萬人敵은 될 것입니다. 넉넉히 대항할 테니 염려 마십시오."

　유도는 곧 아들에게 명했다.

　"그러면 곧 형도영과 함께 네가 군사를 거느리고 나가 적을 무찌르라."

　유현은 형도영과 함께 만여 명 군사를 이끌고 성 밖 30리에 나가 산을 의지하고 물을 임하여 진을 치고 있었다.

　탐마探馬가 급히 달려와 보했다.

　"큰일 났습니다. 제갈공명이 일지 군마를 거느리고 옵니다."

　형도영은 탐마의 보고를 듣자 급히 갑옷 입고 투구 쓰고 군사를 거느려 나갔다.

　두 편 진은 둥글게 원을 그려 대치되었다.

　도영은 급히 말을 채쳐 나오며 개산대부開山大斧를 휘두르며 목청을 가다듬어 큰소리로 꾸짖었다.

　"반적은 어찌 감히 우리 땅을 침범하느냐?"

　이때 현덕의 진에서는 한 떼 누른 기가 바람에 펄럭이며 쏟아져 나오면서 한 채 사륜거四輪車가 굴러 오는데, 수레 위에는 한 사람이 머리에 윤건綸巾 쓰고 몸에는 학창의鶴氅衣를 입고 손에는 백우선을 흔들며 형도영을 향하여 말했다.

"나는 남양 땅의 제갈공명이다. 조조의 백만 대병도 나의 계교로 인하여 편갑片甲조차 찾지 못하고 돌아갔는데 항차 너희들 따위가 어찌 능히 나를 대적하겠느냐? 내가 지금 온 것은 너희들을 치러 온 것이 아니라 초안招安하러 온 것이니 빨리 항복하라."

도영은 크게 웃으며 대거리했다.

"하하하. 네가 제갈공명이냐? 하하하, 조조의 백만 대병을 적벽강赤壁江에서 몰살시킨 것은 주유의 꾀로 된 것인데, 어찌 네 꾀로 이겼다고 거짓말을 하느냐? 순 미친놈이로구나!"

도영은 공명이 동남풍 빈 것을 모르고 도끼를 휘둘러 공명한테로 덤벼들었다.

공명은 쫓기는 체 급히 수레를 돌려 진중으로 달아나며 진문陣門이 슬쩍 닫혀졌다.

도영은 급히 공명을 쫓아 진문을 총살할 때 진세는 별안간 변하여 두 곳으로 나누어지며 군사들이 일제히 달아났다.

도영이 바라보니 중앙에 한 떼 누른 기가 바람에 펄펄 날려 달아났다. 달아나는 제갈공명이 분명했다.

도영은 펄펄 날리는 누른 기만 바라보고 급히 뒤를 쫓았다.

산모퉁이를 지났을 때 홀연 중앙中央 진문陣門이 양편으로 활짝 열리면서 공명의 사륜거는 보이지 아니하고 한 장수가 큰소리치며 말을 달려 뛰어나왔다.

도영이 바라보니 연인 장익덕이었다. 고리 눈을 부릅뜨고 장팔사모창을 비껴들어 천둥같이 얼러 대며 뛰어들었다.

"네 이놈, 장비가 여기 있는 줄 모르느냐? 쥐새끼 같은 형도영아, 납작 엎드려 내 창을 받아라!"

도영은 장비의 선성先聲만 듣고 싸움을 겨루어 본 적이 없었다.

큰 도끼를 휘두르며 장비를 맞아 싸웠다.

그러나 도영은 장비의 적수가 아니었다.

싸운 지 수합이 못되어 힘이 모자랐다. 급히 말 머리를 돌려 달아났다.

익덕은,

"이놈아, 닫지 말라!"

큰소리치며 쫓을 때 양편 길목에서는 복병이 좌우 옆으로 쏟아져 나와 도영의 달아나는 길을 가로막으며 함성이 천지를 진동했다.

도영은 혼비백산이 되어 복병을 물리치며 머리 풀어 산발하고 겨우 목숨을 구하여 달아날 때, 홀연 일원 대장이 장검을 휘두르며 대갈일성 도영을 꾸짖었다.

"이놈, 도영아, 닫지 말라. 상산 땅의 조자룡이 여기서 너를 기다린 지 오래다! 네 이놈, 나를 알아보겠느냐?"

도영은 수각이 황란하고 기운이 뚝 떨어졌다.

도저히 당해 낼 수가 없다고 생각했다. 뿐만 아니었다. 달아난대야 달아날 곳도 없었다.

말에서 뛰어내려 손을 모아 싹싹 빌었다.

"장군님, 그저 항복하겠습니다. 살려 주십시오."

자룡은 군사에게 명하여 결박을 지어 현덕한테로 보냈다.

현덕은 무사에게 목을 베라 명했다.

공명이 급히 만류하고 도영에게 물었다.

"네 만약 나와 함께 유현을 잡는다면 너의 항복하는 것을 받으리라."

공명의 말을 듣자 도영은 손을 빌어 애걸했다.

"네, 그저 시키시는 대로 하겠습니다. 항복만 받아 주십시오."

"그러면 너는 무슨 방법으로 유현을 잡겠느냐?"

공명은 목소리를 가다듬어 물었다.

"군사軍師께서 저를 놓아 보내 주신다면 저는 유현을 방심시키겠습니다. 오늘 밤에 군사께서는 야습을 하십시오. 저는 내응이 되어서 유현을 잡아 바치겠습니다. 유현만 잡는다면 그의 아비 유도는 저절로 항복할 것입니다."

현덕은 고개를 가로흔들어 도영의 말을 믿지 아니했다.

공명은 도영한테 다짐해 물었다.

"형 장군은 거짓말을 아니할 테지요?"

"네, 그렇습니다. 소인이 어찌 감히 거짓말을 할 리 있습니까?"

제갈공명은 군사에게 명했다.

"형도영의 결박을 풀어 주어라."

형도영은 마음속으로 기뻤다.

'이제는 살았구나!'

하고 급히 말을 달려 유현한테로 돌아갔다.

도영은 영채로 돌아가자 지난 일을 일일이 유현한테 호소했다.

유현이 물었다.

"어찌하면 좋겠소?"

"장계취계狀計就計로 오늘 밤에 장수와 군사를 진문 밖에 매복시키고 진 속에는 허장성세로 기만 꽂아 두었다가 공명이 겁채하러 들어오거든 복병이 쏟아져 나와 잡는다면 문제가 없을 것입니다."

유현은 도영의 말을 옳게 들었다. 군사를 움직여 일제히 진문 밖에 매복시키고 진 안에는 빈 기만 꽂아 놓았다.

이날 밤 이경 때쯤 하여 과연 한 떼 군마는 진문 앞으로 쏟아져 들어오는데 군사 한 사람마다 홰에 불을 붙여 가지고 일제히 불을 지르며 쳐들어왔다.

매복했던 유현과 도영의 군사는 양편으로 쳐들어오는 방화군放火軍을 시살하니 홰를 잡은 군사들은 일제히 달아났다.

유현과 도영은 달아나는 방화군을 따라 10여 리를 쫓았다.

쫓기던 방화군의 모습이 홀연 보이지 아니했다.

유현과 도영은 말 머리를 돌려 본진으로 돌아오니 기막히지 않은가. 진중에 화광은 아직도 꺼지지 아니했는데, 돌연 한 장수가 진중에서 뛰어나왔다.

도영이 화광 중에 바라보니 바로 장익덕이었다.

유현과 도영은 깜짝 놀랐다.

유현이 큰소리로 부르짖었다.

"진 속으로 들어가서는 아니 되겠소. 공명의 진을 치는 편이 낫겠소."

말을 마치자 두 사람은 군마를 거느려 공명의 진으로 향해 달렸다.

몇 리를 채 못 가서 상산 조자룡이 일지 군마를 거느리고 가는 길을 막았다.

"이놈, 도영아 네 어찌 간사하며 사내대장부가 한 입으로 두말을 하느냐?"

대갈일성에 창을 번쩍 들어 도영의 가슴을 찔러 마하에 떨어뜨렸다.

유현은 도영의 죽는 것을 보자 등골에 소름이 쪽 끼쳤다. 급히 말을 몰아 달아났다.

이때 등 뒤에서는 장비가 호통을 치면서 유현을 쫓았다.

달아나는 유현과 쫓아가는 장비의 말은 바로 지척에서 달리게 되었다.

장비의 긴 팔이 덥석 유현의 몸을 가로채어 범이 암캐를 가로채듯 낚아챘다.

장비는 유현을 잡은 후에 꼭꼭 묶어 공명한테로 끌고 갔다.

유현은 공명한테 애걸해 빌었다.

"모두 다 형도영이 가르쳐서 한 짓입니다. 저의 본심이 아니올시다. 그저 살려 주십시오."

공명은 유현의 결박을 끄르게 한 후에 옷을 내어 갈아입게 하고 술을 내어 대접한 후에 타일렀다.

"빨리 돌아가 그대 아버지한테 항복을 권하라. 만약 아니하는 때는 성지를 쳐부수고 만문滿門을 주륙誅戮하리라."

유현은 영릉으로 돌아가 그의 아버지 유도한테 공명의 큰 덕을 갖추갖추 말한 후에 항복하기를 권했다.

유도는 아들의 말을 들었다. 곧 성 위에 항복하는 흰 기를 달고 크게 성문을 열어 인수를 받들어 현덕의 진으로 나가 항복했다.

공명은 현덕한테 아뢰어 유도로 전과 같이 고을을 지키라 하고 아들 유현은 형주로 보내서 군사 일을 돕게 하니 영릉 일군의 백성들은 모두 다 기뻐서 현덕의 덕을 칭송했다.

현덕은 영릉에 입성하여 백성들을 위로하고 삼군을 호궤하여 논공행상을 한 후에 모든 장수를 불러 의논했다.

"여러 장수들의 노력으로 영릉을 취했으니 이만 다행한 일이 없다. 다음에 계양桂陽은 누가 가서 취하겠느냐?"

현덕의 묻는 말이 채 떨어지기 전에 조운이 소리치며 나왔다.

"소장이 자원 출전하겠습니다."

조자룡의 말을 듣자 장비가 큰소리치며 뛰어나왔다.

"자룡은 가만히 있거라. 내가 나가서 계양을 취하리라."

조자룡과 장비는 서로 다투며 가기를 원했다.

공명이 미소하면서 말했다.

"자룡이 먼저 말했으니 조자룡이 가도록 하오."

장비는 불복했다.

"나도 간다고 했는데 왜 나는 아니 보내시고 조자룡만 보내시오?"

공명은 우겨 대는 장비를 꺾기가 난처했다.

"그렇다면 자룡과 익덕은 제비를 뽑아서 공을 잡는 사람이 가도록 하시오."

그러나 제비를 뽑아 보아도 자룡이 가게 되었다.

장비는 화가 벌컥 났다.

"나는 비장도 아니 데리고 사병 삼천만 거느리고 가서 계양 땅을 취해 오겠소."

장비의 말을 듣고 조운도 지지 아니하고 말했다.

"저도 아장亞將이 필요 없습니다. 삼천 군을 거느리고 가서 만약 계양성을 못 취한다면 목을 베어 주십사, 하고 군령장軍令狀을 두고 가겠습니다."

공명은 크게 기뻤다. 즉시 조운한테 군령장을 받은 다음 3천 정병을 조운에게 주어 계양으로 향하게 했다.

장비는 불복했다. 투덜거리며 떠들어 댔다.

현덕은 장비를 꾸짖어 물리쳤다.

조운이 떠난 지 얼마 아니 되어 적의 파발 군사는 급히 말을 달려 계양 태수 조범趙範에게 고했다.

"유현덕의 장수 조자룡이 삼천 병마를 거느리고 계양성으로 쳐들어옵니다."

조범은 황황히 관원들을 모아 놓고 의논했다.

"현덕의 장수 조자룡이 삼천 군마를 거느려 쳐들어온다 하니 어찌하면 좋을꼬?"

관군 교위 진응陳應과 포룡鮑龍이 일제히 일어나 말했다.

"저희들이 군사를 거느리고 나가서 적을 물리치겠습니다."

원래 이 두 사람은 계양령桂陽嶺 고개에서 사냥을 업으로 삼던 엽호獵戶 출신들이었다.

진응은 비차飛叉라는 날리는 칼을 잘 쓰고, 포룡은 활이 명궁이어서 한 번에 쌍호랑이를 잡아서 이름이 높았다.

두 사람은 자기들의 힘만 믿고 계양 태수 조범한테 말했다.

"유비가 만약 온다면 저희 두 사람이 앞잡이가 되겠습니다."

"들으니 유현덕은 대한의 황숙皇叔으로서 다시 제갈공명 같은 모사를 얻었고 여기다가 관우, 장비 같은 용장들이 있을 뿐 아니라 지금 군마를 거느려 쳐들어온다는 조자룡은 아두를 품에 품고 당양當陽 장판長坂 조조 의 백만 대병을 무인지경같이 헤쳐 달린 맹장이다. 우리 계양에 비록 인 마가 있다 하나 어찌 저편을 당할 수 있겠느냐? 적당한 때를 보아 항복하 는 것이 옳다고 생각한다."

"아니올시다. 겁내실 것이 없습니다. 제가 만일 나가 싸워서 조자룡을 사로잡지 못한다면 그때 가서 항복하셔도 늦지 아니하십니다."

진응이 우겨 댔다.

계양 태수 조범은 체면에 어찌할 수 없었다.

"정 그렇다면 나가 싸워 보라!"

진응은 3천 군마를 이끌고 성문 밖으로 나가 앞을 바라보니 벌써 조운 이 군사를 거느리고 진을 치고 있었다.

진응은 급히 진세를 정돈한 후에 비차飛叉를 흔들고 말을 채찍질해 뛰 어나갔다.

조자룡도 창을 비껴들고 소리치며 말을 달려 나갔다.

"우리 주인 유현덕은 유경승劉景升의 아우님이시다. 공자를 보호하시어 형주를 함께 다스리고 계시므로, 특별히 오시어 백성을 무마하시려 하는데 어찌 감히 항거하느냐?"

"우리들은 다만 조 승상을 알 뿐이다. 유비를 알 까닭이 없다."

진응이 마주 소리치며 조운을 맞이했다.

조운은 참을 수가 없었다. 화가 벌컥 났다.

창을 번쩍 들어 진응을 찌르려 덤벼들었다.

진응도 지지 아니하려 했다.

비차를 흔들어 조자룡의 창을 겨누었다.

교전 4~5합에 진응은 조자룡의 창 쓰는 법을 당해 낼 수 없었다.

급히 말 머리를 돌려 달아났다.

조운은 진응의 뒤를 쫓았다.

진응이 머리를 돌려 돌아보니 조운의 탄 말은 바로 지척에서 쫓았다.

위태롭기 한량없었다.

급히 조운을 향하여 비차를 던졌다.

진응陳應이 던진 비차飛叉는 조자룡의 명치를 향하여 날았다.

조자룡은 번개같이 손을 놀려 들어오는 비차를 덥석 받아 진응한테로 던졌다.

진응은 조운이 던지는 비차를 피하여 몸을 돌리려 할 때, 조운의 말은 벌써 진응의 말 앞으로 어흥 소리를 치며 달려들었다.

조운은 날쌔게 팔을 늘여 진응의 팔을 잡아 비틀어 말 아래 떨어뜨리고 군사한테 명을 내렸다.

"네 이놈을 잡아 묶어라!"

군사들은 함성을 지르며 우르르 달려들어 밧줄로 꽁꽁 묶어 본진으로 잡아갔다.

진응의 3천 군사는 대장이 사로잡혀 가는 것을 보자 혼비백산이 되어 뿔뿔이 흩어져 사방으로 달아났다.

조운은 본진으로 돌아와 결박 지어 논 진응을 꾸짖었다.

"네가 감히 나를 대적하려 하느냐? 내 특별히 너를 용서해서 살려 주는 것이니 돌아가서 태수 조범을 보고 빨리 항복하라 이르라."

진응은 백배사죄하며 고맙다고 칭송한 후에 머리를 싸안고 성중으로 돌아가 조범한테 패한 사실을 고했다.

"내 본시 항복하자 아니했더냐? 공연히 네가 고집을 부려서 이 꼴이 되었구나. 물러가라."

조범은 한바탕 진응을 꾸짖은 후에 인수를 받들고 흰 기를 꽂아 조운의 진으로 나가 항복을 청했다.

조운은 조범의 항복을 받은 후에 인수를 거두어 두고 술을 내어 빈賓으로 대접했다.

술이 몇 순배 돌았을 때 조범이 조자룡을 향하여 말했다.

"장군도 성이 조 씨요, 나도 성이 조올시다. 오백 년 전에는 본시 한집 안이 아닙니까? 더구나 장군도 본이 진정眞定이시고 나도 진정이니 또한 동 고향입니다. 다행히 버리지 아니하시어 형제지간의 의를 맺는다면 그런 다행이 없겠습니다."

조자룡은 조범의 말을 듣자 좋다고 생각했다.

각기 나이를 따져 보니 두 사람은 동갑인데 자룡이 조범보다 생일이 넉 달이 위였다.

조범은 조자룡한테 절하여 형님이라 했다.

두 사람은 동향이요 동갑이요 또 성이 같았다. 십분이나 서로 마음이 합했다.

해가 저물어 조범은 돌아가고 다음 날이 되자 조범은 조운을 성중으로 청해 들였다.

조운은 백성들을 위안하기 위하여 일부러 군사들은 성 밖에 쉬게 하고 50기만 거느려 성중으로 들어가니 백성들은 향불을 사르면서 길에 엎드려 조자룡을 맞이했다.

조운이 백성들을 위안하니 백성들은 만세를 불러 조운을 환영했다.

조범은 다시 조운을 관아로 청하여 연회를 벌였다.

술이 서너 순배 돌았을 때 조범은 자룡을 후당 조용한 곳으로 청해서 세잔洗盞 갱작更酌을 했다.

더한층 은근한 대접이었다.

조자룡은 거나하게 취하여 마음이 상쾌해서 술을 마실 때, 조범이 슬며시 자리에 일어나자 홀연 한 여자를 데리고 나와서 잔을 잡아 술을 따르게 했다.

자룡이 가만 여자를 바라보니 몸에는 눈같이 흰 소복을 입었는데 얼굴이 어찌나 고운지 경성경국傾城傾國의 태가 있었다.

조자룡은 가만히 조범한테 물었다.

"이분은 누구신가?"

"네, 가수家嫂 번樊 씨氏올시다."

조자룡은 얼굴빛을 고치어 공경하는 태도를 보였다.

"그러한가. 현제의 가수시라면 나의 가수도 되는구먼."

번 씨는 술병을 들어 자룡한테 말없이 한 잔을 따라 권하고 이내 안으로 들어가 버렸다.

번 씨가 들어간 후에 자룡은 조범한테 물었다.

"현제는 하필 아주머니보고 술을 따르라 했나? 미안하기 짝이 없네."

"까닭이 있어 그리한 것이올시다. 형장께서는 괴이하게 생각하지 마십시오. 형수는 지금 과수로 수절을 하고 있습니다. 한평생 그렇게 지낼 수야 있습니까? 저는 항상 개가를 하라고 권고합니다마는 형수는 세 가지를 겸해 가진 사람이 아니면 개가를 아니하겠다 합니다. 첫째 조건은 문무겸전文武兼全해서 명문천하名聞天下한 사람이라야 하고 둘째 조건은 상모相貌 당당堂堂하고 위의威儀 출중出衆한 사람이라야 하고 셋째 조건은 가형과 성이 같아야 개가를 하겠다 합니다. 그러니 아무리 천하가 넓다 하나 어떻게 이렇게 세 가지 조건을 구비한 사람을 만나겠습니까? 걱정하고 망설이고만 있던 중에 이제 존형尊兄을 만나 뵙게 되었습니다. 형장이시야말로 문무가 겸전하고 의표가 당당하신 데다가 이름이 사해四海에 떨치시고, 또다시 가형과 동성이시니 이렇게 좋은 분을 어디 또다시 구하겠습니까. 형수가 원하는 바와 똑같은 분이십니다. 저의 아주머니의 얼굴이 과히 추하다고 생각하지 아니하신다면 장군께 바쳐서 아내를 삼으시게 하여 누세의 친척이 되었으면 합니다."

조운은 조범의 말을 듣자 얼굴에 노기를 띠어 벌떡 일어나며 말했다.

"나는 자네와 함께 이미 결의형제를 했으니 자네 수씨는 곧 나의 수씨라 어찌 인륜을 어지럽게 하는 이 같은 일을 한단 말인가?"

조범은 조자룡의 꾸짖는 말을 듣자 얼굴이 벌게지며 대답했다.

"나는 좋은 뜻으로 상대하는데 당신은 어찌 그리 무례하오?"

말을 마치자 옆에 있는 시자에게 눈짓을 하는 것 같았다.

확실히 자룡을 해치라는 뜻이 분명했다.

조운은 참을 수가 없었다. 번쩍 주먹을 들어 조범을 되게 쳐서 때려눕

히고 말 타고 성문 밖으로 나갔다.

주먹 맞은 감투가 된 조범은 곧 정신을 수습하여 급히 진응, 포룡을 불러 상의했다.

"일이 이쯤 됐으니 어찌하면 좋겠나?"

"저 사람이 성을 내고 갔으니 쫓아가서 죽여 버리는 수밖에 다른 도리가 없습니다."

"싸워서 이길 수가 있겠나?"

조범이 물었다.

"저희 두 사람이 거짓 항복을 한 연후에 그곳에 머물러 있겠습니다. 이때 태수께서는 군사를 거느리고 오셔서 싸움을 돋우십시오. 그러면 저희들은 조자룡을 사로잡겠습니다."

"반드시 인마는 거느리고 가야 한다."

"오백 기만 데리고 가면 족합니다."

이날 밤에 두 사람은 5백 명 군사를 거느리고 조운의 진으로 달려가서 항복하기를 청했다.

조자룡은 벌써 마음속으로 사항詐降인 것을 짐작했다.

시자에게 명하여 두 사람을 장하로 불러들였다.

두 사람은 공손히 아뢰었다.

"조범이 미인계를 써서 장군을 해친 후에 조조한테 수급을 바쳐서 공을 청하려 했습니다. 이같이 불인不仁한 자가 세상 천하에 어디 또 있겠습니까? 장군께서 노하시어 가시는 것을 뵙고 저희들한테 죄가 미치리라 생각해서 조범의 불인한 일을 폭로시키는 것입니다."

조운은 거짓 기뻐하는 체하고 두 사람에게 술을 주어 취하도록 권했다.

두 사람이 대취하여 쓰러지니 자룡은 곧 장중에 결박 지어 묶어 놓고 두 사람이 거느리고 온 5백 명 군사들을 불러 문초했다.

과연 자룡의 예측대로 거짓 항복 온 것이 분명했다.

자룡은 곧 5백 명 군사에게 술과 밥을 주어 먹게 한 후에 영을 내렸다.

"나를 해하려고 한 자는 진응과 포룡이다. 다른 사람은 아무 상관도 없다. 너희들이 만약 나 하라는 대로만 한다면 후한 상을 주리라."

5백 명 조범의 군사들은 일제히 빌며 절하여 감사했다.

"그저 하라시는 대로 하겠습니다."

자룡은 진응과 포룡의 목을 베어 조범의 군사한테 들리고 1천 군마를 거느려 계양성으로 향하여 큰소리를 외치며 떠들어 댔다.

"진 장군과 포 장군이 조자룡의 목을 베어 가지고 돌아오십니다. 빨리 성문을 열어 주시오."

수문장은 진, 포 두 장군이 조자룡의 목을 베어 가지고 온다는 군사들의 떠드는 소리를 듣고 급히 태수 조범에게 아뢰었다.

조범이 성에 올라 횃불을 들고 바라보니 과연 모두 다 자기편 군사였다.

조범은 기쁨을 이기지 못했다. 급히 성문을 열라 했다.

조자룡은 물밀듯 군사를 몰아 성안으로 들어가 조범을 잡아 결박한 후에 백성을 위안하고 이 일을 나는 듯이 현덕한테 보했다.

현덕은 공명과 함께 수레를 몰아 계양성으로 들어오니 자룡은 현덕과 공명을 영접하여 아문 대청에 오르게 한 후에 조범을 끌어내어 뜰아래 꿇렸다.

공명이 조범한테 물으니 조범은 딴 뜻이 없고 다만 형수를 자룡한테 시집보내려 한 것이 진정이란 말을 되풀이했다.

공명이 자룡한테 물었다.

"역시 아름다운 일인데 장군은 어찌 오해를 하셨소?"

"조범은 나하고 결의형제를 한 터인데 만약 그의 형수를 내가 취한다면 내 형수한테 장가드는 것이나 매일반이니, 사람들의 타매唾罵를 받을 것이 분명하오. 이것이 한 가지 이유고, 만약 그 부인이 개가를 한다면 나로 인해서 큰 절개를 잃어버리게 될 것이니 이것은 두 가지 곤란한 일이고, 조범이 처음엔 항복했으나 그의 진심을 모르겠으니 이것이 세 번째로 끊어 버린 원인입니다. 주공께서 새로 강한江漢의 땅을 평정하시려 하여 침석枕席이 편치 아니하신데 자룡이 어찌 감히 한낱 여자의 일로 인해서 주공의 크나큰 일을 폐하게 하겠습니까?"

옆에서 듣고 있던 유현덕은 자룡의 말을 듣자 감탄하기를 마지아니했다.

"계양성을 평정해서 큰일이 정해졌으니 과수댁한테 장가를 드는 것이 좋을 성싶소."

현덕은 빙긋 웃으며 자룡에게 권했다.

"천하에 여자는 많습니다. 하필이면 불명예한 일을 할 까닭이 있습니까? 처자가 없더라도 조금도 걱정이 아니 됩니다."

"자룡은 참으로 대장부요!"

유현덕은 조자룡을 칭찬한 후에 조범의 결박을 끌러서 그대로 계양 태수의 임무를 맡게 하고, 조자룡에게는 중한 상을 주었다.

조운이 중상重賞을 받는 것을 보자 장비는 샘이 나서 배겨 날 수가 없었다.

큰소리로 떠들어 댔다.

"어째서 조자룡만 편벽되게 공을 세우게 하고 나는 무용지인無用之人으로 돌려 버리오? 나한테 삼천 병마만 준다면 무릉을 공격하여 태수 김선金旋을 잡아서 바치오리다."

공명은 장비의 말을 듣고 미소하여 대답했다.

"익덕이 가도 좋지만 다만 한 가지 조건이 있소."

장비가 버럭 나와서 말했다.

"무슨 조건입니까?"

공명은 여전히 미소하고 대답했다.

"전에 자룡이 계양성을 취하러 갔을 때 군령장을 두고 갔소이다. 오늘 익덕이 만약 무릉을 취하러 간다면 반드시 군령장을 써 놓고 가야만 하겠소. 익덕은 군령장을 쓰고 갈 자신이 있소?"

"염려 마십시오. 나도 군령장을 써 놓아 다짐하고 가겠소이다. 만약에 내가 무릉을 못 취한다면 나의 목을 군문에 바치오리다."

장비는 쾌활하게 대답하고 군령장을 써서 수결手決을 두어 제갈양한테 바친 후에 3천 병마를 거느리고 성야星夜로 말을 달려 무릉으로 향하여 달려갔다.

무릉 태수 김선은 장비가 군사를 거느려 쳐들어온다는 말을 듣고 급히 장교를 소집하여 병기와 군사를 정돈하고 성에 나가 장비를 대항하려 했다.

이때 종사從事 공지鞏志가 김선을 향하여 간하였다.

"유현덕은 대한의 황숙으로 어질고 의로운 명성이 천하에 퍼져 있을 뿐 아니라, 더구나 장비는 날래고 용맹하여 비상한 인물입니다. 적을 맞아 싸우는 것보다 항복하는 편이 상책이라 생각합니다."

무릉 태수 김선은 크게 노했다. 공지를 꾸짖었다.

"네 이놈, 공지야. 너는 적과 내통하여 안에서 변을 일으켜 인심을 요동시키느냐? 저놈을 끌어내어 목을 베어라."

좌우의 무사들은 우르르 달려들어 공지를 끌어냈다.

여러 사람들이 김선한테 애걸했다.

"적군을 앞에 두고 집안사람을 먼저 참하는 일은 군에 불리합니다. 싸움을 이긴 후에 공지에게 벌을 주셔도 늦지 아니합니다."

김선은 공지를 꾸짖어 물리친 후에 스스로 군사를 거느려 성 밖 20리까지 나가 장비와 마주 섰다.

장비는 무릉 태수 김선이 나온 줄 알자 고리눈을 부릅뜨고 가시 같은 수염을 뻗쳐 범의 입을 딱 벌리고 벽력같은 소리로 김선을 꾸짖었다.

"네 이놈, 연인 장익덕을 모르느냐? 하룻강아지 범 무서운 줄 모른다더니 네 감히 나를 대거리하려 드느냐?"

김선은 좌우를 돌아보았다.

"누가 나가서 한번 싸워 보겠느냐?"

모든 장수들은 장비의 호통에 간담이 서늘했다. 누구 한 사람 나가 싸우겠다는 사람이 없었다.

김선은 하는 수 없어 스스로 말을 달려 칼을 춤추어 장비를 맞았다.

장비는 김선의 칼춤 추어 나오는 꼴을 보자 더 한 번 신명이 났다.

"네 이놈, 김선아. 내 창을 받아라."

대갈일성 호통을 치니 소리는 마치 벽력 불덩이가 하늘을 뻐개고 떨어지는 듯 천산만학을 뒤흔들었다.

김선은 정신이 아뜩했다. 손이 움직이지 아니했다. 감히 칼을 들어 싸우지 못하고 말을 놓아 달아났다.

장비는 군사를 휘동하여 김선의 뒤를 쫓아 물밀듯 쳐들어갔다.

김선은 숨이 턱에 차서 헐레벌떡거리며 급히 말을 달려 무릉성으로 향하여 달렸다. 장차 성안으로 들어가 피하려는 것이었다.

김선이 성 아래 당도하니 이상하지 아니한가? 성 위에서 살이 비 오듯 쏟아졌다.

깜짝 놀라 바라보니 공지鞏志가 성 위에서 김선을 꾸짖었다.

"네 감히 하늘 뜻을 모르고 천명을 거역하니 이것은 자취지화自取之禍다. 나는 백성들을 거느리고 유비한테 항복할 작정이다!"

말이 채 떨어지기 전에 공지는 활을 당기어 김선의 머리를 쏘아 말 아래 떨어뜨려 버렸다.

장비의 군사들은 우르르 달려들어 김선의 머리를 베어 장비한테 바치고 공지는 성에 나와 항복했다.

장비는 공지에게 무릉 태수의 인뒤웅이를 싸 가지고 계양桂陽으로 가서 현덕께 뵈라 했다.

현덕은 크게 기뻤다. 공지에게 김선을 대신하여 무릉 태수의 직무를 맡기고 친히 무릉에 당도하여 백성들을 편안히 무마시킨 후에 관운장에게 편지를 썼다.

조자룡은 계양성을 취하고 장비는 무릉성을 취했으니 이런 기쁠 데가 없다. 하도 좋아서 아우에게 알린다.

관운장은 현덕의 글월을 받아 보자 곧 답서를 올려 청했다.

자룡과 익덕이 제각기 공을 세워 두 골을 취했다 하오니 이런 다행한 일이 없습니다. 듣자오니 장사長沙 땅을 아직 취하지 못했다 하오니 형님께서 관우가 재주가 없는 위인이라 생각하시지 아니하신다면 저도 한번 공을 세워 장사를 취해 보려 합니다.

현덕은 운장의 글월을 받아 보자 기쁜 마음을 금할 수 없었다. 곧 공명과 의논하고 장비에게 영을 내려 밤을 도와 형주로 달려가서 운장을 대신하여 형주를 지키라 하고 운장은 와서 장사를 취하라 했다.

운장이 장비와 교체한 후에 현덕과 공명께 뵈니 공명이 운장한테 일렀다.

"자룡은 계양을 취했고 익덕은 무릉을 취했는데 모두 다 삼천 군마로 취했소이다. 지금 장사 태수 한현은 족히 말할 만한 위인이 못됩니다. 그러나 다만 일원 대장이 있는데 남양 사람으로 성은 황黃이요, 이름은 충忠이요, 자는 한승漢升이란 사람이 있소이다. 이 사람은 본시 유표의 장하帳下의 중랑장으로서 유표의 조카 유반劉磐과 함께 장사를 지키고 있다가 뒤에 한현을 섬기고 있는데, 지금 나이 육순에 가까웠건만 아직도 만부부당萬夫不當의 용맹이 있으니 가히 경적을 못할 것입니다. 운장이 가시려면 아마 군사를 많이 거느리고 가서야 할 것입니다."

공명의 말을 듣자 운장은 얼굴빛을 고치며 말했다.

"군사軍師께서는 오래 못 뵌 동안에 성정이 달라지셨습니다. 어째서 남의 예기만 칭찬하시고 자신의 위풍을 손상시키십니까? 황충이 비록 용맹스럽다 하나 그까짓 늙은 졸개를 과찬할 것이 무어 있습니까? 관우는 삼천 군마도 필요 없습니다. 다만 수하 군사 오백 도부수를 거느리고 가서 황충과 한현의 머리를 결정지어 참해 가지고 휘하에 바치겠습니다."

현덕이 탄하였다.

"적을 가볍게 생각하지 말고 군사를 넉넉히 데리고 가게나."

"관계치 않습니다. 형님께서는 과히 염려 마십시오."

관운장은 말을 마치자 5백 명 도부수만 거느리고 장사로 향했다.

현덕은 근심하기를 마지아니했다.

공명이 현덕한테 아뢰었다.

"운장은 황충을 너무 가볍게 여기니 혹여나 실수가 있을까 두렵습니다. 주공께서는 따로이 군사를 거느리시어 뒤를 보아주십시오."

"옳소. 군사의 말씀대로 하리다."

현덕은 공명의 말에 좇아 별도 군사를 거느리고 관운장의 뒤를 따라 장사로 향했다.

한편 장사 태수 한현은 평상시에도 성정이 급해서 부하 죽이기를 예사로 하니 사람들이 모두들 싫어했다.

관운장이 군사를 거느려 장사로 쳐들어온다는 급한 보고를 받자 노장 황충을 불러 상의했다.

"어찌하면 좋겠소?"

"주공께서는 과히 염려 마십시오. 황충은 비록 늙었습니다만 칼과 활을 가졌습니다. 천 명이 오면 천 명이 다 죽고, 만 명이 오면 만 명이 다 죽어 버릴 것입니다."

황충은 대담하게 대답했다.

원래 황충은 천하에 짝이 없는 명궁名弓 소리를 듣는 장수였다. 비록 육순에 가까운 나이지만 지금도 능히 쌀 두 섬을 들 수 있는 힘을 가진 사람이라야 쓸 수 있는 크고 무거운 활을 들어 백 번을 쏘면 백 번을 맞히는 사람이었다.

황충의 장담하는 말이 끝나기 전에 뜰아래서 한 장수가 나와 아뢰었다.

"노 장군께서 애써 출전하시지 않더라도 소장이 여기 있습니다. 제가 가서 관우를 잡아다가 바치겠습니다."

한현이 바라보니 관군 교위 양령楊齡이었다.

한현은 기뻤다. 곧 양령에게 1천 군사를 주어 나는 듯이 성 밖으로 나가 관운장을 막으라 했다.

양령이 군사를 이끌고 50리쯤 달렸을 때 앞을 바라보니 티끌이 자욱하게 일어나는 곳에 관운장의 군사는 벌써 당도했다.

양령은 창을 꼬나들고 말 타고 진문 앞에 나서서 관운장을 향하여 큰소리로 꾸짖었다.

"네 어찌하여 무단히 남의 땅을 침노하느냐?"

관운장이 바라보니 이름도 없는 무명 소장이 범 무서운 줄 모르고 감히 자기를 꾸짖는 것이었다.

관운장은 대로했다. 대꾸도 아니하고 말을 달려 청룡도를 춤추어 나갔다.

양령이 창을 들어 맞아 싸운 지 불과 3합에 운장의 손이 번쩍 들리면서 청룡도가 흰 무지개를 뿜어 떨어지는 순간 양령의 머리는 두 쪽으로 갈라지면서 말 아래 뚝 떨어졌다.

운장의 군사들은 함성을 지르며 장사성을 두들겨 부쉈다.

한현은 보고를 받고 깜짝 놀랐다.

급히 황충을 불러 출전하라 이르고 친히 성상에 올라 황충을 격려했다.

황충은 갑옷을 입고 투구 쓰고 칼 끈을 늘여 마상에 높이 앉아 5백 명 말 탄 군사를 거느리고 조교弔橋를 내려 성 밖으로 나갔다.

관운장이 바라보니 한 사람의 늙은 장수가 성문을 열고 군사를 거느려 나오는 것이었다.

운장은 이 사람이 노장 황충인 것을 짐작했다.

운장도 5백 군사를 일자로 벌여 세운 후에 청룡도를 비껴들고 말을 세우고 물었다.

"오는 장수는 황충이란 사람이 아닌가?"

황충은 흰 수염을 바람에 흩날리며 의젓이 대답했다.

"이미 내 성명을 알았다면 어찌 감히 내 지경을 범하느냐?"

관운장은 껄껄 웃으며 대답했다.

"특별히 나는 네 머리를 베러 왔다."

말이 끝나면서 운장과 황충은 말을 달려 싸움이 어우러지기 시작했다.

창은 햇빛을 받아 번쩍거리고 칼은 서리를 뿜어 올렸다.

뛰솟는 말 울음소리는 허공에서 주홍 같은 입을 벌려 어홍 소리를 쳤다. 땅 아래는 티끌이 자욱했다.

두 장수는 싸운 지 백여 합에 승부가 나지 아니했다.

과연 전무후무한 명장들의 싸움하는 자세였다.

허공에서는 흰 무지개를 뿜어 창과 칼이 부딪치는 음향만 처절하게 일어났다.

한현은 성상에서 두 명장의 싸움하는 자세를 손에 땀을 쥐어 바라보았다. 노장 황충이 혹여나 실수가 있을까 하여 명금鳴金 취타吹打를 하여 군사를 거두었다.

황충은 성안으로 돌아오고 관운장은 군사를 물려 10리 밖에 진을 치면서 가만히 감탄했다.

"노장 황충은 과연 명불허전名不虛傳이다. 백 합을 싸워도 파탄이 없구나. 반드시 타도계拖刀計를 써서 등을 찍어 이기리라."

이같이 생각한 후에 다음 날 관운장은 이른 아침밥 먹고 또다시 성 아래로 나가 싸움을 돋우었다.

한현이 성 위에서 관운장이 온 것을 보고 황충 보고 나가서 응하라 했다.

황충은 성문을 열고 조교를 지나 군사 수백 기를 거느리고 다시 어우러져 싸우기 시작했다.

운장과 황충은 다시 어우러져 싸운 지 50여 합에 승부가 나지 아니했다.

두 편 군사는 서로들 신명이 났다. 북을 치고 제금을 치면서 갈채하는 소리가 하늘땅을 뒤흔들었다.

이때 관운장은 별안간 말을 달려 달아났다.

황충은 급히 운장의 달아나는 뒤를 쫓았다.

관운장은 한동안 말을 놓아 달아나다가 홀연 말을 돌려 청룡도를 번쩍 들고 황충을 찍으려 할 때, 별안간 운장의 등 뒤에서 외마디소리가 처절하게 일어났다.

운장이 급히 머리를 돌려 보니 황충의 말이 앞다리를 삐어 왈칵 앞으로 고꾸라졌다.

노장 황충은 이 바람에 휙 땅으로 굴러 떨어져 낙마落馬가 되어 버렸다. 관운장은 급히 황충의 앞으로 달려갔다.

번쩍 청룡도를 들었다. 큰소리로 호통을 쳤다.

"내 너를 죽일 것이나 비겁하게 말에 떨어진 놈을 죽이지 아니한다. 네 목숨을 살려 줄 테니 빨리 말을 바꾸어 타고 와서 승부를 가리기로 하자!"

황충은 급히 엎어진 말을 일으켜 성중으로 뛰어 들어갔다.

한현이 깜짝 놀라 물었다.

"웬일이오니까?"

"이 말을 오랫동안 전쟁에 쓰지 아니하다가 졸지에 쓰게 되니 이 같은 실수가 있었소이다."

"장군께서는 활이 신궁인데 어찌해서 백발백중하는 그 활을 아니 쓰셨소?"

한현이 물었다.

"내일은 꼭 쓰려 합니다. 거짓 패한 체하고 조교弔橋 앞으로 유인해 와서 한번 활을 쏘겠습니다."

한현은 자기가 타는 푸른빛 나는 말을 한 필 황충한테 내어 주었다.

황충은 절하여 감사하다고 받은 후에 진에 나와 가만히 생각했다.

'관운장이란 사람은 과연 의기남아義氣男兒다. 웬만한 사람이면 나를 죽였을 텐데 저 사람은 정정당당하게 싸워 이기려 하는구나. 그러한데 나는 어찌 차마 저를 속임수로 유인하여 활로 쏘아 죽일 수 있으랴. 그러나 또 쏘지 아니한다면 장령將令을 어기는 것이 되니 어찌하면 좋을까?'

주저하고 결정을 짓지 못했다.

다음 날 날이 밝으니 군사들이 뛰어와 보했다.

"관운장이 또 와서 싸움을 돋웁니다."

황충은 군사를 거느리고 성으로 나갔다.

관운장은 이틀간이나 황충과 대결했으나 이기지 못한 것이 한스러웠다. 오늘은 기어이 이겨야 한다고 마음속으로 자기 자신을 격려하면서 더욱 위품威品을 내어 늠름하게 싸우려 했다.

황충과 운장은 다시 어우러져 싸워서 30합이 되었건만 그래도 승부가 나지 아니했다.

홀연 황충이 힘에 부친 듯 패해 달아나는 시늉을 했다.

관운장은 기회를 놓치지 아니했다. 달아나는 황충의 뒤를 쫓아 급히 말을 달렸다.

황충은 관운장을 유인하면서 어제 운장이 죽이지 아니한 은혜를 생각했다.

차마 활을 당겨 운장을 쏠 수 없었다. 살을 메기지 아니하고 시위만 힘차게 잡아당겼다. 활시위 우는 소리가 처절하게 공중에서 일어났다.

운장은 시위 소리를 듣고 깜짝 놀라 급히 몸을 피하려 했다. 그러나 살이 보이지 아니했다.

황충이 일부러 살을 메기지 아니하고 쏜 것을 비로소 짐작했다.

운장은 마음 놓고 조교弔橋 앞까지 황충의 뒤를 쫓았다.

한편 황충은 다리 위에서 쫓아오는 관운장을 보자 번득 활을 높이 들어 힘차게 잡아당겼다. 시위 소리가 강하게 일어나면서 살은 문득 관운장의 투구 끈을 맞혔다.

와, 하는 군사들의 함성이 천지를 진동했다.

관운장은 깜짝 놀랐다. 투구 끈에 꽂힌 살을 뽑을 사이도 없이 급히 말을 달려 본진으로 돌아왔다. 마음속으로 황충의 백보천양百步穿楊하는 높은 수단을 칭찬하면서 오늘 투구 끈만 맞힌 것은 어제 죽이지 아니한 은혜를 갚으려 일부러 투구 끈만 맞힌 것을 짐작해 알았다.

황충이 성안으로 들어가 한현을 보니 한현은 크게 노했다.

좌우를 돌아보아 호령이 추상같았다.

"황충을 끌어내려라!"

좌우는 황충을 끌어내려 했다.

"소장은 죄가 없는데 왜 잡아 내리라 하십니까?"

황충이 대거리했다.

"내가 보니 너는 사흘 동안이나 나를 속였다. 첫날은 힘껏 싸우지 아니했고 둘째 날은 말이 쓰러졌는데 관우는 너를 잡지 아니했으니, 너는 적과 내통한 것이 분명하고 오늘은 두 번 다 허탕으로 활을 쏘는 체하고 시위만 당겼을 뿐이요, 셋째 번에는 적의 투구 끈만 쏘아 맞혔으니 이것이 적과 내통한 증거가 아니고 무어냐? 너 같은 놈을 죽이지 아니하면 반드시 큰 후환이 있을 것이다. 도부수들은 빨리 황충의 목을 베어 군법을 밝히라!"

모든 장수들은 황충을 구하려 앞으로 나왔다.

한현은 눈치를 챘다. 다시 큰소리로 추상같은 호령을 내렸다.

"만약 황충을 살려 달라고 청하는 자가 있다면 같은 죄를 받으리라!"

모든 장수들은 고개를 숙여 다시는 말하는 사람이 없었다.

도부수들은 황충의 등을 밀어 행형장行刑場으로 끌고 나갔다.

돌연 한 장수가 급히 말을 달려 나오며 칼을 둘러 도부수를 죽이고 황충을 구하여 일으키면서 큰소리로 외쳤다.

"황한승黃漢升은 장사長沙 땅의 큰 보배다. 황충을 죽인다는 것은 장사 백성들을 죽이는 것이나 매한가지 일이다. 한현은 너무나 잔포한 인물이다. 나를 따라오고 싶은 자는 다 나를 따라오라!"

모두 다 바라보니 얼굴은 무른 대춧빛이요, 눈은 반짝이는 별빛이었다. 곧 의양義陽 땅에 사는 위연魏延이었다.

위연은 양양에서 유현덕한테로 가려다가 중간에 한현을 만나 이곳에 있었다.

그러나 한현은 위연의 오만하고 예법이 없는 것을 보고 중하게 쓰지 아니했다.

위연은 황충이 죽는 것을 차마 바라볼 수 없었다.

감연히 일어나 도부수를 죽이고 황충을 구한 후에 백성들을 일으켜 한현을 죽이려 하는 것이었다.

위연의 말이 떨어지기 무섭게 백성들은 와, 소리를 치며 몰려들었다. 위연의 뒤를 따르는 사람이 수백 명이었다.

황충은 위연의 행동을 만류하려 했으나 혼자 힘으로 막을 도리가 없었다.

"위 장군, 이거 왜 이러시오?"

황충은 위연을 막았다.

그러나 홍수처럼 터지는 군중의 힘을 어찌할 도리가 없었다.

위연은 한칼에 한현의 머리를 찍어 두 동강을 내어 말 머리에 걸고 백성과 함께 성 밖으로 나가 관운장께 절하여 뵈었다.

관운장은 크게 기뻤다. 곧 성안으로 들어가 민심을 진정시킨 후에 황충을 청하여 서로 보려 했다.

그러나 황충은 병을 칭탁하고 나오지 아니했다.

관운장은 사람을 보내서 현덕과 공명을 청했다.

한편 현덕은 관운장이 장사 땅을 취하러 떠난 후에 운장의 뒤를 접응하기 위하여 공명과 함께 군대를 재촉하여 나가는 도중 홀연 앞에 가는 푸른 청기靑旗가 거꾸로 말리면서 까치 한 마리가 북편에서 남으로 날아 연거푸 세 번을 울고 날아갔다.

현덕은 공명을 바라보고 물었다.

"이것이 무슨 조짐이오?"

공명은 마상에서 점을 쳐 보았다.

희색이 얼굴에 가득했다.

"장사 땅이 벌써 우리 수중으로 돌아왔습니다. 뿐만 아니라 주공께서는 또다시 훌륭한 명장名將들을 얻게 되었습니다. 오시午時 때면 확실한 일을 아실 것입니다."

공명은 웃으며 대답하고 나갈 때, 홀연 앞에서 소교小校 한 사람이 말을 달려 급히 뛰어왔다.

"관운장께서 장사 땅을 점령하셨고 장수 황충, 위연이 항복했습니다. 빨리 오시라 합니다."

현덕은 입이 저절로 벌어졌다.

곧 인마를 재촉하여 공명과 함께 장사성을 향하여 들어갔다.

관운장은 성 밖까지 나와 현덕과 공명을 맞이한 후에 동헌으로 들어가 황충과 싸우던 일이며, 위연이 한현을 죽이고 항복한 일이며, 황충이 절개를 지켜 병을 칭탁하고 나오지 않는 일들을 일일이 설파했다.

현덕은 곧 황충을 집으로 찾아 간곡하게 청하니 황충은 비로소 현덕을 섬길 것을 허락했다.

현덕은 한현의 시체를 거두어 장사 동편에 장사 지내 주니 모든 사람들은 후하다는 칭송이 자자했다.

유현덕은 노장 황충을 공경하여 대접하고 있을 때, 관운장은 위연을 데리고 들어와 현덕께 뵈었다.

현덕의 옆에 있던 제갈공명은 엄숙한 얼굴로 좌우에 시립해 서 있는 도부수에게 추상같은 명령을 내렸다.

"저 위연이란 자를 잡아 내리라!"

현덕이 깜짝 놀라 가만히 물었다.

"위연은 공은 있으나 죄는 없는 사람인데 어찌해 죽이려 하오?"

"주인의 녹祿을 먹고 있는 자가 그 주인을 죽였으니 이것은 불충不忠이고, 그 땅에 살면서 그 땅을 바쳤으니 이것은 의義롭지 아니한 행동입니다. 제가 보니 위연은 뒤통수에 반골反骨이 있습니다. 이 자를 그대로 두었다가는 뒤에 반드시 반란을 일으킬 염려가 있습니다. 이러므로 미리 화근을 끊으려 하는 것입니다."

공명은 대의명분을 밝히고 그의 상이 좋지 못한 것을 현덕에게 설명했다.

"만약 위연을 죽인다면 항복한 사람들이 모조리 불안한 마음을 가질 테니 공명은 용서하구려."

공명은 뜰아래 있는 위연을 손으로 가리키며 꾸짖었다.

"내 이제 너를 죽이려 했더니 주공께서 만류하시므로 네 목숨을 특별히 살려 주는 것이다. 네 부디 충성을 다하여 주공의 큰 은덕에 보답하라. 조금이라도 다른 마음을 먹어서는 아니 된다. 네 만약 이심異心을 먹는 날에는 네 목을 베리라."

"네, 그저 충성을 다하겠소이다. 태산 같은 은혜를 잊지 아니하오리다."

위연은 연해 대답하고 허리를 굽실거려 물러 나갔다.

황충은 유표의 조카인 유반을 현덕한테 천거했다.

유반은 유현攸縣에 한가로이 지내고 있었다.

현덕은 황충의 말을 들어 유반에게 장사를 관장하여 다스리라 했다.

현덕은 영릉零陵, 계양桂陽, 무릉武陵, 장사長沙, 사군四郡을 평정한 후에 군사를 거두어 형주로 돌아가 유강구油江口의 이름을 고쳐 공안公安이라 했다.

이 뒤로부터 재물과 양식이 넉넉하고 윤택했다.

현덕은 더욱 공손하고 겸손했다. 어진 이를 높이 하고 착한 이를 존경하니 사방의 선비들은 구름 뫼듯 모여들었다.

정치는 밝고 명랑하니 백성들의 의지하는 마음은 태산같이 높아 갔다.

호걸 유현덕의 명성은 천하를 흔들어 더한층 자자하게 퍼졌다.

현덕은 백성을 다스릴 뿐 아니라 국토를 지키는 데도 진력을 다했다. 군사를 각처로 파견해서 요해처마다 굳게 지키니 형주, 양주, 영릉, 계양, 무릉, 장사는 반석 같은 유비의 터전이 되었다.

젊은 손권

　한편 주유는 조조와 싸운 후에 시상구柴桑口로 돌아가 병을 조리하면서 감녕으로 파릉巴陵을 지키게 하고 능통으로 한양漢陽을 수직하라 한 후에 두 곳에 전선戰船을 많이 배치해서 명을 듣게 하고, 정보에게는 남은 군대를 통솔하여 합비合淝를 지키라 했다.

　원래 동오 손권이 적벽 대전에서 크게 승리를 거둔 후에 합비에 군사를 주둔시켜서 자주 조조의 군사와 대결했으나 크고 작은 10여 차 싸움에 아직도 승부의 판가름이 나지 아니했다.

　손권이 성 아래까지 가깝게 가서 진을 치지 못하고 50리 밖에 둔병屯兵하고 있다가 정보가 군사를 거느려 온다는 소식을 듣고 크게 기뻐했다.

　손권은 군사를 맞이하기 위하여 친히 영문 밖까지 나갔다.

　수직하던 군사가 급히 와서 아뢰었다.

　"노숙 선생이 먼저 오십니다."

　손권은 곧 말에 내려 기다리고 있을 때, 노숙이 말 타고 오다가 손권을 보고 황망히 말에 내려 예를 올렸다.

　여러 장수들은 손권이 이같이 노숙을 극진히 대우하는 것을 보자 모두 다 놀라고 이상하게 여겼다.

　손권은 노숙을 청하여 말에 오르게 한 후에 말 머리를 가지런히 하여 고삐를 늦추고 함께 가면서 천천히 말했다.

"내가 말에 내려서 자경을 맞이한 것은 자경을 존경해서 대접한 일인데 이것이 자경한테 영광이 될 수 있겠소?"

"그렇지 아니합니다."

노숙은 고개를 가로흔들었다.

"그러면 어떻게 대접하면 자경을 영화롭게 하겠소?"

"명공의 위엄과 덕이 사해四海에 떨치시어 구주九州를 총괄하시고 제업帝業을 성취하시어 신하된 노숙으로 하여금 이름을 죽백竹帛에 올리게 하신다면 이것은 곧 노숙을 영광스럽게 해 주시는 일이오이다."

손권은 노숙의 말을 듣고 감복했다. 손을 어루만져 껄껄 웃으며 함께 장중으로 들어가 크게 잔치를 베풀어 장수들을 호궤하고 합비를 빨리 함락할 것을 의논했다.

이때 문 지키는 군사가 급히 들어와 보했다.

"장요가 싸움을 돋우는 글월을 보냈습니다."

손권이 받아 보니 글투가 너무나 오만무례했다.

손권은 크게 노했다.

"장요, 이놈이 너무나 무례하구나. 네 이놈, 정보의 군사가 왔다는 말을 듣고 고의로 사람을 보내서 싸움을 돋우는 모양이지만 내일 나는 새로운 군사를 쓰지 아니하고 너를 단번에 무찔러서 크게 싸우리라."

손권은 곧 전령을 삼군에 내렸다.

"당야 오경에 삼군은 총 출동하여 합비를 향하고 진격하라!"

명령일하, 손권의 삼군은 일제히 출동되었다.

진시쯤 되어 좌우 양익의 군대가 반쯤 행진을 했을 때, 조조의 군사와 마주쳤다.

양편 군사는 제각기 진을 쳐 형세를 이루었다.

손권은 머리에 황금 투구 쓰고 몸에 황금 갑주 입고 말 타고 진문 앞에 나서니 좌편에는 송겸宋謙이요, 우편에는 가화賈華였다

두 장수는 손에 방천화극方天畵戟 큰 창을 잡고 양편에서 호위해 섰다.

북소리가 두리둥둥 세 번 울리면서 조조의 진문이 활짝 열리며 문기門旗가 바람에 펄럭이는 곳에 세 사람의 대장이 일제히 갑옷 입고 투구 쓰고 나타났다.

중앙은 장요요, 좌편은 이전이요, 우편은 악진이었다.

장요가 말을 달려 앞으로 나오며 큰소리로 손권한테 싸움을 돋우었다.

손권도 겁내지 아니했다. 장창을 비껴들고 장요를 취하려 할 때,

"주공께서는 아직 가만히 계십시오. 소장이 장요의 목을 취하여 주공께 바치오리다."

말을 달려 장요를 취했다.

모두 보니 명장 태사자였다.

장요와 태사자는 어우러져서 싸우기 시작했다.

양편이 모두 다 명장들이었다. 땅에서 싸우다가 공중으로 솟았다. 싸운 지 80여 합에 창 소리, 칼 소리, 말 울음소리만 운무 중에서 일어나고 용이하게 승부는 나지 아니했다.

옆에서 바라보던 이전이 악진을 향하여 말했다.

"모두 다 잘 싸우는 솜씨다. 여간해서 승부가 나지 않겠다. 그런데 저기 저 금 투구 쓰고 있는 자가 손권이다. 만약 손권만 잡는다면 우리가 적벽대전 때 잃었던 팔십삼만 대군의 원수를 갚는 것이다."

"그래, 자네 말이 옳아!"

악진은 말을 마치자 말을 달려 손권을 잡으려고 뛰어나갔다. 빠르기 번갯불보다도 더 빨랐다.

악진은 나는 듯이 달려가 흰 무지개를 뿜는 칼로 황금 투구 쓴 손권의 면상을 내리쳤다.

손권을 보호하고 있던 송겸과 가화는 위태롭기 털끝만 한 찰나에 악진의 내리치는 칼을 막아 냈다.

두 개의 화극은 쨍 소리를 내며 네 동강으로 부러져 나갔다. 일은 급했다.

송겸과 가화는 부러진 화극 자루를 들어 악진의 말 머리를 두들겨 팼다.

말은 아픔을 이기지 못하여 비명을 지르며 뛰어 달아났다.

악진은 손권을 죽이지 못한 일이 한스러웠다.

놀라 뛰는 말과 함께 본진으로 달아났다.

송겸은 옆에 있는 군사의 창을 빼앗아 악진의 뒤를 쫓았다.

마상에 높이 앉아 바라보던 조조 편 대장 이전은 급히 활을 내려 살을 메겨 들자 가득히 활시위를 잡아당겼다.

살은 나는 듯이 악진의 뒤를 쫓는 송겸의 명치끝을 맞히어 마하에 떨어뜨려 버렸다.

조조의 대장 장요와 한참 어우러져 싸우고 있던 태사자는 등 뒤에서 일어나는 에쿠, 하는 외마디소리를 들었다. 깜짝 놀라 돌아보니 송겸이었다. 곧 장요와 싸우던 것을 중지하고 본진으로 향하여 말을 달렸다.

태사자가 본진으로 달아나는 것을 본 장요는 급히 태사자의 뒤를 쫓았다.

손권의 군사들은 장요의 뛰어드는 것을 보자 혼비백산이 되었다.

장요를 감히 막아 내지 못하고 수라장이 되어 버렸다.

장요는 어지러운 군사 틈에 황금 투구 쓴 손권을 발견했다. 태사자를 버리고 손권한테로 달려들었다.

장요의 손이 거진 손권의 몸에 닿았을 때 돌연 일지 군마가 쏟아져 나와 먼지를 뽀얗게 일으키면서 일원 대장이 쫓아 드는 장요의 길을 막았다.

장요가 바라보니 동오의 명장 정보였다.

정보는 장요와 어우러져 싸우면서 손권을 난군 중에서 구하여 본채로 돌아갔다.

정보가 대채로 돌아가니 패한 군사들은 계속해서 영문으로 돌아왔다.

손권은 송겸을 잃은 후에 목을 놓아 크게 울었다.

장사 장굉張紘이 손권한테 아뢰었다.

"주공께서 장성하신 기운만 믿으시고 대적을 경하게 보시니 삼군三軍은 한심하게 생각하지 않는 자가 없습니다. 적장의 목을 베고 적병의 기를 빼앗아 위엄을 진터에 떨치는 일은 편비偏裨 장수들이 할 일이요, 주공께서 친히 하실 일이 아니올시다. 원컨대 주공께서는 용맹한 기운을 누르시고 왕패王覇의 큰 계획을 품으시옵소서. 그리하옵고 오늘 송겸이 칼날 아래 죽은 것은 다 주공께오서 너무나 경적을 하신 때문에 이러한 연고가 생긴 것이오니 이후부터는 삼가시어 보중하시기 바랍니다."

손권은 추연히 한숨을 짓고 대답했다.

"모두 다 나의 과실이오. 이후부터는 조심하여 고치리다."

조금 있으려니 태사자가 들어와 뵈었다.

"저의 수하에 한 군사가 있사온데 성은 과戈요, 이름은 정定이라 합니다. 장요 수하에 말 기르는 후조後槽와 형제지간이올시다. 후조가 작은 일로 장요한테 꾸지람을 당하고 그로 인하여 혐의를 품고 있습니다. 지금 사람을 보내서 말하기를 불을 들어 군호를 삼은 후에 장요를 찔러 죽여서 송겸의 원수를 갚아 주겠다 합니다. 주공께서 허락하신다면 곧 군사를 거느리고 가서 외응外應을 하겠습니다."

"과정이란 자가 어디 있소?"

손권은 무릎을 다가 물었다.

"지금 합비성 안에 있습니다. 오천 병마만 주신다면 제가 곧 가겠습니다."

태사자가 대답했다.

옆에 제갈근諸葛瑾이 있다가 손권한테 아뢰었다.

"장요는 본래 지모가 대단한 사람이올시다. 준비가 있을 듯하니 가볍게 움직이지 마십시오."

"아니올시다. 이 일은 저의 심복 부하가 말하는 일이니 조금도 거짓이 없을 것입니다. 꼭 가도록 해 주십시오."

태사자가 우겨 댔다.

손권은 송겸宋謙의 비명횡사한 것이 너무나 슬펐다. 원수를 갚아 주고 싶은 생각이 간절했다.

곧 태사자에게 영을 내렸다.

"태사자는 오천 병마를 거느리고 나가서 외응外應이 되라!"

태사자는 손권의 허락 받고 5천 병마를 거느려 합비로 향하여 나갔다.

원래 과정戈定은 태사자와 동향 사람이었다.

이날 조조의 군사 틈에 섞여서 합비성으로 가 말 먹이는 후조後槽를 찾아 서로 만났다.

"나는 벌써 태사자 장군께 말씀하여 오늘 밤에 장군께서 친히 군사를 거느려 나오시기로 했네. 자네는 어찌할 텐가?"

"이곳은 군에서 좀 떨어져 있으므로 한밤중에 급히 나가기 어려우이. 그러하니 양초糧草를 쌓아 놀 곳에 불을 지르고 그대가 내변이 일어났다고 급히 외치면 필연코 성중이 불끈 뒤집힐 것일세. 그때 가서 장요를 찔러 죽인다면 남은 군사야 문젯거리도 아니 될 것일세."

후조가 대답했다.

"그것 참 묘한 계교일세."

과정은 손뼉을 치며 환성했다.

한편 장요는 싸움에 이기고 돌아오자 이날 밤에 삼군을 호궤하고 후한 상을 준 후에 다시 전령을 내렸다.

"아무리 우리가 이겼다 하나 적병을 우습게보아서는 아니 된다. 특별히 오늘은 갑옷을 벗지 말고 대기해 있게 하라."

모든 장수들은 의아하게 생각했다.

"우리는 오늘 완전히 승리를 거두었고 동오 손권은 패잔병을 거느려 멀리 달아났는데 장군께서는 어찌하여 갑옷을 끌러 편안히 쉬지 아니하시고 군사들까지 갑옷을 벗지 말라 하십니까?"

"장수란 이겼다고 기뻐해서도 아니 되고 졌다고 상심해서도 아니 된다. 항상 준비와 방어할 생각을 가져야 하는 법이다. 이것이 대장의 도리다. 만약에 우리가 이겼다고 방심하는 틈을 타서 동오 군사가 쳐들어온다면 어찌할 테냐? 그러므로 승리를 거둔 오늘 밤은 더욱 조심해서 방비를 해야 한다."

모든 사람들은 장요의 말에 감복했다.

말이 채 떨어지기 전에 돌연 후진後陣에서 화광이 충천하면서,

"내변이 일어났다!"

"내변이 일어났다!"

떠들고 들레는 소리가 소란했다.

장요는 함성 소리를 듣자, 곧 친종親從 장교將校 10여 인을 거느리고 급히 말에 올라 길가에 나와 섰다.

시자들이 고했다.

"함성이 너무나 심합니다. 장군께서 친히 가 보시는 것이 좋을 듯합니다."

장요는 응하지 아니했다.

"온 성중 사람이 다 반할 리는 없다. 반드시 몇몇 사람들이 장난을 해서 군심軍心을 선동시키는 것이 분명하다. 만약에 망동하는 자가 있다면 참하리라!"

장요는 침착했다.

과연 얼마 되지 아니하여 이전이 과정戈定과 후조後槽를 묶어 가지고 왔다.

장요는 과정과 후조를 친히 문초하여 실정을 알았다.

당장 그 자리에서 두 사람을 참해 버렸다.

문득 밖이 소란하면서 북이 크게 울리고 소라 부는 소리가 요란하면서 고함 소리는 천지를 진동했다.

장요는 좌우를 돌아보며 말했다.

"동오 손권의 외응하는 군사가 온 것이 분명하다. 곧 장계취계將計就計로 이놈들을 잡아야 한다."

장요는 말을 마치자 군사를 시켜 성문 안에 불을 지르고 납함하여 들레면서 성문을 크게 열고 조교를 내렸다.

태사자는 성문이 열리고 조교가 내려지는 것을 보자 과정과 후조가 성중에서 변란을 일으켜 성문을 열어 논 줄 알았다.

신명이 났다. 창을 비껴들고 말을 달려 성안으로 뛰어들었다.

성 위에서는 태사자의 뛰어드는 것을 보자 일성 포향이 일어나면서 화살이 빗발치듯 쏟아졌다.

태사자는 비로소 계교 속에 떨어진 줄 알았다. 급히 말 머리를 돌려 성 밖으로 뛰어나갔다.

쇠뇌와 화살은 우박 쏟아지듯 했다. 태사자의 몸에는 네 군데나 화살이 박혔다.

등 뒤에서는 이전과 악진이 소리치며 군사를 몰아 내달았다.

태사자의 군사는 죽은 자가 태반이 넘었다.

장요의 군사들은 승승장구하여 손권의 대채大寨 앞까지 육박해 들어 갔다.

손권의 대채에서는 육손과 동습이 급히 일지 군마를 거느려 태사자를 구하러 쫓아 나왔다.

한바탕 북새를 놓아 싸운 후에 장요의 군사는 비로소 물러갔다.

손권은 태사자가 몸에 중한 상처를 입고 패해 돌아온 것을 보자 마음이 더욱 아팠다.

모사 장소는 손권을 향하여 간하였다.

"군사를 정돈하여 돌아가는 것이 가한 줄로 아뢰오."

손권은 장소의 말을 들어 군사를 수습하여 배에 올라 남서 윤주潤州로 돌아갔다.

태사자가 살을 맞아 중상 된 병세는 날이 갈수록 더한층 위중했다.

손권은 장소를 보내서 문병하니 태사자는 홀연 큰소리로 미칠 듯 부르 짖었다.

"대장부가 어지러운 세상에 나서 마땅히 삼척검三尺劍을 허리에 차고 불세지공不世之功을 세워야 할 것인데 이제 나는 큰 뜻을 이루지 못하고 그대로 죽어 버리니 어찌하면 좋단 말이냐!"

장탄 일성에 자리에 쓰러져 마지막 운명을 했다. 이때 태사자의 나이는 겨우 41세였다.

손권은 태사자가 죽었다는 말을 듣고 애통하기를 마지아니했다.

그를 남서 북고산北固山 아래 후하게 장사 지내 주고 그의 아들 태사형
太史亨을 부중에서 기르게 했다.

주유의 미인계

한편 현덕은 형주에서 군마를 정돈하고 있다가 손권이 합비에서 군사를 거두어 남서南徐로 돌아갔다는 소식을 듣고 곧 공명을 청하여 상의했다.

"손권이 패하여 남서로 돌아갔다 하니 형세가 앞으로 어찌 전개되겠소?"

현덕의 묻는 말에 제갈공명이 대답했다.

"양亮이 간밤에 천문을 보니 서북편에서 한 개 별이 땅으로 떨어졌습니다. 필시 황족皇族 한 사람이 세상을 떠난 듯합니다."

이야기하고 있을 때 사람이 들어와 보했다.

"공자 유기劉琦께서 돌아가셨습니다."

현덕은 깜짝 놀라 통곡해 울었다. 공명이 위로했다.

"살고 죽는 것이 모두 정해진 분수올시다. 주공께서는 과히 애통하지 마십시오. 더욱 옥체를 보중하시어 큰일을 처리하십시오. 급히 사람을 양양으로 보내시어 성지城池를 굳게 수어守禦하시고 공자의 장사를 지내소서."

"양양에 누구를 보내면 좋겠소?"

"관운장이 아니면 불가합니다."

현덕은 공명의 말에 좇아 즉시 운장을 양양으로 보내서 지키게 하고 다시 공명한테 물었다.

"이제 유기가 죽은 줄 알면 동오에게 필연코 형주를 노리려 할 텐데 어찌하면 좋겠소?"

"동오에서 만약 사람이 온다면 양이 맡아서 처리할 테니 주공께서는 과히 염려하지 마십시오."

현덕과 공명은 대책을 의논하고 헤어졌다.

반달쯤 지나서 과연 동오 손권한테서는 노숙이 사신이 되어 조상을 왔다.

공명은 노숙이 온다는 말을 듣고 현덕을 모시고 성 밖까지 나가 노숙을 맞이해 들였다.

공청에 들어가 서로 예를 마치자 노숙이 먼저 말을 꺼냈다.

"저의 주공께서 영질슈姪이 세상을 떠났다는 말씀을 들으시고 특히 박례薄禮를 갖추어 소생을 대신 보내시어 치제致祭하라 하셨습니다. 또 주 도독都督께서도 유 황숙과 제갈공명께 치의致意하는 말씀을 보내셨습니다."

현덕과 공명은 자리에 일어나 감사하다는 뜻을 표했다.

현덕은 예물을 받은 후에 술을 내어 노숙을 접대했다.

술이 두어 순배 돌았을 때 노숙이 다시 말을 꺼냈다.

"전에 황숙께서 말씀하시기를 공자가 아니 계시면 형주를 곧 동오로 돌려보내 주겠다 하셨습니다. 이제 공자께서 이미 세상을 버리셨으니 반드시 형주는 동오로 돌려보내 주시리라 믿습니다. 어느 때쯤 되면 돌려보내 주실지 말씀을 듣고자 합니다."

노숙의 묻는 말에 현덕이 대답했다.

"공은 어서 잔을 드시오. 그렇지 아니해도 함께 의논할 일이 있습니다. 조금 기다리시오."

노숙은 조급하게 굴 수 없었다. 한동안 술잔을 기울이다가 다시 입을 열어 재촉했다.

"형주는 어찌하시렵니까?"

노숙의 다시 채근하는 말을 듣자 현덕을 제쳐 놓고 공명이 얼굴빛을 고쳐 대답했다.

"자경子敬은 참 이치를 모르는 사람이구려. 우리 고 황제께서 참사斬蛇 기의起義하여 기업을 닦아 오늘까지 전하는 중 불행히 천하의 간웅들이 벌 떼같이 일어나서 제각기 한 고을 땅을 점거하고 있었던 것은 말을 아니하더라도 영공도 잘 짐작하시는 바가 아닙니까? 이제 천도는 무심치 아니하여 정통을 찾아 복귀하려 하지 아니합니까? 우리 주공께서는 중산中山 정왕 靖王의 후예로서 효경孝景 황제皇帝의 현손이시고 금상今上 황제皇帝의 숙부가 되시니 어찌 천하를 차지하는 한몫을 아니 차지하시겠습니까? 더구나 유경승劉景升은 우리 주공의 형님이 되십니다. 아우이신 우리 주공께서 형님의 기업基業을 이어서 계승하시는 것이 무슨 잘못된 일이 있습니까? 그리고 자경의 주인인 동오 손권으로 말한다면 전당錢塘의 한 작은 아전의 자제로서 일찍이 조정에 아무런 공로도 세운 일이 없건만 세력을 뻗쳐서 강동의 여섯 고을 팔십일 주州를 가로채었고, 그래도 부족하여 다시 대한 大漢 강토彊土를 차지하려 한단 말씀입니까? 지금은 유 씨의 천하이건만, 우리 주공은 유 씨면서도 도리어 봉토封土가 없고, 자경의 주인은 타성인 손 씨면서도 도리어 국가의 토지를 강점强占하여 욕심이 가득하니, 이것이 옳은 행동이라 하겠소? 적벽赤壁 대전大戰 때만 하더라도 우리 주공께서는 과연 힘쓰신 바가 많았고 수하 장병들의 수고도 컸던 것입니다. 적벽 대전 때 내가 만약 동남풍을 빌어 주지 아니했더라면, 주유 저 사람이 어찌 반 푼어치 공을 세웠겠소? 내가 동남풍을 빌지 아니했더라면 강남江南의 동오는 조조한테 결딴이 났을 것이고 동오가 결딴이 났더라면 손 씨네 부인과 주유의 부인인 이교二喬는 조조의 동작대銅雀臺로 끌려갔을 것이고, 당신네들의 가솔들도 생명과 정조를 보전하지 못했을 것입니다. 아까 우리 주공께서 서로 함께 의논할 말씀이 있다 한 것은 바로 이 점을 말씀하려 하신 것입니다. 자경은 고명한 선비시라 구태여 말을 하지 아니해도 다 잘 아실 노릇인데 공은 어찌 답답하게 소견 없이 물으시오?"

노숙은 공명의 말을 듣자 할 말이 없었다. 한동안 뒤에 입을 열었다.

"공명의 말씀은 억지요. 순리가 아닙니다. 노숙의 신상은 심히 난처합니다."

공명은 시침 떼고 물었다.

"무엇이 난처하단 말씀입니까?"

"전일 황숙께서 당양當陽에서 난을 당하실 때 공명 선생을 인도하여 우리 주공께 만나도록 한 것도 이 사람 노숙이 한 짓이고, 다음에 주 도독이 군사를 일으켜 형주를 치려 할 때 이것을 막은 것도 이 사람 노숙이 하였습니다."

노숙은 잠깐 공명의 얼굴을 훑어본 후에 다시 말을 계속했다.

"또 한 가지, 이 사람이 중간에 들어서 불편한 일은 주 도독이 전번에 이곳으로 찾아왔을 때 유 황숙께서 말씀하시기를 공자 유기가 세상을 떠나면 형주는 동오한테 돌려보내겠다고 말씀하셨습니다. 그때 주 도독이 말을 아니 들으므로 노숙은 점잖은 어른이 식언은 아니할 것이라고 쾌하게 보를 섰던 것입니다. 이제 와서 딴소리를 하시니 나는 무슨 면목으로 돌아가서 우리 주공과 주 도독을 대하겠습니까. 나야 죄를 얻어 죽는다 하더라도 원통할 것은 없소이다마는 이 일로 인하여 동오의 노여움을 사서 싸움이 벌어진다면 황숙께서도 편안히 형주에 앉아 계시지 못할 것이고 공연히 세상 사람들의 웃음거리만 될 것이 딱합니다."

"조조가 백만 대병을 거느리고 천자의 이름을 빌려서 천하를 호령하는 것도 나는 우습게보고 있는데, 한개 젊은 아이 주유쯤을 내가 두려워하겠소? 그렇지만 노자경의 신상이 그처럼 불편하다 하니, 나는 우리 주공께 권해서 잠시 동안 형주를 빌려서 터전을 삼았다가 따로 땅을 장만한 후에 형주를 동오로 돌려보낸다고 문서를 써서 드릴 테니 생각이 어떠하시오."

공명은 노숙을 보며 제의했다.

"도대체 공명께서는 어떤 땅을 얻으신 후에야 우리 형주를 돌려보내주시겠소?"

"조조가 있는 중원中原은 지금 갑자기 도모하기 어렵고 서천西川의 유장劉璋은 암약闇弱한 사람이라 자기가 능히 자기 땅을 보존할 인물이 못됩니다. 만약 우리 주공께서 서천을 차지하신다면 그때 가서 돌려보내 주리다."

노숙은 하는 수 없었다. 마지못해 허락했다.

공명은 지필묵을 현덕한테 바쳤다.

유현덕은 친히 붓을 들어 문서를 쓴 다음 이름 아래 수결手決 두고, 옆에는 제갈공명이 보를 서고 수결을 두었다.

제갈양은 수결을 둔 후에 노숙을 향하여 다시 말했다.

"제갈양은 황숙의 수하 사람인데 한집안 속에서 보를 서는 것이 조금 우습습니다. 미안하지만 자경 선생이 또 한 번 보를 서 주신다면 오후께서도 필연코 든든히 생각하시리다."

제갈공명은 근엄한 표정으로 말했다.

노숙은 군자君子였다. 제갈공명의 얼굴빛 못지않게 근엄한 표정으로 대답했다.

"노숙은 유 황숙께서 어질고 의로운 분인 것을 잘 알고 있습니다. 반드시 저버리지 아니하실 줄 잘 알고 있습니다."

말을 마치자 붓을 들어 문서에 보를 서고 수결을 두었다.

세 사람은 다시 술잔을 들어 마신 후에 노숙은 문서를 거두어 품 안에 넣고 현덕과 공명을 작별했다.

현덕과 공명은 강변까지 나가서 노숙을 전송했다.

"자경은 돌아가 오후를 뵙거든 잘 수단껏 말씀하시어 망령된 생각을 갖지 않도록 하시오. 만약 우리 문서를 받지 않고 딴생각을 했다가는 당신네 팔십여 주를 모조리 잃어버릴 뿐 아니라 큰 봉변을 당하리다. 행여 양가兩家의 화기를 깨뜨려 조조의 비웃음을 사지 않도록 하시오."

공명은 한 번 더 노숙을 눌러 버렸다.

노숙은 현덕과 공명과 손을 나누어 배를 탄 후에 먼저 시상군柴桑郡으로 가서 주유를 찾아보았다.

주유는 노숙에게 물었다.

"형주는 어찌 되었소?"

"문서를 받아 왔습니다."

노숙은 품 안에서 현덕한테 받은 문서를 꺼내서 주유한테 전했다.

주유는 문서를 보자 발을 동동 굴렀다.

"자경은 제갈양의 꾀에 또 넘어갔구려! 땅을 빌린다는 것은 실상인즉 먹어 버리자는 계획이오. 저희들이 말하기를 서천을 얻은 후에 돌려보낸다고 하지만 언제 서천을 취할지 알겠소. 가령 십 년이 되어도 서천을 못 취한다면 십 년이라도 돌려보내지 않을 작정이오. 이따위 문서를 받아서 무슨 소용이 있다고 가지고 왔소? 만약 저것들이 영영 형주를 아니 내놓는다면 족하足下는 주공께 죄를 당할 테니 어찌하면 좋단 말씀이오?"

노숙은 주유의 말을 듣고 멍하니 한동안 앉았다가,

"현덕이 설마 나를 저버리겠습니까?"

노숙은 기운 없이 대답했다.

주유는 불끈 화를 냈다.

"자경은 성실한 사람이지만 유비는 효웅梟雄이고 제갈양은 간활奸猾한 사람들입니다. 착하디 착한 당신의 심리와는 다릅니다."

노숙은 불안했다.

"그렇다면 어찌하면 좋습니까?"

"자경은 나의 은인입니다. 전일에 군량을 보내 주신 일을 생각하기로서니 어찌 자경을 구해 주지 않겠소? 당신은 얼마간 이곳에 머물러 계시오. 강북으로 보낸 염탐꾼이 돌아오기를 기다려서 무슨 별도리를 차려 보기로 합시다."

노숙은 주유의 말대로 시상군에 유하면서 불안한 세월을 보내고 있을 때 마침 강북에 염탐하러 갔던 세작細作이 돌아와 보했다.

"형주 성중엔 베기(布旗)를 달고 성 밖에는 새로 묘소를 썼으며 군사들은 모두 다 베옷을 입었습니다."

주유는 눈이 둥그레지며 놀라 물었다.

"도대체 누가 죽었다 하더냐?"

"유현덕의 부인 감甘 부인夫人이 세상을 떠났다 합니다."

염탐꾼의 보고를 받은 주유는 옆에 있는 노숙을 향하여 손뼉을 치며 기뻐했다.

"유비를 사로잡고 형주 땅을 찾게 되었소!"

"무슨 좋은 계책이 있습니까?"

노숙이 물었다.

"유현덕이 이번에 감 부인을 잃어 상배喪配했으니 후취를 얻을 것은 분명하오. 우리 주공께서 매씨妹氏 한 분이 계시지 아니하오? 이분의 성정이 극히 강용剛勇해서 시비 수백 명이 있는데 항상 군대식으로 칼을 차고 거행하고 방 안에는 병기를 진열해서 비록 남자라 하나 따르지 못할 만한 대장의 기상을 가졌소이다. 주공께 글월을 올려서 사람을 형주 유비한테 보내서 위문한 후에 좋은 말로 주공의 매씨와 혼인하자고 통혼해서 만약 허락하여 남서주南徐州로 온다면 등을 밀어 옥에 가두어 두고 형주를 내놓으라 하면 유비가 아니 듣지는 못하리다. 이때 가서 형주를 우리 땅으로 한 후에, 다음 일은 또다시 생각해 보기로 합시다. 이리한다면 자경의 일은 무사하게 피일 수 있으리다."

주유의 말을 듣는 노숙은 절하여 사례했다.

"과연 좋은 계책입니다."

주유는 곧 손권한테 올리는 상소를 써서 노숙한테 주고 빠른 배를 타고 남서南徐로 향하게 했다.

노숙은 손권을 본 후에 먼저 유현덕과 제갈양을 만나 형주 땅을 빌려 준 문서를 바쳤다.

손권은 문서를 받아 본 후에 크게 노했다.

"무슨 일을 이같이 모호하게 한단 말이오. 이까짓 문서 조각을 무엇에 쓰겠소?"

"죄송합니다. 그러나 주 도독이 상소를 올린 것을 가지고 왔습니다. 이대로 한다면 형주를 취할 수 있다 합니다."

손권은 주유의 글을 받아 읽자 고개를 끄덕여 점두한 후에 가만히 기뻐했다.

누구를 보낼까 하고 한동안 연구하다가 문득 생각이 났다.

"여범呂範이 아니면 아니 되겠다."

혼잣말하고 좌우에 명하여 여범을 청했다.

이윽고 여범이 들어와 문후를 올렸다. 손권은 여범을 가까이 앉힌 후에 천천히 입을 열었다.

"요사이 유현덕이 상배를 했다 하는데 나는 내 누이를 현덕에게 시집 보내고 싶네. 이리하여 사돈을 정한 후에 조조를 격파하여 한실漢室을 부흥시킬 생각일세. 자네는 나를 위하여 중매 노릇을 해 주어야 하겠네."

"좋습니다. 명령대로 현덕을 찾아보겠습니다."

여범은 당일로 두어 사람 종인從人을 거느리고 배에 올라 형주로 향했다.

한편 현덕은 형주에서 감 부인을 궂긴 후에 주야로 번뇌하고 있었다.

하루는 공명과 함께 한가히 앉아 있을 때 동오에서 여범이 찾아왔다고 보했다.

공명은 빙긋 웃고 말했다.

"이것은 주유의 꾀올시다. 형주 땅 문제로 왔습니다. 저는 병풍 뒤에 숨어서 엿들을 테니 주공께서는 저 사람의 말을 듣고만 계십시오. 그리고 만나 보신 후에 사자는 역관에 편히 쉬고 있으라 분부를 내리십시오. 따로 의논을 드리겠습니다."

현덕은 공명의 말을 듣고 여범을 들어오라 했다.

공명은 병풍 뒤로 들어가 숨었다.

여범이 들어와 인사하고 좌정하니 차가 나왔다.

현덕과 여범은 차를 마신 후에 현덕이 여범한테 물었다.

"여 선생은 어찌 나를 찾으셨소? 무슨 할 말씀이 계시오?"

"요사이 들으니 황숙께서 상배를 하셨다 합니다. 위문 겸 좋은 말씀을 하러 왔습니다. 중매를 들러 왔소이다."

여범이 현덕을 향하여 말했다.

"중년 상처는 기막힌 불행입니다. 그러나 죽은 사람의 뼈와 살이 아직 식기도 전에 어떻게 혼담을 하겠습니까?"

"사람이 아내가 없으면 마치 집에 들보가 없는 것이나 매한가지올시다. 어찌 중도에 인륜을 패하겠습니까? 내 주인 오후는 한 누이가 있는데 아름답고 어질어 기추箕箒를 받들만 합니다. 만약 두 댁에서 진진秦晉의 좋은 연을 맺는다면 조적曹賊이 감히 동남東南을 바라보지 못할 것입니다. 이 일은 집안도 좋고, 국가도 좋은 일이니 황숙께서는 의심하지 마십시오. 다만 우리나라 오태태吳太太 부인께서는 매우 막내 따님을 귀애하시어 멀리 시집을 보내려 아니하십니다. 아마 황숙께서는 동오로 가시어 장가를 드셔야 할 것입니다."

여범의 말을 듣자 현덕이 물었다.

"이 일을 오후께서 아십니까?"

"오후께 품하지 아니하고 어떻게 제가 와서 함부로 말씀을 드리겠습니까?"

현덕이 다시 말했다.

"내 나이 이미 반백에 수염과 살쩍이 희끗희끗합니다. 오후의 누이는 묘령의 처녀일 텐데 아무리 생각해 보아도 나의 배우자가 아닐 것입니다."

"오후의 누이는 몸은 비록 여자이지만 뜻은 남자보다 큽니다. 항상 말하기를 천하의 영웅이 아니면 섬기지 않겠다 합니다. 지금 황숙께서는 명문名聞 사해四海하시니 정히 숙녀의 배우가 되실 만합니다. 연치를 가지고 말씀하실 것은 아닙니다."

"공은 잠깐 머물러 주시오. 생각해서 내일 회답해 드리오리다."

현덕은 여범을 객관客舘으로 보내서 연회를 베풀어 관대했다.

날이 저문 후에 현덕은 공명과 함께 상의했다.

"무엇이라 대답하면 좋겠소?"

"여범이 온 뜻은 이미 다 알았습니다. 그동안 점을 쳐서 대길大吉 대리大利의 괘를 얻었습니다. 주공께서는 곧 허락하시고 먼저 손건孫乾으로 여범을 따라가서 오후를 만나 대사를 결정한 후에 길일을 택하여 동오로 가시어 대례를 치르도록 하십시오."

현덕은 의아하게 생각했다.

"주유는 나를 해하려고 꾀는 모양인데 어찌해서 나보고 경솔하게 위지로 들어가라 하시오?"

공명은 깔깔 웃으며 말했다.

"주유가 비록 꾀가 있다 하나 어찌 제갈양의 생각보다 나으리까? 약간의 지혜를 써서 주유가 꼼짝을 못하도록 하겠습니다. 그리고 오후의 누이도 주공한테 매인 몸이 될 테니 형주는 만 번에 한 번도 아니 뺏깁니다."

비단 주머니 속의 비계

그러나 현덕은 마음에 의심을 품어 얼른 결단을 내리지 못했다.

공명은 자의로 손건에게 강남으로 가서 혼인을 허락하라고 분부를 내렸다.

손건은 여범과 함께 형주에서 떠나 강남으로 향하여 손권을 뵈었다.

손권은 손건에게 말했다.

"나의 누이를 현덕에게 보내려 하는데 현덕께서는 장가들러 오실 의향이신가?"

"그러하오이다. 허락하시는 뜻을 전하기 위하여 제가 왔습니다."

"두 집에 좋은 일이 되겠소."

손권은 얼굴에 가득 웃음을 띠어 만족해했다.

손건은 손권에게 후한 뜻을 사례하고 형주로 돌아와 현덕께 뵈었다.

"오후는 주공께서 혼인하러 오시기를 기다리고 계시다 말씀하셨습니다."

그러나 현덕은 의심하여 가지 못했다.

공명은 조자룡을 청했다.

"나는 세 가지 계책을 정했소이다. 자룡이 아니면 실행을 못할 것입니다."

말을 마치자 조자룡의 귀에 대고 가만가만 말했다.

"당신은 주공을 보호해서 동오로 가시오. 비단 주머니 세 개 속에는 세

가지 묘한 계책이 하나씩 들어 있으니 적혀 있는 대로 차례차례 행하도록 하시오."

공명은 말을 마치자 비단 주머니 세 개를 조자룡한테 넘겨주었다.

자룡은 비단 주머니를 간직한 후에 봉치를 받들어 동오로 나갔다.

때는 건안 14년 10월이었다.

현덕은 형주 일을 공명한테 맡기고 조운, 손건과 함께 쾌선快船 열 척에 수행하는 사람 5백 명을 거느리고 남서로 향하여 떠났다.

그러나 마음은 항상 편하지 아니했다. 공명이 가르쳐 준 비단 주머니만 믿고 행동을 하기로 했다.

배가 언덕에 당도하니 조자룡은 가만히 공명이 준 비단 주머니를 끌러 보았다.

곧 5백 도부수를 불렀다. 대장을 불러 은밀한 지령을 내렸다.

군사들은 조자룡의 분부를 듣고 사면으로 흩어졌다.

조자룡은 현덕에게 품하고 교국로喬國老를 찾아보게 하였다.

교국로는 저 유명한 강남의 두 미인 이교二喬의 아버지로 손책의 장인도 되고 주유의 장인도 되었다.

현덕은 양羊을 끌고 술을 메어 교국로를 찾아 절하여 뵌 후에 오후가 여범을 보내서 통혼한 일을 말하고 현덕이 장가들러 온 말을 고했다.

교국로는 현덕을 향하여 치사하기를 마지아니했다.

조자룡은 다시 수행 군사 5백 명을 붉은옷에 화려한 채색 띠를 띠게 한 후에 남군南郡으로 들어가서 혼수婚需 물건을 사게 하고 유현덕이 손권의 누이한테로 장가들러 온 사실을 퍼뜨렸다.

소문은 삽시간에 성안, 성 밖으로 짜하게 퍼졌다.

백성들은 경사가 났다고 기뻐했다.

손권은 현덕이 당도한 것을 알자 여범을 시켜서 역관으로 인도하여 편히 쉬게 했다.

교국로는 현덕의 방문을 받은 후에 다음 날 오吳 국태國太 부인을 찾았다. 좋은 사위 얻은 것을 치하했다.

"이번에 국태 부인께서는 좋은 사위를 얻게 되시었으니 삼가 치하를 드립니다."

"좋은 사위라니요?"

오 부인은 눈이 둥그레지며 물었다.

교국로는 미소를 띠어 다시 치하했다.

"이번에 따님을 천하 영웅 유현덕한테로 시집을 보내시기로 하여 현덕이 장가를 들러 이곳으로 왔으니 과연 잘하셨습니다. 어찌해서 노부한테는 미리 통지를 아니하셨습니까?"

교국로의 말을 듣는 국태 부인은 깜짝 놀랐다.

"진정이지 나는 처음 듣는 일입니다."

국태는 곧 시녀를 보내서 손권을 부르고 한편으로는 시자를 성안으로 보내서 거리의 소문을 들어오라 했다.

성안으로 나갔던 시자는 곧 돌아와 고했다.

"유현덕은 장가들러 와서 지금 역관에 들어 있고 그를 호위하여 온 오백 명 군사들은 성안에서 혼인 잔치 흥정을 하느라고 돼지와 양과 과자를 사면서 혼인 준비에 한참 분망합니다. 혼인 중매는 신부 쪽은 여범이요, 신랑 편은 손건이라 하는데 지금 역관에서 두 사람은 서로들 대면하고 있다 합니다."

오 국태는 더 한 번 크게 놀랐다.

조금 있으려니 손권이 후당으로 들어와 모친을 뵈었다.

오 국태 부인은 가슴을 두드리며 크게 통곡했다.

손권은 놀랐다.

"어머님, 웬일이십니까? 어찌 이리 상심을 하십니까?"

"네가 참말로 이렇게 하기냐? 만약 이같이 한다면 나는 살아 있어도 송장 같은 소용없는 몸이로구나. 이 애야, 너의 형님께서 돌아가실 때 너보고 무어라고 유언을 하셨더냐?"

손권은 더한층 놀랐다. 무슨 까닭에 부인이 이같이 노하는지 까닭을 알 수 없었다.

"어머님, 왜 이리 마음을 번뇌하십니까? 말씀을 좀 자세히 들려주십시오."

"남자가 장성하면 혼인을 하는 법이고 여자가 장성하면 시집을 가는 것은 고금이 다를 것 없는 상도常道다. 그러나 내가 네 어미가 되니 당연히 혼인에 대한 일은 나한테 의논을 해서 처리했어야 할 텐데 너는 어찌해서 유현덕으로 네 매부를 삼으려 하면서 나한테는 도무지 한마디 연통도 없이 속이니 웬일이냐? 딸은 내 딸이다!"

손권은 더 한 번 소스라쳐 놀랐다.

"모친께서는 대체 그 말씀을 어디서 전해 들으셨습니까?"

국태 부인은 역증이 불같이 일어났다.

"너는 내 귀만 틀어막고 아주 끝끝내 네 맘대로 이 일을 진행하려 했구나. 온 성중 안 백성들이 다 알고 있는 일을 나만 속이려 든단 말이냐?"

국태 부인은 더한층 펄펄 뛰었다.

교국로가 옆에 있다가 손권한테 말했다.

"노부老夫도 벌써 이 일을 알았으므로 특별히 치하의 말씀을 하러 들어온 길입니다."

손권은 주유와 계교로 행하려던 일이 이같이 떡 벌어지게 소문이 난 것을 짐작했다. 오태태께 아뢰었다.

"아니올시다. 실상인즉 이 일은 주유가 형주를 취하기 위하여 생각해 낸 계교올시다. 유비를 꾀어서 이곳까지 오게 한 후에 잡아서 가두고 형주 땅과 바꾸자 해서 만약 듣지 아니하면 유비를 죽여서 후환을 없이하려 한 일입니다. 혼인 말은 잠깐 방편으로 취한 것뿐 진정이 아니올시다."

손권의 말을 들은 오태태 부인은 더욱 노기가 충천했다.

펄펄 뛰며 주유를 욕했다.

"여섯 고을 팔십일 주를 거느린 대도독大都督으로 그래 형주 땅 하나 취할 계책을 못 세우고 내 딸로 미인계를 써서 형주 땅을 뺏으려 한단 말이냐? 만약 이렇게 해서 유비를 죽여 버린다면 내 딸은 가엾게도 망문과부望門寡婦가 되고 말 것이니 개가改嫁도 할 수 없고 영영 신세를 망쳐 버리란 말이냐! 이러고 네 신세가 잘될 줄 아느냐!"

오태태는 주먹으로 땅을 치며 통곡했다.

옆에 앉아 있던 교국로도 고개를 가로흔들었다.

"설혹 그 같은 계교를 써서 형주 땅을 수중에 넣게 된다 하더라도 천하 사람들의 치소恥笑를 면하지 못할 것입니다. 그렇게 처사를 해서는 못쓰지요."

손권한테 권고했다.

손권은 입을 봉하여 말이 없고, 오태태 부인은 계속해서 주유를 욕했다.

"죽일 놈이다. 주유는 죽어야 한다!"

교국로가 옆에서 손권한테 권했다.

"일이 이쯤 되었으니 별도리가 없소이다. 유현덕은 황숙皇叔으로서 한 실 종친입니다. 차라리 진짜 사위를 삼아서 천하에 부끄러운 추태를 면해야 할 것입니다."

손권이 교국로한테 가만히 대답했다.

"그러나 신랑 신부의 나이가 너무 틀리니 어찌합니까?"

"유 황숙은 당세 호걸이올시다. 나이가 비록 영매슈妹보다 많다손 치더라도 오태태 부인의 말씀대로 망문과부望門寡婦를 만들어서 천하 사람들의 치소를 받는 일보다 낫지 아니합니까? 그리고 지체로 보더라도 영매한테 욕되지 아니합니다."

오태태가 버럭 큰소리로 말했다.

"나는 아직 유 황숙을 본 일이 없다. 내일 감로사甘露寺로 청해서 선을 한번 볼 수밖에 도리가 없다. 선을 보아서 만약 내 마음에 들지 않을 때는 너희들 하고 싶은 대로 해라. 그렇지 아니하고 내 눈에 든다면 그때는 곧 사위를 삼을 테다. 그런 줄 알고 처사하게 하라!"

오태태 부인은 엄숙하게 명령을 내렸다.

손권은 본시 효도가 지극한 사람이었다. 국태 부인의 명령을 어길 수 없었다.

"네."

하고 대답하고 밖으로 나왔다.

손권은 오태태의 후당에서 밖으로 나오자 여범을 불렀다.

"내일 감로사甘露寺 방장方丈에 연회를 배설하라. 국태태께서 친히 유현덕을 만나 보겠다 하신다."

여범이 아뢰었다.

"그렇다면 가화賈華한테 분부를 내리시어 삼백 명 도부수를 거느리고 감로사 양편 낭하廊下에 매복하고 있다가 만약 태태 부인께서 마음에 합당치 아니해하시거든 곧 유비를 잡는 것이 어떠하옵니까?"

손권은 여범의 말을 좇았다.

곧 가화를 불러 분부했다.

"오백 도부수를 감로사 낭하에 매복시켜 국태태 부인의 눈치를 보아 곧 유비를 포박하라."

가화는 손권의 명을 받들어 가만히 감로사에 5백 도부수를 매복시키고 기회를 기다렸다.

한편 교국로는 오태태와 작별하고 집으로 돌아온 후에 곧 사람을 유현덕한테로 보냈다.

"내일 오태태 부인께서 감로사에서 친히 그대의 선을 보기로 했으니 그리 알고 계시오."

연통을 해 주었다.

현덕은 곧 손건과 조운을 불러 이 일을 의논했다.

"어찌하면 좋을까 생각해 두는 것이 좋겠소."

"아무리 생각해 보아도 내일 감로사 모임은 흉다凶多 길소吉少합니다. 운이 오백 군사를 거느리고 나가서 주공을 보호하오리다."

현덕은 조운의 말을 들었다.

이튿날이 되었다.

오태태 부인은 교국로를 청해서 함께 감로사로 향하여 방장方丈 안에 좌정하고 손권은 모사들을 거느리고 뒤따라 감로사로 향한 후에 여범을 시켜서 유현덕을 청했다.

현덕은 안에 갑옷 입고 겉에 금포錦袍를 덧받쳐 입은 후에 시자에게 칼을 쥐고 긴하게 뒤따르게 한 후에 말 타고 감로사로 향했다.

뒤에는 또다시 조운이 완전 무장을 차린 후에 5백 군을 거느리고 유현덕을 호위해 나갔다.

유현덕은 감로사 앞에서 말에 내려 먼저 손권과 대면했다.

손권은 현덕의 의표儀表가 비범한 것을 보고 마음속으로 무한 두려움을 가졌다.

현덕은 손권과 예를 마친 후에 곧 방장으로 들어가 태태 부인께 뵈었다.

국태태 부인은 한번 현덕의 의표가 출중한 것을 보자 기쁨을 이기지 못했다.

옆에 있는 교국로를 바라보면서 입을 벙글거려 말했다.

"과연 내 사윗감이오!"

교국로도 옆에서 입에 침이 마르도록 칭찬을 했다.

"유현덕은 용봉龍鳳의 자세와 일월日月의 의표가 있습니다. 여기다가 그의 어진 덕기는 천하에 퍼져서 사람마다 추앙하는 인물입니다. 태태께서는 무슨 복력으로 이런 사위를 두시게 되었습니까? 참말 경사스런 일이올시다."

칭찬이 놀라웠다.

현덕은 태태 부인께 절한 후에 연회 좌석에 나가 앉았다.

조자룡은 칼을 짚고 들어와서 현덕의 옆에 모시어 섰다.

국태태는 손을 들어 조자룡을 가리키며 현덕에게 물었다.

"저분은 누구시오?"

"상산 땅의 조자룡이란 장수입니다."

현덕이 대답했다.

"그럼 바로 당양 장판파長坂坡에서 아두阿斗를 품에 품고 조조의 백만 대병을 무찌르면서 무인지경같이 달렸다는 바로 그 조자룡이란 분이 아닙니까?"

"네, 그러하오이다."

현덕은 공손히 대답했다.

국태태 부인은 다시 한 번 자룡의 의표를 바라보며 칭찬했다.

"과연 명불허전名不虛傳이로군!"

자탄하기를 마지아니했다.

국태태는 넌짓 술병을 잡고 잔에 가득 부어 조운한테 권했다.

"자아 한 잔 잡수시오."

조운은 무릎을 꿇고 국태 부인의 내리는 술잔을 받아 마신 후 조용히 현덕한테 말했다.

"제가 지금 낭하廊下를 둘러보니 양편 방 안에 도부수들이 매복하고 있습니다. 주공께서는 곧 국태 부인께 말씀하시어 저들을 물리쳐 달라 하십시오."

현덕은 조운의 말을 듣고 천천히 자리에 일어나 국태 부인 앞으로 나갔다. 눈물을 머금어 고했다.

"국태께오서 유비를 죽이시려 하거든 빨리 이 자리에서 죽여주십시오."

태태 부인은 깜짝 놀랐다.

"그게 무슨 말씀이오? 왜 그런 말씀을 입 밖에 내시오?"

"낭하에 도부수를 매복시켜 놓으셨으니 유비를 죽이려 하신 것이 분명합니다. 빨리 죽여주십시오."

현덕의 아뢰는 말씀을 듣자 태태 부인은 얼굴빛을 변하며 크게 노했다.

"권權아, 이리 가까이 오너라!"

손권이 앞으로 나가 꿇어앉았다.

"유현덕은 오늘날 내 사위가 되었으니 곧 내 딸이나 매일반이다. 네 무슨 까닭에 도부수를 낭하에 매복시켜서 내 사위를 죽이려 하느냐?"

큰소리로 꾸짖었다.

"소자는 모르는 일이올시다."

손권은 모른다고 발뺌을 할 수밖에 없었다.

"그럼 누구의 짓이란 말이냐?"

태태 부인은 더한층 노했다.

손권은 여범을 불렀다.

"도부수는 누가 매복시켰느냐?"

"가화의 짓인가 봅니다."

여범은 가화한테 팔밀이를 했다.

태태 부인은 가화를 불러 꾸짖었다.

"네 어찌 도부수를 매복시켜서 내 사위를 죽이려 했느냐?"

가화는 잠자코 대답이 없었다.

국태태 부인은 더욱 노했다.

"무사를 불러라."

무사가 추창해 나왔다.

"저 가화란 자를 끌어내려 목을 베어라!"

이 모양을 본 현덕은 급히 태태 부인께 아뢰었다.

"저로 인하여 나라의 대장을 참하신다면 혼인 대례에도 이롭지 못할 뿐 아니오라 저도 오래 슬하膝下에 모시고 있기 난처합니다. 용서해 주시기 바랍니다."

현덕의 말을 듣자 교국로도 국태태에게 간하였다.

"현덕의 말씀이 옳습니다. 가화를 한 번만 용서해 주십시오."

국태태는 가화를 꾸짖어 물리쳤다.

"네가 다시 이 따위 행동을 한다면 참하리라. 빨리 도부수를 거느려 물러가라."

매복했던 5백 명 도부수들은 가화와 함께 머리를 싸안아 달아났다.

얼마 후에 현덕은 자리에서 일어나 뜰아래로 내려섰다.

문득 눈을 들어 보니 뜰 한 귀퉁이에 큰 바윗돌이 놓여 있었다.

현덕은 칼을 받들고 뒤에 따르는 종자한테서 칼을 받아 들었다. 가만히 축원하였다.

"유비가 무사하게 형주로 돌아가서 왕패王覇의 큰 사업을 성공할 수 있다면 바위는 한칼에 두 쪽으로 나거라! 그렇지 아니하고 이곳에서 죽을 몸이거든 돌은 갈라지지 말아라!"

유현덕은 암축暗祝한 후 칼을 뽑아 돌을 내려쳤다.

칼과 돌은 큰 음향과 함께 맞부딪치면서 줄불이 번쩍 일어났다. 돌은 두 동강으로 갈라졌다.

이때 손권은 현덕의 뒤를 따라 뜰아래로 내리다가 이 광경을 보았다.

"현덕께서는 바위하고 무슨 원수를 지셨습니까?"

등 뒤에서 물었다.

유비는 잠깐 놀랐다.

슬쩍 딴소리로 넘겨 버렸다.

"유비의 나이는 이제 오십이 가까웠습니다. 그러나 아직도 국가를 위하여 적을 무찌르지 못했습니다. 이것이 밤과 낮으로 한이올시다. 이제 국태께오서 부르시어 사위를 삼으시니 이는 곧 하늘이 시키신 일이라 생각합니다. 이리하여 동오와 협조하여 조조를 토멸하고 한실을 부흥시키겠다고 축원했더니 다행히 바위는 두 조각으로 나 버렸습니다."

손권은 손권대로 현덕의 말을 곧이듣지 아니했다.

"그럼 나도 한번 하느님께 암축을 해서 점을 쳐 보겠소이다."

손권은 말을 마치자 칼을 번쩍 들어 바윗돌을 내리 갈겼다.

돌은 두 동강으로 갈라졌다. 이때 손권이 마음속으로 암축한 것은,

'만약 손권이 형주를 다시 찾아서 동오를 흥왕케 한다면 돌은 두 쪽으로 갈라지거라!'

이같이 암축했다.

돌 한 개를 가지고 영웅 유비와 영걸 손권은 제각기 자기의 앞길을 암축해 점쳤다.

감로사 뜰 앞에는 지금도 십자문十字紋 흔석痕石이 남아 있다.

뒷사람들이 이 승적勝跡을 보고 시를 지어 예찬했다.

寶劍落時山石斷
金環響處火光生
兩朝旺氣皆天數
從此乾坤鼎足成

보검 떨어지며 바위 갈라진다.

칼 고리 울리는 곳, 돌불이 일어나네.

두 나라의 왕성한 기운, 모두 다 천수로세.

이로 좇아 천하는 솥발 형세 이룩하세.

손권과 유비는 칼을 버리고 서로 이끌어 당상으로 올랐다.

다시 두어 순배 술을 마셨다.

손건이 유비를 향하여 자주 눈짓하였다.

현덕은 손건의 술 마시지 말라는 뜻을 알아차렸다.

손권을 향하여 술을 아니 마시겠다 사양했다.

"유비, 본시 주량이 없어서 술기운을 이기지 못합니다. 물러가겠소이다."

손권은 유비를 감로사 동구 앞까지 전송했다.

절 앞의 경치는 천하의 기관奇觀이요 절승絶勝이었다.

두 사람은 나란히 서서 강산의 경치를 바라보았다.

현덕은 손을 들어 멀리 산과 물을 가리키며 칭찬했다.

"이곳은 과연 천하제일 강산江山이구려!"

뒷사람들은 현덕이 칭찬한 말 그대로 받아서 감로사甘露寺 앞에 '천하제일강산' 이란 글을 써서 빗돌을 세웠다. 이것은 나중 이야기다.

현덕과 손권은 계속해서 강산 풍경을 바라보고 섰다.

홀연 강바람이 호탕하게 일어났다. 강물은 물결을 일으켰다.

집채 같은 물결은 눈이 부서지는 듯 얼음산이 깨지는 듯했다.

허연 물결은 하늘까지 용솟음쳐 올라, 푸른 대기大氣를 흔들어 놓는 듯했다.

홀연 바라보니 일엽편주一葉片舟가 물결 이는 험한 강상을 평지 가듯 가볍게 흘러갔다.

현덕이 탄식했다.

"남쪽 사람들은 배를 잘 타고 북쪽 사람들은 말을 잘 탄다더니 과연 옳은 말이로구려. 어쩌면 일엽편주 조각배가 저렇듯 험한 풍파를 헤치고 평지 가듯 하오?"

손권은 유비의 말을 듣자 자기를 향하여 말을 잘 타지 못한다고 비아냥거리는 줄 생각했다.

"말을 끌어 오너라!"

좌우에 모시어 서 있는 시자들한테 분부를 내렸다.

시자는 얼른 말 두 필을 끌어 왔다.

손권은 나는 듯이 몸을 날려 마상에 높이 앉아 달리는 말에 채찍을 더했다.

말은 비호같이 계곡으로 달리고 다시 깎아지른 고개로 치달렸다.

손권은 현덕한테 웃으며 말했다.

"남쪽 사람이 과연 말을 못 탑니까? 이만하면 면무식은 되지요? 하하하."

현덕도 옷을 걷어 올리고 선뜻 말에 올라 산 아래로 달렸다가 다시 산 위로 뛰달았다.

두 사람은 한동안 말 달리는 솜씨를 자랑했다. 산허리에 말을 멈추고 고삐를 가지런히 하여 채찍을 흔들어 드높게 웃었다.

뒷사람들은 이곳을 이름 하여 주마파駐馬坡라 불렀다.

당일 현덕과 손권 두 사람은 말고삐를 나란히 하여 남서南徐로 돌아가니 유현덕을 바라보는 백성들은 칭찬이 놀라웠다.

유현덕은 객관으로 돌아온 후에 손건과 함께 상의했다.

손건은 현덕한테 의견을 말했다.

"주공께서는 교국로喬國老한테 말씀하시어 빨리 혼인 예식을 치르게 해 달라고 청을 하십시오. 이렇게 해서 다른 일이 생기지 않도록 하시는 것이 좋습니다."

다음 날 현덕은 다시 교국로를 찾았다.

대문 앞에서 말에 내려 공손히 들어가니 교국로는 반갑게 현덕을 맞이해 들였다.

차를 마신 후에 현덕은 교국로한테 고했다.

"강남 사람들은 유비를 해치려 하는 사람들이 많습니다. 암만해도 오래 이곳에 있지 못하겠습니다."

교국로는 빙긋 웃으며 대답했다.

"현덕은 마음 놓으시오. 나는 공을 위하여 곧 국태 부인께 말씀을 드려서 물샐틈없이 보호하도록 하오리다."

현덕은 감사하다고 칭송한 후에 절하고 돌아왔다.

교국로는 곧 자비自備를 차리고 국태 부인께 들어가 뵈었다.

"유현덕은 사람들의 모해가 두려워서 급히 자기 나라로 돌아가겠다 합니다."

교국로의 말을 듣자 국태 부인은 크게 노했다.

"내 사위를 누가 감히 해한단 말입니까?"

곧 시자를 불러 명령을 내렸다.

"유현덕은 택일하여 대례大禮를 지낼 동안까지 내 집 서원書院에서 거처케 하라."

명령은 곧 시행되었다.

현덕은 친히 국태 부인을 찾아뵙고 다시 고했다.

"저는 태태 마마의 덕택으로 서원에 들어와 있습니다마는 저의 부하 조운이 밖에 떨어져 있으니 불편하기 짝이 없습니다."

국태 부인은 현덕의 말을 듣고 다시 분부를 내렸다.

"조운과 그의 수하 오백 군사까지 부중으로 들어와서 함께 지내게 하라."

손권 이하는 국태 부인의 명령을 어길 수 없었다.

현덕과 조운은 5백 군사를 거느리고 국태 부인의 부중 안 서원에서 거처하게 되었다.

며칠이 지났다.

국태 부인의 부중에는 크나큰 잔치가 벌어졌다.

유현덕이 손孫 부인夫人을 맞이하여 장가드는 날이었다.

동오 국태 부인의 친딸이요, 동오의 주인 손권의 매씨가 황숙 유비한테 시집가는 날이었다. 치하하러 오는 만조백관과 의식의 호화찬란한 범절은 이루 다 형언할 수 없었다.

날이 저물어 손들이 돌아간 후에 한 쌍 횃불을 든 길잡이는 유현덕의 거처하는 서원書院으로 나와 신랑 유현덕을 맞이했다.

현덕이 횃불을 따라 신방 문 앞에 당도해 보니 등촉이 휘황찬란한 속에 창과 칼이 서리를 뿜어 즐비하게 꽂혀 있고 신부를 호위하여 모시고 있는 시녀들도 함빡 무장을 하여 허리에 창을 차고 있었다. 방 속은 향기 그윽한 신방이 아니라 살기가 가득 찬 진중 같았다.

신방新房 문턱에 들어선 유현덕은 깜짝 놀랐다. 자기도 모르는 사이에 손과 발이 떨렸다. 얼굴빛이 변하였다.

유현덕을 인도하던 늙은 시녀는 현덕의 놀라워하는 눈치를 챘다. 부드러운 말씨로 현덕한테 아뢰었다.

"귀인貴人께서는 놀라지 마십시오. 저희 댁 아가씨께서는 어릴 때부터 무예를 좋아하시어 항상 시비侍婢들에게 검술을 배우게 하시고 격검擊劍하는 것으로 낙을 삼으셨습니다. 그래서 시비들이 모두 다 칼들을 찼으니 조금도 놀라지 마시기 바랍니다."

현덕이 대답했다.

"무기란 여자의 사랑할 바가 못되오. 내 마음에 선뜩하니 잠깐 무기를 치우라고 말씀하오."

늙은 시녀는 손 부인의 앞으로 나가 품하였다.

"새서방님께서 방 안에 벌여 논 병기가 불안하니 치우라 하십니다."

신부는 입가에 미소를 띠어 나직이 대답했다.

"반평생을 전쟁 중에서 보내시면서 병기가 그같이 무서우시단 말이냐?"

신부는 시녀들에게 방 안에 있는 창과 칼을 함빡 치우게 하고 시녀들이 차고 있는 칼도 풀어 버린 후에 현덕을 신방으로 불러들였다.

이날 밤에 현덕은 손 부인과 함께 혼인을 이루니 두 사람의 정이 즐겁고 흡족한 것은 다시 더 말할 나위도 없었다.

이튿날이 되었다. 현덕은 황금과 비단을 풀어 시녀들에게 후하게 나눠 주니 시녀들의 예찬하는 소리는 부중에 가득했다.

현덕은 먼저 손건을 형주로 돌려보내서 기쁜 일을 보한 후에 날마다 손 부인과 함께 즐기니 오태태 부인은 더욱 현덕을 애중하고 공경하였다.

이때 손권은 사람을 시상군으로 보내서 주유한테 전말을 보냈다.

"우리 어머님께서 주장하시어 내 누이는 결국 유비한테로 시집가 버리고 말았소이다. 누가 이같이 농가성진弄假成眞이 될 줄 알았으리까. 이 일을 장차 어찌하였으면 좋겠소?"

주유는 손권의 기별을 받고 깜짝 놀랐다. 앉으나 서나 마음이 불안했다.

마침내 한 꾀를 생각해 내었다. 비밀히 편지를 써서 손권의 시자가 들어가는 편에 부쳤다.

손권이 급히 밀서를 뜯어보니 밀서는 이러했다.

저의 계교가 뜻밖에 이같이 뒤엎어질 줄은 꿈에도 생각지 못했습니다. 그러나 이미 농가성진이 되었으니 하는 수 없습니다. 다시 계교를 쓰시는 것이 좋겠습니다. 유비는 효웅梟雄인데다가 관우, 장비, 조운 같은 명장들이 있고, 또다시 제갈양 같은 모사가 있으니 반드시 오래 사람한테 굽힐 리만무합니다. 어리석은 소견에는 우리 동오에 볼모로 잡아 두는 것이 제일 상책일까 합니다. 화려하게 궁실宮室을 짓고 그의 마음을 주색에 빠지게 해서 관우, 장비와 정이 멀어지고 제갈양과 의를 끊게 한 연후에 군사를 풀어 형주를 친다면 대사를 정하리라 생각합니다. 이제 만약 그를 돌려보내면 마치 교룡蛟龍이 구름과 비를 만나 하늘로 올라갈 것입니다. 마침내는 못 속에 잠겨 있는 용이 아닐 것이니 명공께서는 깊이 통촉하옵소서.

손권은 주유의 밀서를 본 후에 모사 장소張昭를 청해서 의견을 물었다.
"주유의 밀서가 왔소. 보고 의견을 말씀하여 주오."
장소는 주유의 밀서를 본 후에 천천히 대답했다.
"공근公瑾의 계교는 정히 저의 뜻과 같습니다. 유비는 한미한 데서 일어나서 한평생을 두고 부귀영화를 맛보지 못하고 지낸 사람이올시다. 이제 화려한 큰 궁실이며 아름다운 여자와 값진 금백金帛으로 저의 마음을 흔들어 놓는다면 자연 공명이나 관우, 장비와 멀어질 것입니다. 그들을 서로 떼어 놓게 한 후에 형주를 친다면 손바닥을 뒤집듯 쉽게 성공이 될 것입니다. 주공께서는 주공근의 계교를 빨리 실행하시는 것이 좋겠습니다."
손권은 크게 기뻤다. 곧 시자에게 말하여 동부東府를 크게 수리하라 하고 뜰에는 갖은 화초와 기이한 나무를 심고 금은보화 진기한 기명을 배치한 후에 현덕과 누이 손 부인을 청하여 거접하게 한 후에 여악女樂을 수십 명 배치시키니 궁사극치한 저택은 손권이 거처하는 곳보다도 더한층 화려했다.
오태태 부인은 기쁨을 이기지 못했다.
"에그, 우리 아들은 매부 대접을 잘도 하지."
하고 칭찬하기를 마지아니했다.
현덕은 과연 호화찬란한 저택과 아름다운 성색聲色에 도취되었다.

형주 일을 전혀 잊어버린 듯 돌아갈 생각을 아니했다.

한편 조운은 5백 군사를 거느리고 동부東府 앞에 거처하면서 매일 할 일이 없어 무료하게 지냈다.

단지 하는 일이라고는 성 밖으로 나가서 활을 쏘고 말을 달리는 일밖에 없었다.

어느덧 세월은 빨라서 해가 저물어 들었다.

조운은 답답해서 형주 생각을 하고 있다가 문득 공명이 세 개 비단 주머니를 주던 생각이 번갯불 일듯이 일어났다.

첫째 금낭錦囊은 남서에서 끌러 보고, 둘째 금낭은 해가 마치는 연말年末에 끌러 보고, 셋째 금낭은 가장 위급할 때 끌러 보라 했던 것이었다.

조운은 가만히 생각해 보았다. 공명의 당부하던 말이 귀에 쟁하게 들려왔다.

'이 금낭 안에는 신출귀몰神出鬼沒한 계교가 있어서 주공을 안전하게 모시고 돌아올 수 있으니 범연히 생각지 말고 때를 기다려 적당하게 끌러 보시오.'

제갈공명의 신신당부하던 소리가 아직도 귀에 쟁쟁했다.

조운은 다시 생각했다.

'지금 해는 마치려 하는데 주공은 여색에 빠져서 만나 볼 수도 없게 되었으니, 한번 둘째 금낭을 풀어 보아야 하겠다!'

조운은 곧 금낭을 풀었다. 기가 막힌 좋은 계책이 나타났다.

조운은 혼자서 무릎을 탁 친 후에 자리에서 일어나 현덕의 부중府中으로 들어가 뵙기를 청했다.

"조자룡이 긴급한 일이 있어 잠깐 뵙기를 청한다고 우리 주공께 말씀을 올려 주시오."

시비는 조운의 전갈을 받아 현덕에게 고했다.

"조자룡이 긴급한 일이 있어 귀인께 뵙겠다 합니다."

현덕은 오랜만에 조운이 있는 것을 비로소 깨달았다.

현덕은 조운을 불러들였다.

조자룡은 얼굴에 구슬픈 기색을 띠고 현덕한테 아뢰었다.

"주공께서는 주란화각朱欄畵閣 궁궐 같은 좋은 집에 거처하시어 형주荊州 일을 생각도 아니하십니까?"

현덕은 조운을 바라보며 물었다.

"도대체 무슨 일이 있길래 자룡은 이같이 묻소?"

"오늘 아침에 공명 선생한테서 기별이 왔습니다. 조조가 적벽강 싸움에 군사가 함몰된 것을 탄하며 정병 오십만을 거느리고 형주로 쳐들어와서 형세가 심히 위태하다 합니다. 주공께서는 한시바삐 형주로 돌아가시도록 하십시다."

조운은 눈물을 머금고 간곡하게 고했다.

조자룡의 말을 듣는 현덕의 머리에는 제갈양, 관우, 장비 등 맹장들의 얼굴이 떠올랐다.

현덕의 마음이 움직였다.

"아내와 한번 의논해 보리다."

조운이 다시 말했다.

"만약 부인께 상의하시면 주공을 돌아가시라고 아니하실 것입니다. 말씀 아니하시는 것이 좋겠습니다. 오늘 밤 안으로 그대로 떠나시는 것이 좋겠습니다. 더디면 탈이올시다."

"잠깐만 기다려 주구려. 나도 생각이 있소이다."

"꼭 가셔야 합니다. 아니 가시면 큰일이올시다. 제갈공명도 큰 걱정을 하시는 모양이올시다."

조자룡은 일부러 재촉을 두어 번 하고 나왔다.

현덕은 안으로 들어가 부인을 만났다.

손 부인을 바라보며 소리 없이 눈물을 흘렸다.

손 부인이 현덕의 우는 모습을 보고 깜짝 놀라 물었다.

"황숙皇叔께서는 왜 우십니까?"

"나의 신세를 생각하니 눈물이 저절로 나는구려. 타향으로 돌아다니면서 양친을 시봉하지 못하고 조종祖宗의 제사도 받들지 못하니, 이러한 대역 불효가 어디 또다시 있겠소? 이제 해가 바뀌어 새해가 다가오니 더욱 마음이 비창하구려."

"황숙께서는 나를 속이지 마십시오. 나는 다 듣고 알았습니다. 방금 조자룡은 형주가 위급하다고 말했습니다. 이 때문에 가시려고 하는 것입니다."

현덕은 무릎을 꿇고 부인한테 고했다.

"부인께서 벌써 다 알고 계시니 내 어찌 속이리이까. 내가 가지 아니하면 형주는 조조한테 잃어버리고 말 테니 천하의 치소거리가 될 것이고, 가자 하니 부인과 떨어져서 이별하기 차마 난처하구려. 이래서 번민을 하는구려."

손 부인은 옷깃을 여미고 말했다.

"제 몸은 황숙한테 매인 몸입니다. 당신이 가시는 곳이면 첩은 하늘 끝이라도 따라갈 것입니다."

현덕은 손 부인의 등을 어루만지며 말했다.

"부인의 마음은 비록 그렇다 할지라도 장모님과 손권이 보낼 리 만무합니다. 부인께서는 유비를 불쌍하게 여기서 잠시 이별을 하는 수밖에 없습니다."

현덕은 말을 마치자 눈물이 하염없이 쏟아졌다.

손 부인은 현덕을 위로하며 말했다.

"황숙께서는 너무 번민하지 마십시오. 제가 어머님께 간곡하게 청을 드려서 당신을 따라가도록 하오리다."

"설혹 국태께서는 허락을 하신다 해도 오후가 필연 막을 테니 이것이 걱정이오."

손 부인은 한동안 무엇을 생각하다가 말했다.

"나와 당신이 정조正朝에 어머님께 세배를 드린 후에 강변에 나가서 조제祖祭를 지내러 간다 하고 그대로 떠나 버리면 어떻겠습니까?"

현덕은 손 부인의 말을 듣자 무릎을 꿇어 감사했다.

"만약 이같이 한다면 내가 죽어도 당신의 은혜는 잊지 못하리다. 아예 이 말은 누구한테도 하지 마시오."

두 내외는 서로 이같이 의논을 정한 후에 현덕은 가만히 조운을 불러 분부했다.

"자룡은 정월 초하룻날 먼저 군사를 거느리고 성 밖으로 나가서 기다리고 있으라. 나는 조제를 지낸다고 핑계하고 아내와 함께 강변으로 나갈 테니 그대는 만반 준비를 해 두기 바란다."

"알겠습니다."

조자룡은 응락하고 물러갔다.

하룻밤을 지내니 건안 15년 춘春 정월正月 원단元旦이 되었다.

오후 손권은 문무백관을 당상堂上에 모아 놓고 조하를 받았다.

현덕은 손 부인과 함께 국태태한테 정조正朝 문안을 드린 후에 젊은 손 부인은 어머니께 조용히 말씀을 올렸다.

"저의 지아비 현덕은 부모와 조상의 묘소가 함빡 탁군涿郡에 있다 합니다. 주소로 상감傷感해서 마지아니합니다. 오늘 강변으로 나가 북향하여 조상께 요배를 드리려 합니다. 모친께서는 알아주시기 바랍니다."

국태태는 얼굴에 미소를 띠며 대답했다.

"갸륵한 효자다. 누가 말리겠느냐? 너는 아직 시부모님의 얼굴을 모르지만 너도 네 남편과 함께 강변으로 가서 제를 지내는 것이 며느리 된 도리다."

손 부인은 현덕과 함께 절하고 물러 나왔다.

이때 손권은 까맣게 모르고 있었다.

손 부인은 세간 속에 있는 경보輕寶를 수습하여 가지고 수레를 타고 나가고 현덕은 말 타고 수기數騎를 거느려 성 밖으로 나가 조운과 서로 만났다.

현덕과 손 부인은 5백 수행군의 호위를 받아 남서南徐를 떠나 형주를 바라보고 길을 재촉해 나갔다.

이날은 초하룻날이었다. 손권은 문무백관의 치하를 받으면서 술이 취했다. 좌우는 손권을 부축하여 후당으로 들어가 눕게 하고 문무백관은 모두 다 흩어졌다.

여러 관원들이 현덕과 손 부인이 도망친 것을 안 것은 날이 저문 뒤의 일이었다.

급히 손권한테 알리었으나 손권은 술이 취해서 인사불성이 되었다.

다음 날 손권은 현덕이 달아난 것을 비로소 알자 급히 문무백관을 불러 상의했다.

모사 장소가 아뢰었다.

"현덕이 달아났으니 조만간 반드시 후환이 있을 것입니다. 빨리 쫓아가 잡게 하십시오."

장소의 말을 들은 손권은 진무와 반장에게 정병 5백을 준 후에 엄명을 내렸다.

"밤을 도와 유비의 뒤를 쫓아 사로잡아 대령하라."

두 장수는 영을 받들어 유비의 뒤를 쫓았다.

손권은 두 장수를 보내 놓고도 현덕에 대한 분한이 컸다. 스스로 자기 마음을 억제할 수 없었다.

책상 위에 놓여 있는 옥 벼루를 번쩍 들어 땅에 내던져 버렸다. 옥 벼루는 큰 음향과 함께 산산조각이 나서 깨어져 버렸다.

옆에 있던 모사 정보가 조용히 아뢰었다.

"주공께서는 충천沖天하는 노기를 진정하십시오. 일은 냉정하게 판단하셔야 합니다. 이번에 진무와 반장이 유비를 잡으러 갔습니다마는 유비를 사로잡지는 못할 것입니다."

"어째 그렇단 말이오?"

손권은 불쾌하게 물었다. 정보는 주저치 아니하고 대답했다.

"군주郡主께서는 어려서부터 무예를 좋아하시고 성격이 엄하고 강정하십니다. 그리하와 모든 장수들이 다 외경畏敬하는 터입니다. 지금 군주께서는 남편 되는 유비와 마음을 같이하여 가셨는데 쫓는 장수들이 어찌 감히 군주郡主 앞에서 유비를 잡겠습니까?"

손권이 정보의 말을 들으니 그럴듯하게 생각이 들었다.

더한층 화기가 가슴에 탱중했다.

허리에 찬 칼을 급히 풀었다.

장군 장흠과 주태를 불러 칼을 주며 영을 내렸다.

"너희들은 이 칼을 가지고 일천 병마를 거느리고 가서 내 누이와 유비의 목을 베어 가지고 오너라. 만약 영을 어기는 자가 있다면 참斬하리라!"

손권은 살기가 등등했다.

두 장수는 시각을 지체치 아니하고 1천 병마를 거느려 유비와 손 부인의 뒤를 쫓았다.

한편 유현덕은 손 부인, 조운과 함께 달리는 말에 채찍을 더하여 당일 밤에 잠깐 길에서 쉬다가 다시 황망히 일어나 말을 달려 시상계柴桑界로 향하고 나갔다.

얼마쯤 가다가 돌아보니 후면에 티끌이 자욱하게 일어나면서 군사들이 급히 보했다.

"손권의 뒤쫓는 군사가 옵니다."

현덕은 당황했다. 조운한테 물었다.

"손권의 추병追兵이 온다 하니 어찌하면 좋겠소?"

"주공께서는 먼저 가십시오. 소장이 뒤에서 당하오리다."

조운의 말이 채 떨어지기 전에 앞에 있는 산모퉁이에서 한 떼 군마가 함성을 지르며 길을 막아 나오면서 두 사람의 대장이 소리치며 꾸짖었다.

"유비는 빨리 말에 내려서 결박을 받으라. 나는 주 도독의 명을 받들어 이곳에서 지킨 지 오래다!"

원래 주유는 현덕이 도망갈 것을 염려하여 서성, 정봉에게 3천 군마를 주어 길목에서 기다린 지 오래였다.

현덕은 깜짝 놀라 어찌할지 몰랐다.

현덕은 급히 말 머리를 돌려 조운한테 물었다.

"앞에는 길을 끊는 적병이 있고 뒤에는 쫓아오는 군사가 있으니 어찌한단 말인가?"

현덕은 한숨을 지었다.

조운은 현덕을 위로했다.

"주공께서는 너무 겁내지 마십시오. 제가 올 때 제갈공명께서 금낭 세 개를 주셨습니다. 두 개는 이미 뜯어보아 계교대로 잘 진행이 되었습니다. 이제 세 개 중에 한 개가 남았는데 위급한 때 뜯어보라 하셨으니 반드시 좋은 묘책이 있을 것입니다. 오늘 뜯어보는 것이 좋겠습니다."

조자룡은 말을 마치자 셋째 번 금낭을 끌러 현덕한테 바쳤다.

현덕은 금낭 속의 글발을 보자 곧 손 부인이 타고 있는 수레 앞으로 나가 울면서 고했다.

"유비가 심중에 있는 말씀을 다 털어놓고 고하려 하니 부인께서 들어 주시렵니까?"

"무슨 말씀이고 다 해 주십시오. 남편 되시는 황숙의 말씀을 첩이 어찌 아니 듣겠습니까?"

"지난날 오후와 주유가 부인을 유비 이 사람한테 시집보내겠다고 한 것은 실상인즉 부인을 위해서 한 일이 아니라 유비를 가두고 형주를 뺏으려는 계획이었고, 부인으로 향기로운 낚싯밥을 삼아서 유비를 낚은 뒤에 또다시 유비를 죽이려는 계책이었습니다. 내가 만 번 죽는 것도 두려워하지 아니하고 동오로 온 것은 부인께서 남자 같은 넓은 흉금을 가지셔서 반드시 유비를 구해 주시리라 믿은 때문입니다. 이제 오후가 유비를 해치려 하므로 형주에 난이 있다고 말씀하여 돌아가려 했더니 다행히 부인께서 버리지 아니하시고 함께 이곳까지 오셨으니 기쁜 마음 한량이 없습니다마는 지금 오후는 또다시 군사를 보내서 우리들의 뒤를 쫓고 주유가 앞에서 길을 끊어서 우리들은 옴치고 뛸 수 없게 되었습니다. 부인이 아니면 이 화를 면할 길이 없습니다. 만약 부인께서 화를 피해 주겠다 응낙을 아니하신다면 유비는 부인의 수레 앞에 죽어서 잠시라도 함께 지내던 덕을 갚겠습니다."

손 부인은 의젓한 얼굴에 노기가 역력하게 떠올랐다.

"저희 오라버니가 저를 골육骨肉으로 생각하지 아니하는데 제가 무슨 면목으로 다시 그를 보겠습니까? 오늘의 위기는 제가 당해 보겠습니다."

손 부인은 결연히 말을 마치자 수레를 몰아 앞으로 나가라 영을 내렸다.

군사들이 수레를 몰아 서성, 정봉의 앞으로 나가니 손 부인은 옥 같은 흰 손을 들어 친히 주렴珠簾을 걷고 서성, 정봉을 꾸짖었다.

"너희 두 놈은 반하려고 하느냐?"

손 부인의 꾸짖는 소리는 구슬이 깨어지는 듯 쨍쨍 울렸다.

서성, 정봉 두 장수는 황망히 말에 내려 칼과 창을 버리고 몸을 굽혀 아뢰었다.

"저희가 어찌 반할 리가 있겠습니까? 주 도독의 명을 받들어 군사를 거느려 유비를 기다리고 있었을 뿐입니다."

손 부인은 서성, 정봉의 말을 듣자 더욱 노했다.

"주유 역적 놈아, 우리 동오에서 너를 저버리지 아니했고 유현덕께서는 대한의 황숙이시며 나의 남편이시다. 나는 어머님과 오라버님의 허락을 받아 형주로 돌아가는 길인데 너희 두 놈이 감히 으슥한 산기슭에 숨어 있다가 나의 가는 길을 막으니 너희들은 그래 주유의 명을 받아 우리 부처의 재물을 겁탈하려 하느냐?"

손 부인은 고래고래 꾸짖었다.

서성, 정봉은 허리를 굽실거리고 손을 비벼 대답했다.

"그저 황송하기 이를 데 없습니다. 불감하옵니다. 부인께서는 너무 노하지 마시옵소서. 저희들은 모르는 일이올시다. 그저 도독의 장령將令을 받들어 온 것뿐입니다."

손 부인은 다시 쨍쨍한 목소리로 꾸짖었다.

"이놈들, 너희들은 주유만 두렵고 나는 무섭지 아니하냐? 주유만 너희들을 죽일 수 있고 나는 너희들을 못 죽일 줄 아느냐? 너희들보다 더한 주유도 죽일 수 있다!"

손 부인은 한바탕 펄펄 뛰며 주유와 서성, 정봉을 꾸짖다가 다시 청을 가다듬어 종자들을 불렀다.

"수레를 앞으로 몰아 나가라!"

서성, 정봉 두 장수는 속으로 가만히 생각해 보았다.

'우리들은 아랫사람인데 부인과 더불어 다툴 수도 없다. 한편으로 조자룡의 얼굴을 보니 노기가 너무나 등등하다. 수레가 가는 대로 내버려 둘 수밖에 없다.'

두 장수는 이같이 생각하고 군사들에게 영을 내렸다.

"비켜라. 부인의 수레가 나가도록 해라."

군사들은 양편으로 쫙 갈라지면서 길을 터놓았다.

일행의 수레와 말은 5리를 채 못 가서 등 뒤에서 진무, 반장이 호통을 치며 달려들었다.

두 장수는 서성, 정봉과 만났다. 서성, 정봉은 지난 일을 이야기했다. 진무, 반장도 손권의 명을 받들어 온 것을 설파했다.

네 장수는 군세軍勢를 합하여 일제히 현덕의 뒤를 쫓았다.

유현덕과 손 부인은 수레와 말을 놓아 급히 나갈 때 등 뒤에서 함성이 크게 일어났다. 현덕은 다시 손 부인한테 고했다.

"후편에 쫓는 군사가 또 오니 어찌하면 좋겠습니까?"

"황숙께서는 먼저 가십시오. 첩이 조자룡과 함께 당하겠습니다."

현덕은 손 부인이 권하는 대로 3백여 기를 거느리고 강을 바라보며 달렸다.

조자룡은 말을 멈춰 손 부인의 수레 앞에 세우고 군사를 거느려 호위해 섰다.

네 장수는 유비를 잡으려고 급급히 쫓았으나 유비는 없고 손 부인만 있었다. 얼른 말에 내려 인사하고 양수거지하여 서 있는 수밖에 없었다.

손 부인은 진무, 반장을 향하여 물었다.

"너희들은 어찌해서 왔느냐?"

"주공의 명을 받들어 부인과 현덕이 돌아오시도록 모시고 오라 해서 왔습니다."

손 부인은 다시 노기가 등등하여 진무, 반장을 꾸짖었다.

"도대체 너희들은 우리 형제를 이간질하는 것이로구나. 나는 유 황숙한테 시집간 사람이다. 남편을 쫓아서 형주로 가는 것은 화냥년이 몰래 사분私奔하는 짓이 아니다. 그리고 나는 어머님의 하락을 받아 형주로 돌아가는 길이다. 오라버님께서도 당연히 성 밖까지 나와서 나를 전송이라도 해 주셔야 할 판인데, 너희들은 무어라고 참소질을 했기에 이같이 내 뒤를 쫓는 거냐? 뿐만 아니라 군사까지 풀어서 나를 협박하니 너희들은 나를 죽이려 하느냐?"

손 부인의 꾸짖는 말을 듣는 네 장수는 서로들 얼굴만 바라보고 대답을 하지 못했다.

제각기 같은 생각 속에 빠졌다.

'오후와 손 부인은 만 년을 가도 변할 수 없는 오랍동생인 형제지간이요, 손 부인은 국태태의 허락을 받아 돌아가는 길이라 하니 효성이 지극한 오후는 반드시 그의 어머님의 명에 복종할 것이 틀림없다. 내일이라도 오후의 마음이 풀어진다면 애매하게 우리만 죄책을 당할 것이다. 인정을 써서 놓아 보내는 것이 상책이다.'

네 사람은 마음속으로 이같이 생각하고 있을 때, 상산 조자룡이 화경 같은 눈을 부릅뜨고 손 부인을 호위해 섰다.

네 장수는 슬몃슬몃 수레 앞을 떠나 길을 비켜 물러섰다.

조자룡은 창을 집고 손 부인의 수레를 호위하여 앞으로 나갔다.

서성은 정봉, 진무, 반장을 보고 말했다.

"자아, 손 부인은 가시고 말았으니 우리는 주 도독한테 가서 아니 보낼 수 없었다는 사유를 변명 겸 보고하는 것이 어떠하겠소?"

"글쎄, 펄펄 뛰고 야단을 칠 테니 딱한 일이오."

모두들 결정을 짓지 못하고 있을 때 홀연 뒤에서 한 떼 군마가 뽀얗게 먼지를 일으키며 쫓아 들었다.

자세히 보니 장흠, 주태 두 장수가 앞을 서서 달려오는 것이었다.

"두 분 장군은 웬일이시오?"

서성이 물었다.

"여러분들은 유비를 보았소?"

장흠, 주태는 먼저 온 장수한테 물었다.

"유비는 벌써 새벽녘에 달아나고 손 부인만이 지금 막 떠났소이다."

"왜 유비는 잡지 아니했소?"

"우리들이 이곳에 당도하기 전에 손 부인은 벌써 유비를 먼저 보내고 자기 혼자 버티고 있었으니 유비를 잡을래야 잡을 도리가 없었소."

장흠은 손권이 내준 상방검尙方劍을 모든 장수들한테 보였다.

"주공께서는 이 칼을 내주시면서 손 부인을 참하고 유비를 죽이라 하셨소."

"그렇지만 어찌하오! 벌써 멀리들 갔으니 쫓아갈 도리도 없고!"

"큰일이로군!"

서성, 정봉, 진무, 반장은 일제히 탄식했다.

상방검을 가지고 온 장흠이 발론을 했다.

"그래도 우리는 칼까지 주신 주공의 명령을 어길 수는 없소. 유비와 손부인은 보군步軍을 거느리고 갔으니 그 사이 간들 얼마나 갔겠소. 빨리 말을 달려 쫓아간다면 넉넉히 잡을 수 있소. 그리고 서 장군, 정 장군은 이 길로 곧 주 도독한테로 돌아가서 경과를 보고하고 우리 네 사람은 육지와 물길로 패를 갈라서 뒤를 쫓는 것이 좋겠소. 그래야 어느 편에서 먼저 잡든지 간에 불계하고 유현덕의 목을 베기로 합시다."

"좋소이다."

모두들 일제히 찬성했다.

의논이 끝나자 서성, 정봉은 말을 달려 주유한테로 돌아가고 장흠, 주태, 진무, 반장 네 장수는 강변으로 향하여 말을 급히 달렸다.

이때 유현덕의 일행은 시상구柴桑口를 벗어나 유랑포劉郎浦라는 포구 앞에 당도했다.

현덕의 마음은 약간 놓이기 시작했다.

강변으로 발길을 옮기면서 건너갈 일을 궁리했다. 그러나 강물은 물결쳐 창일한데 한 척의 배도 없었다.

현덕은 고개를 숙이고 다시 시름 속에 잠겼다.

조운이 옆에 있다가 위로하는 말을 보냈다.

"주공께서는 인제 호구虎口를 벗어나셨습니다. 곧 형주 땅이 됩니다. 제 생각에는 군사軍師께서 반드시 준비가 계시리라 생각합니다. 과히 염려하지 마십시오."

현덕은 제갈양을 쳐드는 조운의 말을 듣자 동오 손권의 계교 속에 빠져서 번화한 궁실宮室과 질탕한 주지육림酒池肉林 속에서 헤어나지 못했던 자기 자신의 일이 부끄러웠다. 뉘우치는 눈물이 두 눈에 글썽거렸다.

현덕은 조운을 시켜서 강상에 떠오는 배를 찾아보라 이른 후에 홀연 후면을 바라보니 티끌이 자욱하게 일어났다.

현덕이 높은 곳에 올라 바라보니 수레와 말과 군사들이 까맣게 땅을 덮어 쏟아져 밀려들었다.

현덕은 한숨을 지으며 혼잣말로 탄식했다.

"연일 분주해서 사람도 고단하고 말도 병이 났는데 또다시 적병이 쫓아오니 이제는 꼭 죽었구나!"

바람결에 들려오는 적병의 고함치는 소리는 점점 더 가까이 들려왔다.

현덕은 황황해서 어찌할지 모르고 있을 때, 홀연 강 언덕에 20여 척의 배가 일자로 죽 닻을 내려 달았다.

조운은 기쁨을 이기지 못했다.

"하늘이 도와서 배가 왔습니다. 빨리 내려가십시다."

현덕은 부인과 함께 배에 오르고 자룡은 5백 군사를 거느려 배에 올랐다.

선창 속에서 한 사람이 윤건綸巾 도복道服을 입고 크게 웃으며 나타나 현덕을 맞이했다.

"제갈양이 이곳에서 마중한 지 오래입니다."

초절하는 주유

제갈공명을 바라보는 유현덕은 저승길에서 공명을 만난 듯 반가웠다.

배에 가득 장사꾼의 맨드리를 하고 타 있는 사람들은 모두 다 형주 수군들이었다.

현덕은 기쁨을 이기지 못하여 공명의 손을 잡고 만단설화를 했다.

이때 손권의 장수는 강 언덕으로 말을 달려 쫓아왔다.

공명은 웃으며 손을 들어 네 장수한테 말을 보냈다.

"듣거라. 장흠, 주태, 진무, 반장 네 장수는 너희 주장인 주유한테 말을 전해라. 제갈공명이 배를 가지고 와서 유 황숙과 손 부인을 모시고 갔다고 전해라. 그리고 주유한테 또 일러라. 다시는 그 따위 미인국美人局 수단을 쓰지 말라고 일러라!"

네 장수는 급히 군사들에게 활을 쏘라 명령을 내렸다.

살은 비 오듯 쏟아졌다. 그러나 유현덕과 공명의 탄 배는 순풍에 돛을 높이 달고 강심江心으로 흘러간 지 이미 오래였다.

장흠, 주태, 진무, 반장 네 장수는 넋을 잃고 멍하니 떠나가는 20척의 배를 바라보고만 섰다.

현덕과 공명이 배를 띄워 한식경이나 나갔을 때 홀연 강상이 소란했다. 고개를 돌려 바라보니 무수한 전선戰船에 수자帥字 기를 달고 강을 메워 내려왔다.

수자 기 아래는 주유가 친히 수군을 거느려 섰는데 왼편에는 황개요, 오른편에는 한당이었다. 제각기 창과 칼을 짚어 살같이 달려오는데 빠르기 천리마 같고, 속하기 흐르는 별 같았다.

공명은 급히 영을 내렸다.

"배를 일제히 북편 언덕으로 대어라!"

20여 척의 배는 명령일하 일제히 북편 언덕에 일자로 배를 댔다.

육지에는 어느 틈에 벌써 말과 수레가 대기해 있었다.

모두들 배를 버리고 언덕으로 기어올랐다.

공명은 현덕과 손 부인을 수레에 오르게 한 후에 자기 자신도 수레를 몰아 달아났다.

주유는 이 모양을 바라보자 급히 배를 언덕에 대게 하고 군사를 지휘하여 현덕의 뒤를 쫓았다.

그러나 말도 없고 수레도 없었다. 다만 주유 이외 몇 장수만 배에 싣고 온 말을 탔다.

주유가 앞을 서고 황개, 한당, 서성, 정봉이 바싹 뒤에서 따랐다.

"이곳이 어디냐?"

주유가 물었다.

"앞은 바로 황주黃州 지경이올시다."

군사가 대답했다.

주유가 앞을 바라보니 언덕에 타고 가는 수레가 아물아물 보였다.

"현덕의 수레가 보인다. 죽을힘을 다하여 쫓아가라!"

주유는 군령을 내렸다.

모두들 두 주먹을 불끈 쥐고 달렸다.

주유는 닫는 말에 채찍을 더했다.

황개, 한당, 서성, 정봉도 주유의 뒤를 따라 비호飛虎처럼 말을 달렸다.

한참 정신없이 유현덕의 수레를 쫓아갈 때 산모퉁이에서 돌연 한 소리 포성이 천지를 진동하면서 한 떼 도부수들이 서리 같은 창과 칼을 휘두르며 쫓아 나왔다.

주유가 급히 바라보니 앞에 선 일원 대장은 다른 사람이 아니라 바로 한수 정후 관운장이었다.

주유는 관운장을 보자 정신이 아뜩했다.

급히 말 머리를 돌려 달아났다.

관운장은 청룡도를 비껴들고 삼각수를 흩날리며 주유의 뒤를 쫓아 큰소리로 꾸짖었다.

"주유 어린것아, 네 어디로 피하느냐? 한수 정후 관운장이 너를 기다린 지 오래다!"

주유는 창자가 움츠러지는 듯했다.

죽을힘을 다하여 말을 채쳐 달아날 때 산모퉁이에서 또 한 방의 방포 일성이 터지면서 군사들은 양편으로 길을 끊고 막았다. 주유는 급했다. 겁결에 바라보니 왼편에 황충이요, 오른편에 위연이었다.

주유의 군사들은 죽고 상하는 자가 부지기수였다.

주유는 급히 말 궁둥이에 채를 던져 강가로 달아났다.

주유는 급히 배에 오르려 할 때 유현덕의 군사들이 손뼉을 치며 큰소리로 조롱하는 노래를 보냈다.

"주랑周郎의 묘한 계교 천하를 편안케 했네. 아기씨를 배상賠償하고 군사마저 꺾었구나!"

현덕의 군사들은 손뼉을 치고 춤을 추며 악머구리같이 떠들어 댔다.

배에 올랐던 주유는 자기를 욕하여 비아냥거리는 노랫소리를 듣자 화가 불끈 치밀었다. 크게 노했다.

얼굴이 상기되어 주툿빛으로 변했다.

"이놈의 자식들! 내 다시 육지에 올라 죽도록 싸워 보리라!"

주유는 큰소리를 지르며 소맷자락을 떨쳐 배 안에서 일어났다.

황개, 한당이 좌우편에서 주유를 끌어안으며 만류했다.

"참으십시오, 왜 이러십니까. 고정하십시오!"

"내가 무슨 면목으로 오후를 뵙겠소!"

주유는 큰소리로 한 번 부르짖자 숙환인 금창金瘡이 다시 터져 버렸다. 아픈 비명을 지르며 자리에 쓰러졌다.

인사불성人事不省이 되었다.

모든 장수들은 급히 구원해 일으켰다.

그러나 주유는 아직도 정신이 혼미했다.

모든 장수들은 사공을 재촉하여 배를 저어 시상柴桑으로 달아났다.

공명은 장수와 군사들에게 영을 내려 달아나는 주유의 배를 더 쫓지 말라 했다.

현덕과 공명은 초절해서 쓰러진 주유를 더 쫓지 아니하고 군사를 거느려 형주로 돌아가 손 부인을 얻은 경사를 축하하면서 크게 잔치를 벌여 장수와 군사들을 호궤하여 후한 상을 주었다.

한편 주유는 시상구로 돌아가 정신을 회복한 후에 병을 다시 치료하고 장흠은 남서로 돌아가 손권한테 전후 전말을 보했다.

손권은 장흠의 보고를 받자 분기가 탱중했다. 좌불안석하고 있을 때 주유한테서 편지가 왔다.

이번에 유비를 잡아 죽이지 못한 일은 한사恨事 중의 한사올시다. 곧 큰 군사를 일으켜 유비를 치고 형주를 우리 손에 넣어야 합니다.

손권은 주유의 글월을 보자 곧 정보로 도독을 삼아 군사를 정돈하여 형주를 공격하라 했다.

이 소문을 듣고 모사 장소는 손권한테 간하였다.

"불가합니다. 지금 조조는 적벽赤壁의 패한 한을 씻으려 하여 주소로 생각하고 있는데 그가 아직 동하지 아니하는 것은 주공께서 유비와 여태껏 동심同心하고 계신 까닭에 움직이지 못하고 있는 것입니다. 지금 만약 주공께서 한때 분함을 이기지 못하시어 유비를 공벌하신다면 조조는 반드시 이 틈을 타서 군사를 일으킬 것입니다. 이렇다면 국세가 위태롭습니다. 깊이 생각하십시오."

모사 고옹顧雍이 옆에 있다가 장소의 말을 반박했다.

"그렇지 아니합니다. 이곳에는 조조가 보낸 염탐꾼이 있어서 이곳 사정을 다 알고 있을 것입니다. 조조가 우리와 유비가 불목한 것을 안다면 반드시 사람을 유비한테 보내서 결탁하려 할 것이고 유비도 또한 우리를 꺼려서 조조한테 붙기가 십상팔구입니다. 이리되면 강남이 어느 날 안정될지 모릅니다. 이러하니 우리는 사람을 조조한테 미리 보내서 유비로 형주목荊州牧이 되도록 추천하여 조조가 다시 우리와 유비한테 군사를 움직이지 못하게 하고 한편으로 유비도 안심을 하게 한 연후에 우리는 천천히 반간反間하는 계책을 써서 조조와 유비가 서로 싸움을 하도록 만든 연후에 우리는 틈을 타서 형주를 도모한다면 백년대계가 이룩될 것입니다."

손권은 고옹의 말을 듣자 무릎을 치며 칭찬했다.

"고옹의 말씀이 과연 옳소. 그렇다면 누구로 사신을 삼아서 보내면 좋겠소?"

"여기 한 사람 좋은 이가 있습니다. 조조가 평상시에 경모하는 사람이
올시다. 사신으로 보낼 만합니다."

"어떠한 사람이오?"

손권이 물었다.

"여기 화흠華歆이 앉아 있습니다. 이 사람을 보내십시오."

손권은 크게 기뻤다.

조조는 동작대에서 크게 잔치하다

손권은 크게 기뻤다. 곧 화흠으로 사신을 삼아 유비를 형주목荊州牧으로 추천하는 글을 짓게 하여 허도로 가게 했다.

화흠은 손권의 명을 받들어 허도로 가니 이때 조조는 군신群臣을 업군鄴郡에 모아 놓고 동작대 낙성식을 거행하는 중이었다.

화흠은 허도에서 다시 업군으로 향했다.

조조는 적벽赤壁에서 대패한 후에 항상 원수 갚기를 생각했으나 손권과 유비가 합심이 될까 의심해서 얼른 남하하지 못하고 있었다.

이때는 건안 15년 봄이었다. 동작대가 완성되었다.

조조는 문무백관을 업군에 소집하고 크게 경축하는 잔치를 하였다.

동작대는 장하漳河에 임해 있는데 중앙은 동작대요, 좌편은 옥룡대玉龍臺요, 우편은 금봉대金鳳臺였다.

높이가 각각 열 길씩 되는데 위에는 다리 두 벌을 놓아서 천문만호千門萬戶가 서로 통하게 하고 푸르고 붉은 단청丹靑은 찬란한 금은 칠과 서로 어우러져서 사람의 눈을 휘황케 했다.

이날 조조는 머리에 보석을 박은 금관을 쓰고 몸에는 비단 녹포綠袍 입고 옥띠 띠고 구슬 신 신고 의자에 높이 앉으니 문무백관들은 동작대 아래 모시어 섰다.

조조는 무관들의 무예를 시험하기 위하여 서천西川 홍금紅錦 전포戰袍

한 벌을 수양버들 나무에 걸어 놓고 아래는 과녁을 백 걸음 밖에 세운 후에 무사를 두 편으로 나누어 조曹 씨氏네 종족은 홍포紅袍를 입고 보통 장수들은 녹포를 입은 후에 활을 차고 동개 메어 말 타고 영 내리기를 기다리고 있었다.

조조는 큰소리로 영을 내렸다.

"과녁 한복판 홍심紅心을 맞히는 사람은 상금으로 서천 홍금포 한 벌을 줄 것이요, 못 맞히는 사람은 벌로 냉수 한 사발씩 먹어야 한다."

호령이 떨어지기 무섭게 홍포 입은 조 씨네 편에서 한 사람 소년 장군이 말을 채쳐 나왔다.

모두들 보니 조휴曹休란 소년이었다.

조휴는 말을 달려 세 바퀴 돈 후에 전통에서 살을 뽑아 시위에 메겨 가득히 당기니 살은 소리치며 날아 과녁의 한복판 홍심을 보기 좋게 맞혔다.

"용하다."

소리와 함께 우레 같은 박수 소리가 일어나며 풍악은 자지러지게 울렸다.

조조는 대상에서 바라보면서 크게 기뻤다.

"이 애는 과연 우리 집 천리구千里駒다!"

사람을 시켜서 금포를 내려 조휴에게 주려 할 때, 녹포 입은 편에서 한 장수가 말을 달려 뛰어나오며 큰소리로 말했다.

"승상의 금포錦袍는 우리들 외성外姓한테 주시오. 종족 중에서 먼저 받는다는 것은 불가하오."

조조가 바라보니 문빙文聘이었다.

여러 관원들이 말했다.

"어디 문중업文仲業의 사법射法을 보기로 합시다."

중업은 문빙의 자였다.

문빙이 말을 달리며 활을 쏘니 살은 단번에 과녁 한복판 붉은 홍심을 꿰뚫었다.

모든 사람들의 박수갈채 소리가 요란스럽게 일어나면서 북소리가 우 둥둥 울렸다.

문빙은 어깨춤이 절로 났다.

"빨리 금포를 떼어 내려라!"

큰소리로 외쳤다.

홍포 입은 종친 편에서 한 장수가 소리치며 말을 달려 내달았다.

"문빙아, 먼저 쏜 사람이 있는데 어찌 네가 뺏으려 하느냐. 내가 쏘아 볼 테니 잠깐 참아라!"

여러 사람들이 보니 조홍이었다.

조홍이 활을 가득히 잡아당기니 살은 허공을 끊어 과녁 붉은 점을 보기 좋게 맞혔다.

박수갈채 소리가 요란하게 일어났다.

조홍은 버들가지에서 금포를 떼어 내리려 했다. 푸른 옷 입은 대열 속 에서 한 장수가 활을 번쩍 들고 말을 달려 나왔다.

"조홍아, 잠깐만 참아라! 너희들 세 사람의 활 쏘는 법은 유치하기 짝이 없다. 내가 한번 쏠 테니 자세히 보아라."

모두들 보니 장합이란 장수였다.

장합은 말을 놓아 둥글게 원을 그려 세 번 주위를 달리다가 문득 몸을 번드쳐 배사背射로 활을 쏘는데, 한 대는 과녁의 중심을 맞히고, 사지전四 枝箭은 일제히 과녁을 뚫었다.

모두 사람들은 일제히,

"좋은 사법射法이다!"

우레처럼 칭찬하는 소리를 보냈다.

"금포를 나에게 떼어 다오!"

장합은 큰소리로 외쳤다. 말이 채 떨어지기 전에 홍포 대열에서 한 장수가 뛰어나오며 소리쳤다.

"너의 번신翻身 배사背射쯤을 가지고 무슨 자랑이냐? 나의 쏘는 법을 보아라!"

모두 보니 하후연이었다.

하후연은 말을 달려 금 밖에 당도하자 몸을 틀어 활을 당기니 살은 네 화살이 꽂혀 있는 한복판을 보기 좋게 맞혔다.

축하하는 북소리, 징 소리가 요란하게 일어났다.

하후연은 말을 멈추고 활을 번쩍 들어 큰소리로 외쳤다.

"금포는 나의 차지다!"

이 모양을 보자 푸른 옷 입은 대열 속에서 한 장수가 또 뛰어나왔다.

"아직 가만두어라. 금포는 서황의 것이다!"

하후연은 부아가 났다. 큰소리로 떠들었다.

"네가 무슨 재주가 있기에 나의 금포를 뺏으려 하느냐?"

"네까짓 홍심紅心을 쏜 것쯤은 문제도 아니 된다. 자아 보아라, 금포는 내 것이다."

말을 마치자 서황은 활에 살을 메겨 멀리 금포가 걸려 있는 수양버들 가지를 쏘아 맞혔다. 버들가지가 툭 끊어지면서 금포는 땅으로 뚝 떨어졌다.

서황은 급히 말을 몰아 땅에 떨어진 금포를 몸에 걸치고 조조가 앉아 있는 대 아래로 나갔다.

"감사합니다. 금포를 주셔서."

서황의 묘한 재주와 재빠른 행동에 조조 이하 모든 관원들은 일제히 손뼉을 쳐서 칭찬했다. 서황은 의기양양하여 말 머리를 돌리려 할 때 아래서 녹포 장군 한 사람이 뛰어나오며 큰소리로 외쳤다.

"네가 금포를 가지고 어디 가려 하느냐? 거기 놓아라! 내가 가져야 한다."

모두 보니 허저였다.

"천만에, 내 손에 들어온 금포를 왜 달라 하느냐?"

서황이 눈을 부릅떴다.

허저는 아무 말도 아니하고 말을 달려 금포를 뺏었다.

서황은 급했다. 활을 번쩍 들어 허저를 두들겼다.

허저는 한 손으로 서황의 때리는 활을 잡고 한 손으로는 서황의 팔을 비틀어 안장에서 끌어내렸다. 서황은 활을 놓고 말 아래로 펄쩍 뛰어내렸다. 허저도 말에서 뛰어내렸다.

두 사람은 마주 달라붙었다. 주먹으로 치고 머리로 받았다.

조조는 급히 사람을 시켜서 싸움을 뜯어말리려 할 때, 금포는 갈가리 찢어졌다. 조조는 두 장수에게 대상으로 오르라 영을 내렸다.

서황은 대 위에서도 허저를 집어삼킬 듯 흘겨보고 허저도 이를 갈면서 또다시 싸움을 할 것 같았다.

조조는 웃으며 두 장수를 타일렀다.

"내가 오늘 금포를 버들가지에 달아 상을 주려 한 것은 그대들의 용기를 한번 시험해 보려 함이지 어찌 한 벌 금포가 아까워서 그랬겠는가?"

조조는 말을 마치자 시자한테 명했다.

"여봐라, 촉금蜀錦 한 필씩 모든 장군에게 드려라."

시자들은 산더미같이 비단을 날랐다.

조조는 여러 장수를 대상으로 오르라 한 후에 비단 한 필씩을 골고루 내렸다. 장수들은 일제히 감사한 뜻을 표했다.

조조는 여러 장수를 벼슬 차례에 따라 앉게 한 후에 배반을 올리게 했다.

풍악은 자지러지고 산해진미는 끊일 사이 없이 나왔다. 아름다운 미녀들은 문무백관 앞에 술을 권했다.

조조는 문관들을 향하여 말했다.

"호반들은 활을 쏘고 말을 달려 용맹과 위엄을 과시했거니와 그대들은 글을 많이 배운 사람들이다. 이러한 좋은 곳에서 아름다운 글을 지어서 한때의 좋은 일을 기록할 만하다. 한번 글들을 지어 보겠는가?"

여러 문관들은 몸을 굽혀 대답했다.

"균명鈞命[12]을 좇겠습니다."

이때 왕랑, 종요鍾繇, 왕찬王粲, 진림陳琳 등 일반 문관들은 시를 지어 조조한테 바쳤다. 글 뜻은 모두 다 조조의 공덕이 높고 높아서 천명天命을 받기에 족하다는 뜻이었다.

조조는 일일이 시를 읽어 본 후에 웃으며 문관들을 둘러보고 의젓이 말을 꺼냈다.

"여러분 문사文士들은 아름다운 글로 너무나 나를 과찬해 주셨소. 나는 본시 우매한 인간으로서 과거에 급제하는 영광을 가졌으나 천하가 어지러운 난세가 되고 보니, 정사精舍를 초동譙東 땅 오십 리에 짓고 봄과 여름엔 글을 읽고 가을과 겨울엔 활을 쏘아 사냥하면서 천하가 안정되면 벼슬을 하려 했던 것입니다. 뜻밖에 조정에서는 나를 불러서 점군點軍 교위校尉의 책임을 맡겼소이다. 나는 하는 수 없이 뜻을 고쳐서 국가를 위하여 반적을 토멸하면서 크게 공을 세워 내가 죽은 후에는 무덤 앞에 '한국漢國

---

12) 균명 : 대신大臣의 명령命令.

고정서故征西 장군將軍 조후지묘曹侯之墓'라는 묘표墓表나 세워 준다면 평
생소원이라 생각했던 것입니다. 그러나 일은 점점 벌어져서 황건적을 무
찌르고, 동탁을 토멸한 이래 원술을 제거시키고 여포를 패하게 했으며 원
소를 멸하고 유표를 정벌하여 드디어 천하를 평정했고, 몸이 재상의 자리
에 앉았으니 인신人臣으로 고귀한 품위가 이에 극진했다 할 것입니다. 내
가 다시 더 무엇을 바라겠소? 그러나 만약 국가에 나 같은 인물이 없었던
들 사실 말이지 별의별 것들이 천자天子라고 들이대고 왕이라고 뽐냈을
것입니다. 어떤 사람은 나의 권력이 너무 중한 것을 보고 혹시나 내가 무
슨 다른 뜻이나 없나 하고 의심하는 이가 있을지도 모릅니다. 그러나 그
것은 큰 잘못입니다. 나는 항상 공자孔子께서 문왕文王의 큰 덕을 칭송하
시던 말씀을 생각해서 항상 마음속에 깊이 지니고 있습니다. 그러나 지금
내가 병권兵權을 내놓지 아니하는 이유는 나라가 위태롭기 때문입니다.
만약 내가 한번 병권을 내놓는 날은 내가 해를 당할 뿐 아니라 나라가 망
해서 결판이 나고 맙니다. 이러하니 나는 아름다운 허명虛名보다도 괴롭
고 화禍가 되는 일을 아직도 맡아 가지고 있어야 합니다. 여러분은 나의
충심을 모를 것입니다."

조조의 장황한 말을 듣는 모든 문사들은 일제히 일어나 절하고 다시 첨
들을 올렸다.

"비록 이윤伊尹과 주공周公이라 해도 승상한테는 미치지 못할 것입니다."

조조는 마음이 흥겨웠다. 연달아 두어 잔 술을 마신 후에 흥이 도도했다.
좌우에게 영을 내렸다.

"벼루와 붓을 가져오너라."

시자들은 벼루와 붓을 받들어 먹을 갈았다.

조조는 화전지花箋紙를 펼쳐 놓고 동작대 시를 지어 막 글을 쓰려 할 때

승상부 비서승秘書丞이 들어와 보했다.

"동오에서 사신 화흠華歆을 보내서 표表를 올려 아룁니다. 유비로 형주목荊州牧을 삼고 손권은 그의 누이를 유비한테 시집보내서 한수漢水 변에 있는 아홉 골이 태반이나 유비의 영토가 되었다 합니다."

조조는 듣고서 손과 다리가 부들부들 떨렸다. 손에 들었던 붓을 힘 없이 옆에 던졌다.

조조가 시를 쓰려다가 수각手脚이 황란荒亂해서 붓을 땅에 던지는 것을 보자 옆에 있던 정욱이 조조한테 물었다.

"승상께서는 만군지중萬軍之中 화살과 돌이 비같이 쏟아지는 전쟁 속에서도 동심動心을 하신 일이 없는데 이제 유비가 형주쯤 얻었다는 소식을 들으시고 어째 이렇듯 놀라십니까?"

"허허, 정중덕程仲德이 모르는 말씀이오. 유비는 인중지용人中之龍인데 평생에 물을 얻지 못했던 유비가 이제 형주 땅을 얻었으니 이것은 곤困한 용이 큰 바다 속으로 들어간 격이라 내 어찌 마음이 흔들리지 아니하겠소?"

조조의 말을 듣자 정욱이 다시 말했다.

"승상께서는 화흠이 온 뜻을 짐작하시겠습니까?"

"모르겠는데……."

정욱이 다시 말했다.

"손권은 본시 유비를 꺼려 합니다. 군사를 일으켜 치고 싶으나 단지 승상께서 허虛한 것을 틈타서 군사를 움직이실까 보아 화흠을 사신으로 보내서 유비로 형주목을 삼았다고 천거한 것입니다. 첫째로 유비의 마음을 편안케 하고, 둘째로 승상의 적벽赤壁 대전大戰의 원수 갚으시려는 남정南征 계획을 막으려는 계책입니다."

조조는 고개를 끄덕여 점두點頭했다.

"옳아, 선생의 말이 옳소!"

정욱은 다시 말을 계속했다.

"제가 한 계교가 있습니다. 손권과 유비가 서로 으르렁거려서 엎치락 뒤치락하도록 만들어 놓고 이 틈을 타서 승상께서 움직이신다면 이것은 한번 북을 쳐서 두 적을 깨치는 계교올시다. 한번 써 보시렵니까?"

조조는 크게 기뻤다. 무릎을 내밀고 물었다.

"말을 해 보오."

정욱은 음성을 낮추고 고했다.

"동오에서 가장 의지하는 사람은 주유와 정보올시다. 승상께서는 황제 께 아뢰시어 주유로 남군南郡 태수太守를 제수하시고, 정보에게 강하江夏 태수太守를 임명시킨 후에 사신 화흠을 조정에 머물러 두어 중하게 쓰신 다면 주유는 반드시 유비와 구수仇讐지간이 될 것입니다. 이때 우리는 틈 을 타서 도모한다면 좋지 않겠습니까?"

조조는 손뼉을 치며 대답했다.

"중덕仲德의 말이 내 뜻과 꼭 같소!"

조조는 곧 동오 사신 화흠을 동작대 상으로 오르게 하여 연회에 참예케 한 후에 많은 상을 주고 문무백관과 함께 허도로 돌아가 표를 올려 주유 로 남군 태수를 삼고 정보로 강하 태수를 명하고 화흠은 내직으로 조정에 있게 하여 대리소경大理少卿이라는 화려한 벼슬을 주었다. 천자의 사명使 命이 내려가니 주유와 정보는 각각 벼슬을 받았다.

공명은 세 번 주유를 녹이다

주유는 남군南郡을 다스리는 책임을 맡은 후에 더욱 원수 갚을 생각이 간절했다.

글을 오후한테 올려서 노숙을 시켜서 형주를 어서 뺏으라 했다.

손권은 주유의 글월을 받아 본 후에 곧 노숙을 불렀다.

"자경子敬은 전일 형주를 유비한테 빌려 주었는데 유비는 오늘날까지 천연하여 미루고 돌려보내 주지 아니하니 어느 때까지 기다린단 말이오. 민망하구려."

노숙이 대답했다.

"문서상에는 서천西川을 얻으면 돌려보내 주겠노라고 명백하게 써 있습니다."

손권은 부아가 났다.

"말로만 서천을 취한다 하고 여태까지 동병動兵을 하지 않고 있으니 세월만 보내자는 수작이 아니겠소?"

큰소리로 노숙을 꾸짖었다.

"제가 한번 다녀오겠습니다."

노숙은 배에 올라 형주로 향했다.

이때 현덕은 공명과 함께 형주에 있으면서 양초糧草를 많이 저축하고 군마軍馬를 법도 있게 훈련시키니 원근의 선비들이 많이 모여들었다.

홀연 시자가 보했다.

"동오에서 노숙이 왔습니다."

현덕은 옆에 앉은 공명한테 물었다.

"노숙이 왔다 하니 무슨 뜻이 있어 왔겠소?"

공명이 대답했다.

"일전에 손권이 주공을 형주목으로 추천하는 상소를 올렸는데, 이것은 조조가 남하할까 보아 미리 막아 버리는 계획입니다. 그런데 조조는 주유로 남군 태수를 임명시켰으니, 이것은 조조가 우리와 주유를 이간시키면서 장계취계로 중간에서 이를 취하자는 계책이올시다. 이번에 노숙이 온 것은 주유가 남군 태수가 되었으니 자기의 직분으로 형주를 도로 찾으려고 노숙을 보낸 것입니다."

"무어라 대답하리까?"

"만약에 노숙이 주공을 뵙고 형주 말을 꺼내거든 주공께서는 덮어놓고 방성대곡放聲大哭을 하십시오. 한참 구슬피 우실 때 제가 들어가서 말씀하겠습니다."

현덕과 공명은 계교를 정한 후에 현덕은 좌우를 물리치고 노숙을 청해 들였다.

노숙이 들어와 현덕을 뵙고 예를 마치니 현덕은 앉기를 권했다.

노숙은 사양했다.

"이제 황숙께서는 동오의 여서女婿가 되셨으니 노숙의 주인이십니다. 어찌 감히 서로 대해 앉겠습니까."

현덕은 웃으며 말했다.

"자경은 나와 옛 친구인데 너무 겸손하지 마시오."

노숙은 비로소 자리에 앉았다.

다茶를 파한 후에 노숙은 천천히 말을 꺼냈다.

"제가 오늘 온 것은 오후의 균명鈞命을 받들어 왔습니다."

노숙의 말을 듣자 현덕은 웃는 얼굴을 지어 물었다.

"무슨 분부를 받들어 오셨소?"

"형주 일로 전위해 왔습니다. 황숙께서는 땅을 빌려 가신 지 오래되셨는데 아직도 돌려주지 아니하시니 민망하기 짝이 없습니다. 이제 양가兩家에서는 결친結親까지 하셨으니 사돈간이 되신 면을 보시어서라도 돌려보내 주서야겠다고 말씀하십니다."

현덕은 노숙의 말이 채 떨어지기 전에 별안간 손으로 얼굴을 가리고 방성대곡放聲大哭을 했다.

노숙은 깜짝 놀랐다.

"황숙은 왜 통곡을 하십니까?"

현덕은 노숙의 말에는 대답도 아니하고 여전히 목을 놓아 큰소리로 울었다.

공명이 병풍 뒤에서 나타났다.

노숙의 앞에 앉으며 노숙한테 말을 붙였다.

"자경은 우리 주인의 통곡하시는 연유를 아십니까?"

"모르겠소이다."

"어째 모르시오? 당초에 우리 주인께서 형주를 빌리실 때 서천西川을 얻으면 돌려보낸다고 약속을 하셨던 것입니다. 그런데 그 뒤에 생각해 보니 서천 익주益州의 유장劉璋은 우리 주인어른의 동생이나 일반인 한조漢朝의 골육骨肉이올시다. 만약 군사를 일으켜 친다면 외인들의 타매唾罵를 받을 것이고, 서천을 취하지 않고 형주를 동오로 돌려보낸다면 어느 곳에 안신安身을 해야 할지 모르겠습니다. 그리고 또 형주를 아니 돌려보낸다면 사돈간에 좋지 않은 얼굴로 대할 테니, 사실 모두 난처한 일이올시다. 이러하니 우리 주인께서는 간장이 타서 통곡을 하시는 것입니다."

공명의 말을 듣자 현덕의 마음은 진짜로 슬픔이 쏟아졌다.

가슴을 치며 발을 굴러 방성대곡을 했다.

노숙은 차마 딱해서 볼 수가 없었다.

현덕의 통곡을 만류했다.

"황숙께서는 잠깐 번뇌煩惱를 그치십시오. 공명과 서로 잘 의논해 보겠습니다."

공명이 노숙한테 말했다.

"자경은 수고스럽지만 돌아가 오후께 뵙고 우리 주인의 저같이 번뇌하시는 사정을 간곡하게 말씀하시어 다시 더 한 번 땅 돌려보내는 것을 연기해 주시기 바라오."

노숙은 딱했다.

"만약에 우리 주인 오후께서 말씀을 아니 들으면 어찌하리까?"

노숙은 공명한테 물었다.

공명이 대답했다.

"오후는 당신의 친누님을 황숙의 아내로 보냈는데 어찌 아니 들을 리가 있겠소? 자경은 잘 말씀을 해서 회보해 주시오."

원래 노숙은 관인寬仁 장자長者였다. 현덕의 이같이 애통해하는 모양을 보고 차마 더 우겨 댈 도리가 없었다.

"어디 돌아가 말씀해 보리다."

현덕과 공명은,

"고맙소이다."

절하여 사례하고 술을 내어 관대했다.

노숙을 대접하는 잔치가 끝난 후에 현덕과 공명은 떠나는 노숙을 선창까지 나가 작별했다.

노숙은 배에 올라 시상柴桑으로 돌아가 주유에게 지난 일을 일일이 고하니 주유는 발을 동동 구르며 노숙을 탄했다.

"자경은 또 제갈양의 꾀에 넘어갔구려. 당초에 유비는 형주 땅을 유표가 살아 있을 때부터 집어삼킬 생각을 가졌었는데 황차 서천 유장쯤이야 문젯거리가 되지도 아니할 게요. 그러나 유비가 이같이 자꾸 미루기로 나간다면 누累는 노형한테 미치고 말리다. 나한테 한 가지 계교가 있소이다. 아무리 제갈양이라 하나 내 꾀에 넘어가고 말 테니 자경은 한번 다시 형주로 가 보시오."

"무슨 좋은 수가 있습니까?"

노숙은 주유한테 물었다.

"자경은 오후께 뵙지 마시고 이 길로 바로 형주로 가시어 유비를 보고 말씀하시기를 두 집이 이미 결친結親까지 하였으니 한집안이나 매한가지라 현덕이 차마 서천을 취하지 못한다면 우리 동오에서 군사를 일으켜서 대신 서천을 취한 후에 형주와 바꾼다면 어떠하냐고 물어보시오."

노숙은 정색하고 주유의 말에 대답했다.

"서천은 산천이 험하고 먼 곳입니다. 취한다는 일이 용이치 아니할 겝니다."

주유는 노숙의 너무나 고지식한 태도에 웃음이 절로 났다.

"자경은 참 장자長者십니다. 내가 서천을 치러 간다는 말은 계책으로 유비를 죽이자는 생각입니다. 이렇게 해 놓고 우리는 서천을 치러 가는 군사로 형주를 점령하자는 것입니다."

주유의 말을 듣자 노숙은 비로소 웃었다. 곧 다시 형주로 향하여 떠났다.

이때 제갈양은 형주에서 현덕을 향하여 귀띔해 주었다.

"노숙이 이번에 시상으로 가면 오후는 만나 보지도 아니하고 시상에서 주유와 의논한 후에 꾀 하나를 내 가지고 우리를 유혹하러 올 것입니다. 노숙이 다시 와서 무어라고 말을 하거든 고개만 끄덕이시면서 좋다고만 대답해 두십시오."

현덕은 고개를 끄덕여 점두點頭하고 있을 때, 노숙이 들어와 현덕한테 물었다.

"우리 오후께서는 황숙의 통곡하시던 말씀을 들으시고 인정 많으신 분이라고 황숙의 성한 덕을 찬양하셨습니다. 그리고 모든 장군들을 불러 회의하신 후에 황숙을 대신해서 서천을 점령한 후에 형주와 바꿔서 매부妹夫한테 보내는 예물을 삼겠다고 하셨습니다. 다만 군대들이 지나갈 때 황숙께서는 약간의 군량미를 응원해 주시기 바란다 하셨습니다."

공명이 옆에 있다가 머리를 끄덕이며 말했다.

"참 고마우신 뜻이로군!"

공명의 찬양하는 말이 채 떨어지기도 전에 현덕도 손을 모아 사례했다.

"모두 다 자경이 말씀을 잘해 주신 덕입니다."

현덕의 말을 듣자 공명이 맞장구를 치며 말했다.

"만약 오후의 웅사雄師가 이곳에 당도하는 날은 멀리 나가 영접하고 크게 잔치를 베풀어 삼군을 호궤하겠소이다."

노숙은 마음속으로 흠뻑 기뻐서 돌아갔다.

노숙이 간 후에 현덕은 공명한테 물었다.

"지금 노숙의 다녀간 뜻이 무어겠소?"

공명은 깔깔 웃으며 대답했다.

"하하하, 주랑周郎의 죽을 날이 가까웠습니다. 저 따위 얕은꾀는 어린애들도 속아 넘어가지 아니할 계략입니다."

"어째 그러하오?"

"이것은 가도멸괵假道滅虢하는 계교인데 말로는 서천을 취하러 간다고 하고 군사를 거느려 형주를 취하자는 간사한 꾀올시다. 주공께서 저들을 맞이하는 틈을 타서 출기불의出其不意로 형주성 안으로 들어와서 형주성을 뺏자는 꾀지요."

"그럼 어찌하면 좋겠소?"

현덕은 초조하게 물었다.

"주공께서는 관심寬心하십시오. 활을 준비해서 사나운 범을 잡으시고 향기로운 먹이로 물고기와 새우를 낚으시면 됩니다. 주유가 왔다가 기가 막혀 죽지 않는다 하더라도 구푼이나 기골이 쑥 빠지도록 하겠습니다."

공명은 말을 마치자 곧 조자룡을 불렀다.

"조 장군은 여차여차하게 행동을 취하시오. 그 나머지는 내가 다 마련해 놀 테니 그리 아시오."

조자룡은 청령하여 물러가고 옆에 있던 현덕은 입이 벙글벙글 벌어졌다.

한편 노숙은 돌아가 주유를 보고 현덕과 공명이 기뻐하면서 성에 나와 군사를 맞이할 준비를 차린다는 말을 전하니 주유는 마음이 흐뭇해서 입이 딱 벌어졌다.

"이번엔 내 계교가 꼭 들어맞을 게요! 자경은 오후께 뵙고 자세한 말씀을 아뢴 후에 정보한테 군사를 주어 응원을 하도록 아뢰시오."

주유는 노숙을 손권한테로 보낸 후에 분별을 내렸다.

이때 주유는 금창이 아물어 몸이 차차 회복되었다.

감녕으로 선봉대장을 삼고 주유 자신은 서성, 정봉과 함께 중군이 되고 능통, 여몽으로 후군을 삼아 형주를 바라보고 나가니 수륙 대병의 군사는

5만이나 되었다. 호호탕탕 형주를 향하여 나갔다.

주유는 배를 타고 좋아했다.

"이번에는 공명이 꼭 내 계교에 떨어질 거야!"

손뼉을 치며 좋아했다.

선봉이 된 전선戰船들은 벌써 하구夏口에 당도했다.

주유의 운명

하구에 당도한 주유는 아장을 불러 물었다.

"군사를 환영하러 형주에서 사람이 왔느냐?"

"네, 지금 막 사신이 왔습니다. 유 황숙은 미축을 보내서 도독께 문안을 드리겠다고 합니다."

"들어오라 일러라."

미축이 장하로 들어가 주유한테 뵈었다.

"군사를 환영한다 하더니 어찌 되었소?"

"저희 주인께서 만반 준비를 다 마련하고 계십니다."

"황숙은 어디 계신가?"

주유는 다시 물었다.

"지금 형주성 밖에서 도독께서 오시기를 기다리고 계십니다."

"이번에 나는 황숙을 위하여 멀리 군사를 거느려 왔는데 맞이하는 예가 소홀해서는 아니 되오."

"극히 주의하도록 하겠습니다."

미축은 공손히 말하고 물러갔다.

주유는 공안公安까지 당도했다. 그러나 맞이한다던 형주 배는 한 척도 보이지 아니하고 사람도 나오지 아니했다.

주유는 괴상하게 생각했다. 배를 재촉하여 형주성 밖에서 15리쯤 되는 곳에 당도하니 강상江上은 지나치도록 조용했다. 배도 없고 사람도 없었다. 다만 푸른 물이 하늘에 닿아 굼실거릴 뿐이었다.

주유는 의심이 더럭 났다. 배를 멈추게 하고, 친히 언덕에 올라 말을 탄 후에 서성, 정봉 등 일반 군관에 3천 군마를 거느리고 형주성을 향하여 치달렸다.

주유는 성 아래 당도했으나 문이 닫힌 채 적적히 동정이 없었다.

주유는 말을 성문 앞에 멈춘 후에 군사로 하여금 문을 열치게 했다.

"문을 열어라. 빨리 열지 못하느냐!"

"성문을 열어라!"

성 위에서 군사들이 물었다.

"누구요?"

동오 군사가 대답했다.

"주 도독께서 친히 오셔서 이곳에 계시오. 빨리 문을 여시오."

말이 채 떨어지기 전에 방梆[13]을 치는 소리가 요란히 나면서 군사들은 창과 칼을 들고 문루 위로 나타나는데 앞선 대장은 조자룡이었다.

자룡은 주유를 굽어보고 큰소리로 물었다.

"도독께서는 어찌해서 오셨습니까?"

주유가 대답했다.

"나는 당신의 주인을 대신하여 서천을 취하러 왔소. 당신은 아직도 모르오?"

"공명께서는 벌써 도독의 가도멸괵하는 계획을 아신 고로 조자룡을 이곳에 머물러 두게 하셨소. 그리고 우리 주공께서 말씀하시기를, '서천 유

---

13)방梆: 속이 빈 통나무나 큰 죽통竹筒에 구멍을 뚫고 쳐서 음향音響을 내게 하는 기구器具. 지금의 딱딱이와 같음.

장하고는 한실 종친인데 어찌 차마 의리를 배반하고 서천을 취할 수 있느냐. 만약 동오에서 촉蜀 땅을 취한다면 머리 풀고 산으로 들어가 천하에 신信을 잃지 않겠다.' 하셨소."

조자룡의 말을 듣자 주유는 기가 막혔다.

문득 말 머리를 돌이키려 할 때 한 군사가 영자기令字旗를 들고 급히 달려와 보했다.

"지금 사로四路 군마軍馬가 일제히 쇄도하는데 관운장은 강릉에서 짓쳐 들어오고 장비는 제귀에서 쫓아 들고 황충은 공안에서 짓쳐 오고 위연은 이릉, 소로에서 몰려드는데 함성은 백 리에 떨쳤으며 '주유를 잡아라!' 하는 소리가 천지를 진동합니다."

주유는 혼비백산이 되었다. 마상에서 외마디소리를 지르자 금창이 다시 터지며 말 아래 떨어졌다.

좌우에 있던 아장들은 급히 구하여 배 안으로 떠메고 들어갔다.

이때 주유는 정신기가 약간 돌았다.

군사들이 지껄였다.

"저거 보십시오. 현덕과 공명이 지금 산 위에서 술을 마시고 있습니다!"

주유는 군사의 말을 듣자 이를 부득 갈았다.

"이놈 제갈양아, 너는 내가 서천을 취하지 못할 줄 알지만 나는 맹세코 취하리라!"

주유는 한이 골수에까지 맺혀 있을 때, 손권이 그의 아우 손유孫瑜를 보냈다 했다.

주유는 곧 손유를 맞아들여 서천 취할 일을 이야기하니 손유는,

"좋습니다. 저는 형님의 명을 받들어 도독을 도우러 왔습니다."

말을 마친 후에 곧 전함을 띄워 파구巴丘까지 나갔다.

앞에 가던 배가 급히 보했다.

"상류에서 유봉과 관평이 전선戰船을 띄워 놓고 물길을 끊고 있습니다."

주유는 더욱 노했다.

"죽일 놈들이구나!"

호통을 치고 있을 때 홀연 군사가 또 보했다.

"공명이 사람을 보내서 글월을 바칩니다."

주유는 급히 공명의 편지를 뜯어보았다.

한번 작별한 후에 지금까지 연연불망戀戀不忘하고 있습니다. 족하足下는 서천을 취하려 하시지만 제갈양은 불가하다고 생각합니다. 익주는 백성이 강성하고 땅이 험한 중, 유장이 비록 암약闇弱하다 하나 스스로 자기 영역을 지키는 넉넉한 인물이올시다. 지금 수고로운 군사가 만 리 길을 원정하여 공을 세우려 하나 이것은 오기吳起 같은 명장이나 손무자孫武子 같은 신출귀몰한 장수라도 이기지 못할 것입니다. 더구나 조조는 적벽 싸움에 대패한 것을 잠시라도 잊지 아니하고 원수를 갚으려 하는 중입니다. 지금 족하께서 군사를 일으켜 원정을 하신다면 조조는 동오의 허한 틈을 타서 강남으로 내려와 가루가 되도록 짓부술 테니 제갈양은 차마 앉아서 볼 수가 없습니다. 이리하여 특별히 두어 자 알리오니 다행히 살피시옵소서.

주유는 제갈양의 글월을 읽고 장탄長嘆 일성一聲에 좌우를 불렀다.

"지필묵紙筆墨을 가져오너라!"

좌우는 급히 붓과 종이와 먹을 올렸다.

주유는 오후 손권한테 올리는 유서遺書를 쓴 후에 모든 장수를 모아 말했다.

"나는 진충보국盡忠報國하려는 생각이 간절하건만 뜻밖에 복이 없어 천명이 다했으니 어찌하면 좋단 말이냐! 너희들은 오후를 잘 섬겨서 함께 대업大業을 이루게 하라."

주유는 말을 마치자 이내 혼절昏絶이 되었다.

모든 장수와 시자들은 황망하여 어찌할지 몰랐다.

급히 청심환淸心丸을 개어 입에 흘려 넣었다.

주유는 이윽고 눈을 떠 깨어났다.

문득 하늘을 우러러 깊이 탄식했다.

"하늘이 이미 주유를 세상에 탄생시키고 어째 또 제갈양을 낳게 했단 말이냐!"

연거푸 큰소리로 탄식하다가 이내 숨을 거두니, 이때 주유의 나이는 겨우 36세였다.

시인은 글을 지어 그를 조상했다.

赤壁遺雄烈　靑年有俊聲
弦歌知雅意　盃酒謝良朋
曾謁三千斛　常驅十萬兵
巴丘終命處　憑弔欲傷情

적벽 대전 땐 웅장하고 열렬했고
청년 시절엔 준수하다 소문 높았다.
거문고와 노래, 맑은 뜻을 짐작하고
술잔 들어 좋은 친구 대접도 했다.
의기 높아 3천 석 쌀을 보내고

출입할 땐 10만 대병 몰고 다녔네.
파구 땅, 천명이 다하는 곳에
울어 조상하니 마음 상한다.

모든 장수들은 주유의 신체를 파구巴丘에 정상停喪하고 급히 유서를 손권한테 보냈다.
손권은 주유의 죽음을 듣고 목을 놓아 통곡하면서 그의 유서를 뜯었다.

주유는 평범한 인물이건만 특별하신 대우를 받자와 심복으로 허하시고 병마兵馬의 큰 임무를 맡기시니 어찌 감히 고굉股肱의 힘을 다하여 은총을 갚지 아니하오리까마는 어찌합니까, 죽고 사는 것은 헤아릴 수 없고, 명의 장단은 알 수 없습니다. 어리석은 뜻을 아직 펴지 못해서 몸은 이미 죽게 되었으니 극진한 이 한을 어찌하오리까. 지금 조조는 북편에 있어서 아직 강토를 정하지 못했고, 유비는 우리가 길러 주고 있으나 마치 범을 기르는 듯합니다. 천하일을 아직 판단치 못하게 되었으니 조정 신하들은 먹지 않고 일할 때요, 지존에서는 염려가 많으실 때입니다. 노숙은 충성하고 곧은 사람이올시다. 일을 당하면 정성을 다하는 사람이오니 가히 유瑜를 대신하여 맡길 만한 인물이올시다. 인지장사人之將死에 기언선其言善이라 했습니다. 깊이 살피어서 통촉하신다면 주유는 죽어도 썩지 않겠습니다.

손권은 주유의 유서를 읽고 울면서 혼잣말했다.
"주공근周公瑾은 왕좌王佐의 재목이 있었는데 이제 홀연 단명하여 죽었으니 나는 장차 누구를 의지한단 말이냐. 그의 유서에 특별히 노숙을 천거했으니 내 어찌 좇지 아니하랴."

손권은 당일로 노숙에게 도독 벼슬을 주어 병마兵馬를 총통하게 하고, 주유의 영구靈柩를 빨리 회장回葬하라는 분부를 내렸다.

한편 공명이 형주에서 밤에 천문을 보니 장수 별 한 개가 찬란한 빛을 뿜어 땅에 떨어졌다.

공명은 빙긋 웃으며,

"주유가 죽었구나!"

혼잣말했다.

새벽이 되자 공명은 현덕을 찾았다.

"주유가 죽었을 것입니다. 간밤에 천문을 보니 주유의 별이 떨어졌습니다."

"주유가 죽었단 말씀입니까?"

현덕은 한편으로 놀라고 한편으로는 기뻤다.

급히 사람을 보내서 탐지해 보니 과연 주유는 죽었다는 것이었다.

현덕은 공명한테 물었다.

"주유가 죽었으니 앞일이 어찌 되겠소?"

"주유를 대신해서 군사를 거느릴 사람은 노숙밖에 없습니다. 양亮이 다시 천문을 보니 장성將星이 동방東方으로 모여들었습니다. 강동으로 가서 주유의 죽음을 조상한 후에 좋은 사람들을 찾아서 주공을 도와 드리도록 하겠습니다."

"글쎄, 조상을 가기는 가야겠소마는 동오 장수들이 선생께 해를 더할까 두렵소이다."

공명은 빙긋 웃으며 대답했다.

"주유가 살아 있을 때도 두렵지 아니했는데 지금 주유가 죽었는데 무엇이 두렵습니까?"

공명은 말을 마치자 조자룡에게 5백 군사를 거느려 함께 배에 오르게 하고 조상할 전물奠物을 배에 가득 실어 파구巴丘로 향했다.

길에서 들으니 손권은 벌써 노숙으로 도독을 삼았고, 주유의 영구는 시상柴桑으로 돌아갔다는 것이었다.

제갈양은 조운과 함께 시상으로 향했다.

주유의 부장들은 공명이 조상 온다는 소식을 듣고 모두들 죽이려 했다. 그러나 공명의 곁에는 조운이 항상 칼을 차고 뒤에 따라 있으니 감히 손을 대지 못했다.

공명은 주유의 영전에 군사를 시켜 제물을 배설하게 한 후에 친히 무릎 꿇고 술을 부어 영전에 올린 후에 구슬프고 처량하게 제문祭文을 읽었다.

"슬프다, 공근公瑾아, 불행해 요절해 죽었구려. 인명재천人命在天이라 하나 이 마당에 어찌 슬프지 아니하랴. 내 마음 쥐어짜지는 듯, 상해서 아픔을 참지 못하겠소이다. 한 잔 술을 영 앞에 부어 올리니 그 어느 곳에 만약 영靈이 있다면 나의 조상을 받으시오."

공명은 읽다가 목이 메어 느꼈다.

모든 사람들의 눈시울이 화끈했다.

제갈공명은 계속해서 제문을 읽었다.

"그대, 이미 젊은 유학 시절엔 손백부(孫伯符:孫策)를 사귀어 장의소재仗義疎財했고, 그대 약관 시절엔 만리붕정萬里鵬程에 패업霸業을 세워서 강남에 할거割據하였으며, 그대의 장년 시절엔 멀리 파구巴丘를 진압하고 유경승劉景升을 회유해서 역적을 토멸하여 근심이 없게 하였으며 그대의 풍채는 소교小喬와 아름다운 짝을 맺어 한나라 신하로 당대에 부끄럽지 아니했고, 그대의 기개는 비록 끝을 보지 못했으나 능히 날개를 떨쳤으며, 그대의 높은 뜻과 큰 재질을 문무 주략籌略으로 적벽 대전에 적병을 화공火

攻으로 함몰시켜서 능히 약한 힘으로 억세고 강한 자를 눌렀구려. 오늘날 당년의 영발했던 웅자雄姿를 생각하고 그대의 일찍 죽음을 슬퍼하지 아니할 수 없구려. 땅에 쓰러져 피를 토한 것은 충의지심이요, 영특한 기상이외다. 명은 비록 삼십대로 마쳤다 하나 그대 이름은 백세百世에 남을 것이외다. 그대를 슬퍼하는 정이 간절하니 시름하는 마음은 천 굽이나 비틀려 맺힌 듯하고 창자는 끊어지는 듯 녹는 듯하오이다. 그대 홀연 세상을 떠나니 하늘은 어둔 듯 빛이 없고, 삼군三軍은 창연하여 쓸쓸한 기운이 가득하구려. 주공主公은 애닯게 통곡하고, 친구들은 눈물이 방울방울 떨어져 연파漣波를 이루는구려. 양亮은 재주 없으나 계교를 빌고 꾀를 청하여 오吳를 돕고, 조적에 대항하여 한실漢室을 붙들고 유劉 씨를 편안케 하면서 그대와 함께 의각倚角의 형세를 이루어 서로 짝이 되어 천하를 평정한다면 무슨 염려와 근심이 있으리까. 그러나 슬프다 공근아, 그대는 죽고 나는 살아 길이 영결하니 그대의 곧은 모습은 있는 듯 꺼지는 듯 아물아물하구려. 혼이여, 만약 영이 있거든 나의 마음을 굽어 살피시라. 이로부터 이 세상엔 다시 나를 알아줄 사람이 없구나! 아아, 슬퍼라. 어찌할꼬, 영혼이 있으면 나의 술을 받으라."

공명은 제문을 읽은 후에 엎드려 통곡하니 눈물은 용솟음쳐 쏟아지고, 슬픈 울음소리는 굽이굽이 간장이 녹아 흐르는 듯했다.

모든 장수들은 서로들 수군댔다.

"공명은 공근과 사이가 좋지 않은 줄 알았더니 지금 제문 읽는 소리를 들으니 공명은 참으로 주유를 무한 아껴 주었구려!"

노숙도 공명의 저같이 비통해하는 모습을 보고 감창한 마음을 억제할 수 없었다.

'공명은 과연 다정한 사람이다. 공근이 속이 좀 넓었더라면 좋았을 것

을 공연히 성미가 급하고 생각이 좁아서 스스로 일찍 죽음을 취했구나!'

혼자 마음속으로 탄식했다.

공명이 제를 마치니 노숙은 공명을 청하여 연회를 베풀어 간곡하게 대접했다.

봉추 선생 방통

공명은 대접을 받은 후에 노숙을 작별하고 강변으로 나와 배에 오르려할 때, 홀연 한 사람이 도포道袍 입고 대관(竹冠) 쓰고 검은 띠에 흰 신 신고 공명의 어깨를 툭 치며 껄껄 웃으며 말했다.

"이 사람, 자네는 주유를 기급氣急해 죽여 놓고 시치미 뚝 떼고 조상을 왔으니 배짱이 무던하이, 하하하. 그래, 동오에는 그렇게 사람이 없는 줄 안단 말인가?"

공명은 당황해서 급히 머리를 돌려보니 봉추 선생 방통이었다. 공명도 껄껄 웃었다.

"자네 봉추, 웬일인가? 하하하."

두 사람은 서로 손을 잡고 배에 올랐다.

"그래 재미가 어때?"

공명이 물었다.

"그저 그렇지."

방통이 대답했다.

"내 생각에 손권이 아무리 똑똑하다 하나 자네 같은 사람을 중하게 쓰지 못할 것일세. 만약 불여의不如意한 일이 있거든 형주로 와서 나와 함께 현덕을 도와주는 것이 어떠한가? 이 사람은 관인寬仁 후덕厚德한 사람이라 자네의 평생 공부한 학문을 헛되게 하지 아니할 사람일세."

"자네가 말한다면 하라는 대로 하겠네."

공명은 편지 한 장을 써서 방통한테 넘겨주었다.

방통은 공명의 봉서封書를 품 안에 간직한 후에 배에 내려 형주로 돌아가는 공명을 작별했다.

한편 노숙은 주유의 영구를 호송하여 무호蕪湖에 당도하니 손권은 친히 곡하여 제 지내고 고향으로 운구하여 후하게 장사를 지내 주었다.

주유한테 소생이 두 아들에 딸 하나가 있었다.

큰아들의 이름은 순循이요, 둘째는 윤胤이었다. 손권은 후하게 뒤를 보아주었다.

어느 날 노숙은 손권한테 조용히 말했다.

"숙肅은 녹록한 재주 없는 사람이온데 주유가 잘못 생각하고 저를 주공께 천거하여 대임을 맡기셨으나 실상인즉 힘이 모자랍니다. 한 사람을 천거하여 주공을 돕게 하겠습니다. 이 사람은 상통천문上通天文하고 하달지리下達地理하여 그의 모략은 관중管中, 악의樂毅한테 지지 아니하고 그의 추기樞機는 손빈孫殯, 오기吳起와 어깨를 겨룰 만합니다. 주유도 생전에 그의 말을 많이 들었고 공명도 그의 지혜에 항상 감복하고 있었습니다."

손권은 노숙의 말을 듣고 크게 기뻤다.

"그 사람의 성명이 누구입니까?"

"이 사람은 양양襄陽 사람인데 성명은 방통龐統이요, 자는 사원士元이라 합니다."

손권은 무릎을 바싹 내밀었다.

"나도 그 사람의 소문을 많이 들었소이다. 이 근처에 있거든 한번 만나도록 해 주시오."

노숙은 손권의 말을 듣고 방통을 청하러 나갔다.

얼마 후에 노숙은 방통을 인도하여 손권 앞에 나타났다.

손권이 방통을 바라보니 눈썹은 숱이 많아 시커멓고 코는 들창코요, 얼굴은 까맣고 수염은 짧아서 형용이 고괴古怪했다.

손권은 마음에 들지 아니했다. 대뜸 물었다.

"공의 평생 배운 학문은 무엇을 주로 했소?"

"나의 학문은 한 가지에 전념한 공부가 아니라 임기응변臨機應變해서 무엇이든지 공부했소이다."

손권은 또 물었다.

"당신의 재주와 학문은 주공근한테 비하여 어떠하오?"

손권의 묻는 말을 듣자 방통은 껄껄 웃으며 대답했다.

"하하하. 나의 학문은 주유의 학문과는 크게 다릅니다."

손권은 한평생 주유를 존경하던 사람이었다. 방통이 주유를 대수롭지 않게 여기는 것을 보고 마음 가운데 더욱 즐겁지 아니했다. 방통을 향하여 말했다.

"공은 물러가 기다리시오. 쓸 데 있으면 청하리다."

손권의 목소리는 거만했다.

방통은 아니꼬웠다.

"어허허!"

길게 한 소리 탄식하고 물러갔다.

방통이 나간 후에 노숙이 손권한테 조용히 물었다.

"주공께서는 어찌해서 방사원을 쓰지 아니하십니까?"

"미친 사람인데 써서 무슨 유익한 일이 있겠소?"

손권은 뱉듯이 대답했다.

"그렇지 아니합니다. 적벽 대전 때 이 사람이 주공근한테 연환계連環計

를 쓰라고 해서 큰 성공이 된 것은 주공께서도 짐작하실 겁니다."

"그게 어디 그렇게 된 일이오? 조조 자신이 배에 못을 박아서 그리된 일이지 이 사람의 계책 때문에 성공이 된 것이라고는 할 수 없소. 나는 맹세코 이 사람을 쓰지 않겠소!"

노숙은 하는 수 없었다. 나가서 방통한테 말했다.

"나는 간곡하게 족하足下를 주공께 천거했으나 주공께서 얼른 쓰지 아니하시니 공은 잠시 참고 기다려 보시오."

방통은 고개를 숙여 탄식할 뿐 아무 말도 없었다.

노숙은 한참 만에 방통에게 물었다.

"공은 강동江東 오국吳國에 마음이 없으신 것이 아닙니까?"

방통은 잠자코 대답이 없었다.

노숙이 다시 물었다.

"당신은 천하를 광제匡濟하실 큰 재주를 가지셨는데 어디를 간들 뜻을 펴지 못하시겠습니까. 어디로 가시려오? 말씀해 보시오."

간곡하게 묻는 노숙의 말을 듣자 봉추 선생 방통은 퉁명스럽게 대답했다.

"나는 조조한테로 가겠소."

노숙이 깜짝 놀랐다.

"그것은 아니 됩니다. 밝은 구슬을 어둔 돼지우리에 던지는 격입니다. 가시려면 형주 유 황숙한테로 가시오. 반드시 중히 쓸 것입니다."

방통은 그제야 마음속을 털어 말했다.

"아까 조조한테로 간다는 말은 희롱의 말이고, 실상인즉 유 황숙을 찾아가려 합니다."

"내가 유현덕한테 천거하는 글을 써서 유현덕을 돕도록 해 드리겠습니다. 이리해서 손 씨와 유 씨가 힘을 합하여 조조를 격파하는 것이 좋겠습니다."

"그것은 방통의 평생소원입니다. 그러면 유현덕한테 편지 한 장을 써 주시오."

노숙은 곧 현덕한테 방통을 천거하는 편지를 써 주었다.

방통은 노숙의 편지를 받아 들고 형주 유현덕을 찾아보러 갔다.

이때 공명은 고을을 순력하느라고 아직 형주로 돌아오지 아니했다.

문 지키는 아전이 유현덕한테 고했다.

"강남 명사 방통龐統이 특별히 뵈러 왔다고 명함을 들여보냈습니다."

현덕은 전부터 방통의 이름을 귀에 익도록 듣고 있었다.

"모시고 들어오너라."

문 지키는 아전은 방통을 인도하여 들어왔다.

방통은 현덕을 보고 길게 읍揖하고 절하지 아니했다.

현덕은 방통의 거만한 행동과 추한 얼굴을 보자 심중에 또한 기뻐하지 아니했다. 방통을 향하여 물었다.

"족하는 쉽지 않은 먼 길에 용하게 찾아오셨소이다."

방통은 일부러 노숙과 공명의 편지를 내놓지 아니하고 천천히 대답했다.

"황숙께서 초현납사招賢納士한다는 말씀을 듣고 특별히 찾아왔소이다."

현덕은 방통한테 말했다.

"형초荊楚가 겨우 안정이 되어 좋은 벼슬자리가 없소이다. 여기서 동북東北으로 백삼십 리쯤 되는 곳에 한 골이 있는데 이름은 뇌양현耒陽縣이라 합니다. 마침 원 자리가 비었으니 한번 가 보시는 것이 어떠하겠소? 만약 뒤에 좋은 자리가 있으면 중용해서 대접하겠소이다."

방통은 현덕의 말을 듣고 가만히 생각해 보았다.

'현덕이 어쩌면 이같이 나를 박하게 대접하나? 한번 재주와 학문으로 그를 움직여 보리라. 그리고 또 공명이 아직 안 돌아왔으니 그때까지 잠깐 참아 보리라.'

방통은 이쯤 생각하고 현덕을 작별한 후에 뇌양현으로 향했다.

방통은 뇌양현으로 도임한 후에 정사는 다스리지 아니하고 온종일 술만 마시는 것으로 낙을 삼았다.

백성들의 송사는 산더미같이 쌓여 있어도 다스리지 아니했다. 원망하는 소리가 성안에 가득했다.

사람이 현덕한테 고했다.

"방통은 뇌양현에 도임하여 정사는 다스리지 아니하고 술만 마시고 있다 합니다."

현덕은 크게 노했다.

"더벅머리 선비 놈이 나의 법도를 어지럽게 하는구나! 장비張飛를 불러라."

장비가 급히 들어왔다.

현덕은 장비한테 분부를 내렸다.

"너는 형주 관내 모든 고을을 순시하면서 불법하고 불공평한 원이 있거든 엄하게 치죄하라. 일을 소홀하게 처결해서는 아니 될 테니 손건과 함께 가도록 하라."

장비는 현덕의 분부를 듣고 손건과 함께 뇌양현으로 나갔다.

뇌양에서는 장비가 현덕의 명을 받들어 온다는 소식을 듣고 관리와 백성들은 함빡 성 밖으로 맞이하러 나왔다.

그러나 정작 현령縣令은 보이지 아니했다.

"현령은 어디 갔느냐?"

장비가 아전한테 물었다.

"방 현령은 도임한 지 백여 일에 정사는 아니하고 날마다 아침서부터 한밤중까지 술만 마시고 있습니다. 오늘도 작취昨醉가 미성未醒되어 아직도 누워서 일어나지 않고 있습니다."

장비는 역정이 불같이 일어났다.

"원놈을 잡아 오너라!"

호통을 쳤다.

옆에 있던 손건이 급히 만류했다.

"방사원은 고명한 선비올시다. 함부로 경솔하게 처치할 수 없습니다. 동헌으로 들어가서 모든 일을 사실한 후에 치죄해도 늦지 아니합니다."

일행은 삼문으로 들어가 동헌 대청에 앉아 현령을 나오라 했다.

방통은 아직도 술이 깨지 아니했다.

관을 삐딱하게 쓰고 취한 기운이 온몸에 가득해서 아전한테 부축되어 나왔다.

장비는 노한 눈을 부릅뜨며 방통을 꾸짖었다.

"우리 형님께서는 너를 사람답게 보시어 백성 다스리는 원을 삼으셨는데, 너는 어찌 감히 정사는 아니 다스리고 술만 마시어 일을 전폐하고 있느냐?"

방통이 빙긋 웃으며 대답했다.

"장군께서 나보고 정사를 다스리지 아니한다 하시니 무슨 말씀인지 모르겠습니다."

"너는 도임한 지 백여 일에 날마다 취해 누웠으니 어찌 고을 꼴이 되겠느냐?"

"그까짓 백 리쯤 되는 작은 골에 공사를 결정하기가 무엇이 그리 어렵겠습니까? 장군은 잠깐만 기다려 주십시오. 곧 처결하겠습니다.”

방통은 장비한테 말하자 곧 아전을 불렀다.

“문부를 내오너라.”

아전들은 백여 일 동안 판결하지 아니했던 산더미 같은 문부를 부랴사랴 대청으로 날랐다.

소지를 바친 백성들도 구름 뫼듯 모여들었다.

방통은 차례차례로 백성들을 불러들여 뜰아래 서게 한 후, 한편으로 송사를 들어 소지를 살펴보고 한편으로 제사題辭를 불러 판결을 내렸다.

판결을 내리는 제사 소리는 청산에 물이 흘러내리는 듯하고 시비곡직을 가리는 솜씨는 대쪽을 쪼개 내는 듯 옳고 분명했다.

장비 이하 여러 아전과 백성들은 귀를 기울여 차착이 없이 판결하는 솜씨에 감복했다.

반나절이 못되어 백여 일 동안이나 밀렸던 송사 처리는 단번에 끝이 났다.

명관의 판결이었다. 백성들이 고두백배叩頭百拜하며 춤을 추어 물러났다.

방통은 소지에 판결 내리던 붓을 땅에 던지고 장비한테 말했다.

“이만하면 나 할 일은 다했소이다. 정사를 폐했다고는 할 수 없을 것입니다. 내 손권이나 조조 따위 보기를 손톱 밑에 낀 때꼽재기만큼도 안 여기는 사람인데 이까짓 작은 골 일에 머리를 쓸 까닭이 있겠소?”

장비는 크게 놀랐다. 상에 내려 사례했다.

“선생의 크나큰 재질을 모르고 공경하는 태도를 잃었으니 죄스럽기 짝이 없소이다. 돌아가 형님께 말씀하여 극력 천거하겠소이다.”

이때 방통은 비로소 노숙魯肅이 현덕한테 천거한 편지를 내놓았다.

“이것은 동오에서 내가 올 때 노자경이 유 황숙께 드리는 편지올시다.

황숙께 전하시오."

장비는 또 한 번 깜짝 놀랐다.

"그렇다면 왜 처음에 이 편지를 우리 형님께 드리지 아니하셨소?"

"황숙께서는 사람을 알아보신다기에 일부러 노자경이 천거한 편지를 내놓지 아니했소이다."

장비는 손건을 보고 말했다.

"공이 아니었다면 한 분 크나큰 어진 이를 잃어버릴 뻔했소이다."

장비는 곧 손건과 함께 형주로 돌아갔다.

현덕을 뵙고 방통의 재주를 극력 칭송했다.

현덕은 크게 놀랐다.

"대현大賢을 잘못 대접한 것은 도시 나의 허물이로구나!"

괴탄하고 있을 때, 장비는 다시 노숙의 편지를 품에서 꺼내 현덕한테 바쳤다.

"이것은 방통이 처음 뵈러 올 때, 노숙이 형님께 천거한 편지올시다마는 방통은 이제야 이 편지를 내놓았습니다."

현덕은 더욱 놀랐다. 급히 노숙의 편지를 뜯어보았다.

방사원은 백리지재百里之才가 아니올시다. 치중治中 별가別駕 같은 중한 소임을 주시어 천리 준총의 다리를 한번 펴 보게 하십시오. 얼굴로 사람을 취한다면 마침내 다른 사람이 쓰게 될 테니 아까운 일이올시다.

현덕은 노숙의 편지를 읽고 한동안 감탄하고 있을 때 공명이 돌아왔다.

현덕은 반갑게 공명을 맞이했다.

공명이 현덕한테 먼저 물었다.

"방龐 군사軍師는 이즈음 잘 있습니까?"

"뇌양현을 다스리라고 맡겼더니 술만 마시고 일을 보지 아니합니다."

공명이 빙긋 웃고 말했다.

"방사원龐士元은 백리지재百里之才가 아니올시다. 가슴에 가득 차 있는 학식은 저보다 십 배나 낫습니다. 제가 지난번에 주공께 글을 올려서 사원을 천거했사온데 보셨습니까?"

"오늘 노숙이 보낸 편지를 겨우 보았을 뿐, 군사의 글월은 아직도 읽어보지 못했습니다."

"원래 큰 재질을 가진 사람한테 작은 소임을 맡긴다면 흔히 화풀이로 술만 마시고 일을 잘 보지 아니하는 법이올시다."

"만약 내 아우 장비가 아니었더라면 큰 인물 한 사람을 잃어버릴 뻔했소이다."

현덕은 말을 마치자 장비를 불러 방통을 청해 오라 했다.

방통이 형주에 당도하니 현덕은 뜰아래까지 내려 방통의 손을 잡고 소홀히 한 죄를 청했다.

방통은 이때 가서야 비로소 공명이 천거한 글을 내놓았다.

봉추鳳雛가 가거든 중용해 쓰십시오.

하는 정중한 내용이었다.

현덕은 얼굴에 가득 웃음을 띠고 말했다.

"옛날에 사마덕조(司馬德操 : 司馬徽)가 말하기를 복룡伏龍, 봉추鳳雛 두 사람 중에 한 사람만 얻으면 천하를 편안케 할 수 있다 했는데 이제 나는 두 사람을 다 얻었으니 한실漢室을 부흥시키기에 아무런 근심도 없소."

현덕은 곧 방통으로 부군사, 중랑장(中郞將 : 副軍師)을 삼아 공명과 함께 천하를 취하는 방략을 정하게 하고 군사를 교련시키는 임무를 맡겼다.

이 소식은 허창許昌에 있는 조조한테로 들어갔다.

"유비는 제갈양이 있는 외에 또다시 봉추 선생 방통을 얻어서 모사를 삼고, 동오와 연결해서 군비를 크게 확장시키고 있습니다. 불원간 군사를 일으켜 북벌할 태세를 취하고 있습니다."

조조는 깜짝 놀랐다. 곧 모사들을 불러 상의했다.

"유비가 만약 이러한 행동을 취한다면 우리가 먼저 남정을 하는 것이 좋겠소."

순유가 출반하여 아뢰었다.

"그러하시다면 주유가 이제 죽었으니 먼저 손권을 공격하여 항복 받으시고 다음 유비를 치시는 것이 옳을까 합니다."

조조가 대답했다.

"내가 남정을 한다면 서량 마등馬騰을 미리 방어해야 하겠소."

슬프다, 서량 태수 마등

"그렇습니다. 서량 태수 마등이 문제올시다."

순유가 조조의 말을 받았다.

"지난번 적벽 싸움 때만 해도 허도가 공허한 틈을 타서 서량 마등이 허도로 쳐들어온다는 유언비어가 군중에 떠돌았기 때문에 크게 낭패한 일이 있었소. 미리 방비하지 않는다면 마음이 놓이지 아니하오."

"저의 소견에는 마등한테 천자의 조칙을 내리시어 손권을 치라고 정남征南 장군將軍의 칭호를 준 후에 서울로 끌어들여서 죽여 버린다면 남쪽으로 가시는데 후환이 없을 것입니다."

조조는 당일로 곧 조칙을 내려, 서량 태수 마등을 불러들이게 했다.

원래 마등의 자는 수성壽成으로, 복파伏波 장군將軍 마원馬援의 후손이었다.

그의 부친의 이름은 숙肅이라 부르고, 자는 자석子碩이라 했다. 환제 때 천수관간天水關干 현위縣尉로 있다가 실직이 된 후에 농서隴西에 방랑하던 중, 강인羌人과 함께 섞여 살다가 강녀羌女를 얻어서 등을 낳았다.

마등은 자랄수록 비범하여 사람의 존경을 받게 되었다.

신장이 8척인데, 체모가 웅장하고 천성이 온화하니 사람들이 많이 따랐다.

영제靈帝 말년에 오랑캐들이 반하니, 마등은 민병民兵을 모집하여 반군을 대파했다.

초평初平 중년中年에는 반군을 평정한 공으로 정서征西 장군將軍의 직함을 받았고, 진서鎭西 장군將軍 한수韓遂와 형제의 의를 맺어 지냈다.

마등은 당일 조칙을 받자 큰아들 마초馬超를 불러 의논했다.

"나는 동승董承과 함께 의대조衣帶詔를 받은 이래 유현덕과 함께 적을 토벌할 것을 약속했더니, 불행히 동승은 죽고 유현덕은 자주 패하여 성공을 못하는 중에, 나는 궁벽한 이곳에 있어 현덕을 도와주지 못했던 것이다. 소문 들으니 이제 현덕은 형주를 얻었다 하니 반가운 소식 중의 하나다. 한번 유현덕을 찾아서 옛정을 펴 보려 하는 참인데, 조조가 조서를 받들어 나를 부르니 어찌하면 좋겠느냐?"

마등의 묻는 말에 아들 마초가 대답했다.

"조조는 천자의 조칙을 내려 아버님을 청했습니다. 그런데 아니 가신다면 천자의 명을 거역한다 해서 아버님을 책망할 것입니다. 서울서 부르는 이 기회를 놓치지 마시고 허도로 가시어 일을 경영하시면서, 전에 해 보시려던 큰 뜻을 펴실 수도 있을 것입니다."

마등의 형의 아들인 조카 마대馬岱가 간하였다.

"조조는 간특한 사람이올시다. 그 마음속을 헤아릴 수 없습니다. 숙부께서 만약 가신다면 해를 당하실까 두렵습니다. 가시지 마십시오."

아들 마초가 큰소리로 아뢰었다.

"제가 비록 불초하나 서량 군사를 거느리고 아버님을 호위하여 허도로 올라가서 천하를 위하여 조조를 제거시키겠습니다."

마등馬騰은 아들 마초馬超의 말을 듣자, 천천히 입을 열어 타일렀다.

"너는 강병羌兵을 거느리고 서량을 지키고 있거라. 나는 네 아우 휴休와 철鐵이와 조카 대岱를 데리고 갈 테다. 조조가 너와 한수韓遂가 남아 있는 것을 알면 감히 나를 해치지 못할 것이다."

마초는 그래도 마음이 놓이지 아니했다.

"아버님께서는 얼른 서울로 들어가지 마시고, 동정을 살피신 후에 임기응변해서 행동하시는 것이 좋겠습니다."

"나도 생각이 있다. 너무 염려하지 말아라."

마등은 아들의 말에 대답한 후에 서량병 5천 명을 거느려 마휴馬休, 마철馬鐵로 선봉을 삼고 마대馬岱로 후군을 삼아 허도로 향하여 허창 20리 밖에 군마를 멈추고 있었다.

조조는 마등이 당도한 것을 알자 문하門下 시랑侍郎 황규黃奎를 불러 분부했다.

"이제 마등이 남정南征하러 왔으니 너에게 행군참모行軍參謀를 제수한다. 먼저 마등의 영문으로 가서 위로한 후에 서량은 길이 멀어 군량을 운반하기 어려우니 이곳에서 큰 군사를 보내서 함께 힘을 도울 것이고, 내일은 천자께 뵈러 들어오라 일러라."

황규는 조조의 분부를 받고 마등을 찾아보니 마등은 술을 내어 대접했다.

술기운이 반쯤 돌았을 때 황규는 말을 꺼냈다.

"우리 아버지의 함자는 황완黃琬이라 하시는 분입니다. 불행히 이각, 곽사의 난에 돌아가시어 나는 항상 아픈 한을 가슴에 품었소이다. 그러나 생각밖에 나는 또 임금을 속이는 역적을 만났으니 진정 마음이 아픕니다."

"누가 임금을 속이는 역적인가요?"

마등이 물었다.

"공이 어째 몰라서 나한테 물으시오? 역적 놈은 바로 조조입니다."

마등은 황규가 자기 마음을 떠보려 하여 일부러 이 같은 수작을 붙이는 줄 았았다.

급히 손을 저어 흔들며 말했다.

"이목이 파다합니다. 쓸데없는 어지러운 말씀을 하지 마시오."

황규는 눈을 부릅뜨고 마등을 꾸짖었다.

"공은 지난날에 황제께 의대조衣帶詔 받던 일을 잊으셨소?"

마등은 비로소 황규가 마음속에서 우러난 진심의 말인 것을 알았다. 가만히 유현덕과 합세하여 조조를 무찔러 보려는 가슴속 말을 털어놓았다.

"조조가 내일 성안으로 황제를 뵈러 들어오라는 것은, 좋은 뜻으로 청하는 것이 아닐 겝니다. 경솔하게 입성入城하실 것이 아니라 성 밖에서 군사를 거느려 대기하고 있다가, 조조가 나와서 열병閱兵을 하거든 그때, 아주 죽여 버린다면 큰일이 성공될 것입니다."

두 사람은 의기가 서로 통했다.

"그리합시다."

마등은 쾌하게 승낙했다.

마등과 황규는 내일 일을 작정한 후에 황규는 집으로 돌아갔다. 그러나 울분한 표정은 얼굴에 가시지 아니했다.

아내 되는 사람은 황규의 첩 이춘향李春香과 함께 황규를 맞이했다.

남편의 얼굴에 분한 기운이 탱중한 것을 보고 아내는 은근히 물었다.

"어디가 불편하십니까? 신색이 좋지 아니하십니다."

황규는 아내한테라도 비밀한 말을 하기 싫었다.

"아니, 불편한 일이 있을 리 있나."

"그래도 신색이 좋지 아니하십니다. 서량 태수 마등한테 가셨다더니 무슨 분한 일을 당하셨습니까?"

아내는 지재지삼 물었다.

"별일이 없대도 그러네."

황규는 입을 다물고 다시는 대답도 하지 아니했다.

앞에서 황규의 첩 춘향이 말끄러미 황규의 모습을 지켜보고 있었다.

원래 황규의 첩 춘향은 황규의 처남인 묘택苗澤이란 자와 불의의 간통을 하고 지냈다.

간부와 간부는 마음을 터놓고 꿈같은 사랑을 고조할 수 없었다.

언제든 황규를 해칠 기회를 보고 있는 판이었다.

춘향은 제 처소로 돌아가 간부 묘택을 만났다.

"황 시랑이 오늘 마등한테 가서 군정軍情을 살피고 온 모양인데, 얼굴에 울분한 표정이 대단합니다. 마누라쟁이가 걱정이 되어서 지재지삼 물어보아도 퉁명만 주고 대답을 아니합니다. 무슨 일로 그러는지 모르겠습니다."

묘택은 춘향의 말에 귀를 기울였다.

"그래? 그렇다면, 이따가 황 시랑이 밤에 네 방으로 찾아오거든 한번 마음속을 더듬어 보란 말이다. 무어라고 하는고 하니, '사람들이 모두들 말하기를 유 황숙은 덕이 있고 어진 사람이고 조조는 간특한 인물이라 합디다. 누가 더 훌륭한 사람입니까? 아마, 유 황숙이 제일이죠?' 이렇게 한번 수작을 붙여 보란 말이다. 그러면 무슨 말이 있을 테니, 너는 잊지 말고 나한테 그대로 옮기란 말이야, 알아듣겠니?"

춘향은 고개를 까딱거렸다.

이날 밤에 과연 황규는 춘향의 방으로 자러 들어갔다.

춘향은 황규한테 술을 권한 후에 이불을 같이하고 누웠다가 황규의 뺨을 어루만지며 물었다.

"모두들 사람들이 말하기를 유 황숙은 덕이 있고 어진 사람이고, 조조는 간특한 인물이라 합디다. 누가 더 훌륭한 사람입니까? 아마, 유 황숙이

제일이죠?"

황규는 춘향이 교태를 부려 권하는 술에 얼근히 취했다.

춘향의 가는 허리를 바싹 껴안았다. 무척 귀엽고 대견했다.

"너는 여자건만 바르고 간사한 것을 구별할 줄 아는구나. 조조란 놈은 기군망상欺君罔上하는 죽일 놈이다. 언제든 나는 이놈을 죽여서 나의 한을 풀고 말 것이다."

"한번 죽여 보시구려. 하수下手할 방법을 생각해 보셨소?"

계집은 황 시랑의 뺨을 또 한 번 어루만졌다.

황규는 부드러운 첩의 농간에 녹아떨어졌다. 아내한테도 말하지 아니했던 비밀한 행동을 다 털어놓았다.

"내일 마 장군은 성 밖에서 조조를 청해서 군대를 사열하기로 했네. 그때 조조를 죽여 버리기로 했네. 문제없이 조조는 죽는 놈이지."

"영감, 꼭 성사를 하십시오."

계집은 또 한 번 아양을 떨었다.

다음 날 춘향은 간부 묘택을 만나, 황규와 수작하던 말을 일일이 고해 바쳤다.

묘택이란 자는 급히 승상부로 달려가서 마등과 황규의 비밀한 계획을 밀고했다.

조조는 조홍과 허저와 하후연, 서황을 불러 은밀히 지령을 내렸다.

모든 장수가 물러간 후 조조는 급히 집금오執金吾를 불러 영을 내렸다.

"황규의 대소 가족을 모조리 잡아서 옥에 가두라."

포졸들은 황규의 가친을 비웃 두름 엮듯 밧줄로 꽁꽁 묶어서 옥 속에 가두어 버렸다.

한편 서량 태수 마등은 황규와 약속한 대로 5천 병마를 휘동하여 성 앞으로 나가니 홀연 성문이 활짝 열리면서 승상의 기호旗號를 표시한 붉은 기가 바람에 펄럭이며 나타났다.

마등은 조조가 친히 열병閱兵을 하러 나오는 줄 알았다.

말을 달려 앞으로 나갈 때, 난데없이 일성 포향이 천지를 진동하면서 일원 대장이 앞을 서 나오고 화살과 쇠뇌가 빗발치듯 날아들었다.

마등이 자세히 보니 조조가 아니라 조홍이었다.

마등은 일이 탄로 난 줄 알고 급히 말 머리를 돌리려 할 때, 좌우 양편에서 또다시 군사들의 고함치는 소리가 산천을 흔들면서, 좌편에는 허저가 군사를 거느려 쳐 나오고 우편에서는 하후연이 살기등등하게 쫓아 들고 후면에서는 서황이 군사를 휘동하여 물밀듯 쏟아져 서량 군마를 두 동강이로 끊어 놓았다.

마등, 마휴, 마철, 마대 네 사람은 겹겹이 에워싸 들어오는 조조의 군사한테 동그랗게 포위되어 버렸다. 마등은 죽을힘을 다하여 조조의 군사를 찌르고 치고 후려쳤으나 포위망을 뚫고 나갈 도리가 없었다.

마등의 아들 마철은 난전亂箭을 맞아 죽고 마휴는 아버지 마등과 함께 적을 무찔러 좌충우돌左衝右突했으나 비 오듯 쏟아지는 화살은 마침내 마등의 부자를 쏘아 말 아래 떨어뜨려 버렸다.

조조의 대장들은 일제히 달려들어 마등의 부자를 결박 지어 조조한테 바쳤다.

조조는 황규를 묶어 오라 하여 마등과 대질을 시켰다.

황규는 큰소리로 죄가 없다고 떠들었다.

조조는 다시 황규의 처남 묘택을 증인으로 불렀다.

간부 묘택은 간밤에 춘향이 황규와 주고받던 이야기를 고스란히 옮겼다.

황규는 비로소 애첩 춘향이 처남 묘택과 불의의 관계를 맺어 자기를 모해하기 위하여 춘향이와 공모하고 자기의 비밀을 탐한 후에 조조한테 밀고한 것을 알았다.

"하아, 묘택이 네 큰일을 저질렀구나! 내가 국가를 위하여 조조를 죽이지 못했으니 하늘이 시키는 노릇이다."

황규는 큰소리로 탄식했다.

조조는 형리한테 호령을 내렸다.

"저놈들을 모조리 행형장으로 끌고 나가서 참형에 처하게 하라."

마등, 마휴, 황규는 일제히 조조를 흘겨보며 꾸짖었다.

"이놈 역적 조조야, 네 어찌 동탁보다도 더한 놈이 되느냐? 하늘이 무섭지 아니하냐!"

마등은 발로 땅을 굴려 호령했다.

그러나 아무런 소용이 없었다.

마등의 부자와 황규는 군사한테 끌려 행형장으로 나가 해를 당했다.

시인은 시를 지어 마 장군의 죽음을 예찬했다.

父子齊芳烈　忠貞著一門
損生圖國難　誓死答君恩
嚼血盟言在　誅奸義狀存
西涼權世胄　不愧伏波孫

부자가 한꺼번에 꽃답고 맵구려,
충성된 곧은 절개 일문에 뚜렷하다.
삶을 버려 국난을 도모하고

죽음으로 임금 은혜 갚기 맹세했네.
피를 씹어 맹세한 말 아직도 귀에 쟁쟁하고
간사한 자 베이자던 의로운 글
오늘도 남아 있네.
서량 땅에 대대로 내려오는 명문
복파 장군의 후손되기 부끄럽지 않구나.

마등 부자와 황규가 죽은 후에 묘택은 조조한테 청했다.

"저는 아무 상급도 바라지 아니합니다. 다만 춘향으로 아내를 삼기 소원이올시다."

조조는 껄껄 웃으며 대답했다.

"네놈이 계집 하나로 인하여 네 자부姉夫를 죽게 만들었으니 너 같은 불의의 인간을 살려 두어 무엇에 쓰겠느냐?"

조조는 곧 형리를 불러 영을 내렸다.

"묘택과 춘향이란 년을 저자에 끌고 나가 목을 베어라!"

형리는 조조의 분부를 받들어 간부와 간부를 저자에 끌어내어 목을 베었다.

백차일 치듯 구경하는 사람들은 모두 다 조조가 제법이라고 칭찬했다.

조조는 서량 군사들에게 안심하라는 훈시를 내렸다.

"마등 부자의 모반한 일은 너희들한테는 죄가 없다. 안심하고 있으라. 그리고 마대는 달아나게 내버려 두어라."

마초는 군사를 일으켜 한을 씻다

이때 마등의 조카 마대는 1천 병마를 거느리고 후진이 되어 있었다.

허창성 밖까지 싸우러 갔던 마등의 패잔병들은 마등의 부자와 황규가 잡혀 죽은 사실을 보했다.

마대는 깜짝 놀랐다. 군사와 말을 버리고 객상客商의 모습으로 변장한 후에 밤을 도와 서량으로 달아났다.

한편 조조는 마등을 죽인 후에 남정南征할 것을 결의하고 있을 때, 홀연 정보 맡은 사람이 고했다.

"유비가 군마를 조련하고 기계를 수습해서 서천西川을 취하려 합니다."

조조는 깜짝 놀랐다.

"만약 유비가 서천을 취한다면 그한테 날개가 돋치는 격이니 어찌하면 좋단 말인가?"

말이 채 떨어지기 전에 계하階下에서 한 사람이 아뢰었다.

"저한테 한 계책이 있습니다. 유비와 손권으로 하여금 서로 갈등이 나게 해서 강남과 서천이 다 승상한테로 돌아오도록 만들겠습니다."

계책을 헌의獻議하는 사람은 치서治書 시어사侍御史 벼슬을 하고 있는 진군陳群이란 사람이었다.

조조는 진군의 말을 듣자 급히 물었다.

"자네한테 좋은 꾀가 있다면 말을 해 보게."

진군이 대답했다.

"지금 유비와 손권이 서로 입술과 이 같은 사이가 되어 좋게 지냅니다마는 이때를 타서 승상께서 합비의 병력을 합세하시어 강남을 공격하신다면, 손권은 반드시 구원을 유비한테 청할 것이올시다. 그러나 유비는 뜻이 서천을 취하는 데 있으니 손권을 구원해 주지 아니할 것이고, 손권은 유비의 구원을 받지 못한다면 힘이 떨어지고 군사가 모자라서 강동 땅은 반드시 승상의 소득이 될 것입니다. 승상께서 만약 강동을 얻으신 후에는 유비의 형주는 북 한 번을 쳐서 평정될 것이요, 형주가 평정된다면 서천을 취하기는 문제도 되지 아니합니다. 이쯤 되면 천하는 정해지는 것이올시다."

조조는 진군의 말을 듣고 무릎을 탁 쳤다.

"치서 시어사의 말은 내 뜻과 부합이 되네."

조조는 진군을 칭찬한 후에 시각을 지체치 아니하고 큰 군사 30만 명을 동원시켜서 강남으로 내려가게 하고, 일변 합비에 있는 장요에게 명을 내려 양초糧草를 공급하라 했다.

조조의 대군이 내려간다는 소식은 단번에 손권의 귀로 들어갔다. 손권은 급히 문무백관을 모아 의논했다.

"조조의 삼십만 대병이 합비에 주둔하고 있는 장요의 군사와 합세하여 강동을 무찌르려 한다 하니 어쩌면 좋을꼬?"

모든 사람들은 묵묵히 대답이 없었다. 좋은 지혜가 나오지 않는 모양이었다.

백관들이 침묵을 지키고 있을 때 장소가 나와서 말했다.

"급히 사람을 노숙한테로 보내서 현덕으로 하여금 힘을 합하여 조조를 막게 하는 것이 상책이라 생각합니다. 노숙은 현덕한테 은혜가 있으니 반드시 노숙의 청을 들을 것이요, 또 현덕은 이미 동오의 사위가 되었으니 의리상으로도 사양하지 못할 것입니다. 만약 현덕이 와서 도와준다면 강남은 근심이 없을 것입니다."

손권은 장소의 말을 들었다. 곧 사람을 노숙한테 보내서 현덕한테 구원을 청하라 했다.

노숙은 곧 구원을 청하는 글을 써서 현덕에게 보내니 현덕은 글을 받아 보고 사신을 사관에 묵게 한 후에 공명이 있는 남군南郡으로 사람을 보내서 공명을 청했다.

공명은 노숙의 글을 읽어 본 후에 현덕에게 말했다.

"강남 군사와 형주 군사를 움직이지 아니하고도 넉넉히 조조가 동남을 바라보지 못하게 할 도리가 있습니다."

제갈양은 말을 마치자 곧 노숙한테 답장을 써서 사신을 돌려보냈다.

베개를 높이 하여 근심하지 마시오. 만약 북병北兵이 침범한다면 황숙께서 스스로 물리치실 계책이 서 있소이다.

사신이 간 후에 현덕은 공명한테 물었다.

"지금 조조는 삼십만 대병을 거느리고 합비의 장요와 함께 합세하여 호호탕탕 쳐들어오는데, 선생은 무슨 묘책으로 그를 물리치려 하시오?"

"조조가 평생에 염려하고 두려워하는 것은 서량병西凉兵입니다. 지금 조조는 마등을 죽였으니 그의 아들 마초는 원수를 갚으려 하여 이를 갈고 있을 것입니다. 주공께서는 마초한테 글을 보내시어 군사를 거느려 입관入關케 한다면 조조가 어느 결에 강남으로 내려오겠습니까?"

현덕은 크게 기뻐했다. 곧 심복에게 글월을 써 준 후에 서량 마초한테 전하게 했다.

한편 마초는 서량주에서 밤에 꿈을 꾸었다.

자기 몸이 눈 위에 누워 있는데 호랑이들이 물어뜯으려 덤벼들었다.

마초는 꿈을 깨고 나니 등에 진땀이 쫙 흘렀다. 마음속으로 의심이 나고 두려웠다.

장하에 있는 장수들한테 꿈 이야기를 했다.

한 사람이 나와 말했다.

"이 꿈은 상서롭지 못한 꿈이올시다."

여러 사람들이 바라보니 장하에 있는 심복 교위校尉 방덕 龐德이었다.

마초가 물었다.

"어째서 좋지 아니한 꿈인가?"

"눈 오는 땅에서 호랑이를 만났으니 몽조가 아주 흉악합니다. 혹시 노장군께서 허창에서 무슨 좋지 못한 일을 당하셨나 봅니다."

방덕의 말이 채 떨어지기 전에 한 사람이 비틀거리고 들어와 땅에 엎드려 통곡하며 고했다.

"숙부님과 아우가 다 죽었소이다."

마초가 바라보니 사촌 마대였다.

마초는 깜짝 놀라 물었다.

"어쩐 일이오?"

"숙부께서는 시랑 황규와 함께 조조를 죽이려 하시다가 불행하게 일이 새어서 조조한테 참형을 당하시고, 둘째 아우도 목숨을 잃었소. 다만 나만 후군이 되어 있는 까닭에 잡히지 아니하고 객상의 행세를 하면서 밤을 도와 도망쳐 왔소."

마대는 말을 마치자 땅을 치며 통곡을 했다.

모든 사람들은 마대를 붙들어 일으키고 마초는 이를 갈아 조조를 한하고 있을 때, 홀연 형주 유현덕이 글월을 보냈다 했다. 마초는 현덕의 글을 뜯어보니 편지 사연은 아래와 같았다.

　엎드려 생각하건대, 한실이 불행하여 조조의 간악한 역적은 권세를 농락하고 임금을 속이니, 백성들은 살 도리가 없소이다. 유비는 일찍부터 선대인과 함께 황제 폐하의 밀조를 받아서 조조를 죽이려 맹세했더니, 뜻밖에 불행하게도 선대인께서는 조조한테 해를 당하셨습니다. 조조는 장군의 불공대천不共戴天, 부동일월不同日月의 원수입니다. 장군이 만약 서량의 군사를 거느려 조조의 우편을 친다면 유비는 마땅히 형주와 양주 군사를 출동시켜 조조의 앞을 가로막아서 역적의 목을 베고 간당을 소멸하여 원수를 갚고 한실을 부흥시키리라 생각합니다. 이루 다 뜻을 쓰지 못합니다. 유비는 서서 돌아오는 답장을 기다립니다.

　마초는 읽기를 다하자 눈물을 뿌려 답장을 써서 유현덕의 사자한테 준 후에 먼저 돌아가라 이르고 서량 군마를 진발시키려 할 때, 홀연 서량 태수 한수韓遂가 사람을 보내서 청했다.
　마초가 한수를 찾아 절하여 뵈니 한수는 조조의 편지를 꺼내 보였다.

　만약 마초를 잡아서 허도로 보낸다면 곧 그대한테 서량후西涼侯를 봉하리라.

　마초는 땅에 엎드려 고했다.
　"아저씨, 저희들 형제를 결박 지어서 허도로 보내 주십시오. 그리하여 아저씨의 창과 칼을 잡으시는 수고로움이 없게 하십시오."

한수는 벌떡 일어나 마초를 붙들어 일으켰다.

"나는 너의 아버지와 형제지의를 맺은 사람이다. 어찌 차마 너를 해하겠느냐. 네가 만약 군사를 일으킨다면 나는 당연히 너를 도와주리라!"

마초는 일어나 절했다.

"고맙습니다, 아저씨!"

한수는 조조의 사자의 등을 밀어 목을 베게 한 후에 수하手下에 있는 팔부八部 군마軍馬를 점고하여 휘동해 나가니 팔부 대장은 후선侯選, 정은程銀, 이감李堪, 장횡張橫, 양흥梁興, 성의成宜, 마완馬玩, 양추楊秋 등이었다.

팔부 대장들은 한수를 따라 마초의 수하 대장 방덕, 마대와 함께 장안으로 향하여 풍우같이 짓쳐 나가니 군사 수는 이십만 대병이었다.

장안 군수 종요鍾繇는 나는 듯이 조조한테 보하고 일변 군사를 거느려 넓은 들에 진을 쳤다.

서량주 전부 선봉 마대는 수하 정병 1만 5천을 거느리고 호호탕탕 만산편야 하여 짓쳐 나갔다.

종요는 마대를 맞이하여 말을 달려 싸웠으나 칼 잘 쓰는 마대의 솜씨를 당해 내는 수 없었다. 싸운 지 1합이 못되어 크게 패하여 달아났다.

마대는 칼을 둘러 쫓아가고, 마초와 한수의 큰 부대는 뒤를 쫓아 장안성을 포위해 버렸다.

종요는 성안으로 쫓겨 들어가 성문을 굳게 닫고 성 위에서 지키고 있었다.

원래 장안성은 서한西漢 때 도읍을 정한 곳으로 성곽이 견고하고 호참壕塹이 험하고 깊어서 졸연히 깨치기 어려웠다.

마대와 마초는 열흘이 지나도 장안성을 함락시키지 못했다.

방덕이 계교를 내어 말했다.

"장안성은 토질이 견고한데다가 물맛이 짜서 먹기가 어려운 중 또 시초柴草마저 없는 중에 군사들이 먹지 못하고 피로해 있으니, 잠시 군사를 후퇴시켜서 여차여차한 행동을 취한다면 장안을 단번에 얻을 것입니다."

"그 계교가 크게 묘하오."

마초는 찬성했다.

곧 영자기令字旗를 부대마다 전해서 퇴군 명령을 내리고 마초는 후군이 되어 대부대는 철수하기 시작했다.

종요가 성에 올라 보니, 마초의 군사가 총퇴각을 하는 것이었다.

혹시나 어떠한 계교가 있어 속임수로 철병을 하는 것이라 생각하고 비밀히 사람을 놓아 마초의 뒤를 밟으라 했다. 그러나 마초의 군사들은 틀림없이 멀리 가는 것이 분명했다.

종요는 비로소 마음을 논 후에 성문을 크게 열고 군사와 백성들로 나무를 하고 물을 길어서 자유롭게 출입하게 했다.

닷새째 되는 날이었다.

마초의 군대는 또다시 쏟아져 오기 시작했다.

종요는 급히 성문을 닫아 버리고 굳게 지키고 있었다.

이때 종요의 아우 되는 종진鍾進은 서문을 지키고 있었다.

삼경 때쯤 되어서 성문 위에서 별안간 화광이 충천했다.

종진은 깜짝 놀라 급히 달려가 불을 끄려 할 때 성벽에서 돌연 한 사람이 칼을 두르고 고함치며 달려들었다.

"서량 대장 방덕이 여기 있다!"

종진은 손을 놀릴 틈이 없었다. 방덕의 내리치는 한칼에 종진의 머리는 마하에 떨어져 버렸다.

마대는 군사를 몰아 성문을 부수고, 군교들을 죽인 후에 물밀듯 쏟아져 들어가니 마초와 한수의 대부대도 뒤를 이어 호호탕탕 들어갔다. 종요는 창황히 동문에서 성을 버리고 달아났다.

마초와 한수는 장안성을 얻은 후에 삼군을 호궤하여 상을 주고 종요는 동관潼關으로 물러가 조조한테 급히 구원을 청했다.

조조는 장안성이 함락되었다는 말을 듣고 남정南征할 계획을 버리고 조홍曹洪과 서황徐晃을 불러 분부했다.

"너희들은 먼저 일만 명의 군대를 거느리고 종요鍾繇를 대신해서 동관을 지키게 해라. 만약 열흘 안에 동관을 잃는다면 모두 다 목을 베어 참하리라. 열흘 뒷일은 너희들이 간여할 바 아니다. 내가 친히 대군을 거느리고 뒤를 따라갈 테다."

두 사람은 조조의 장령을 받고 밤을 도와 행군을 시작했다.

조인이 조조한테 간하였다.

"홍은 성미가 조급하니, 혹시 일을 그르칠까 두렵습니다."

"무어, 과히 염려할 것 없다. 나와 네가 양초를 가지고 뒤에 따라갈 테니 별일 없을 것이다."

조홍과 서황은 동관에 당도한 후에 종요와 교대로 하여 굳게 성문을 지키고 출전을 하지 아니했다.

마초는 군사를 거느리고 성 아래 나가 조조의 할아비, 아비, 조조 삼대의 욕설을 막 퍼부었다.

조홍은 크게 노했다. 군사를 거느려 성문을 열고 싸우려 했다.

서황이 급히 만류했다.

"나가 싸워서는 아니 됩니다. 이것은 마초가 일부러 장군을 격하게 해서 싸움을 돋우는 수단입니다. 승상의 큰 군사가 곧 도착이 될 것이니 그때까지 잠시 참으시오."

조홍은 마지못해 참고 있었다.

마초는 날마다 군사를 거느리고 욕하며 도전을 했다.

이럴 때마다 조홍은 분을 참지 못하여 뛰어나가려 했으나, 서황이 붙들고 만류하여 뜻을 이루지 못하고 있었다.

아흐레째 되는 날이었다. 조홍이 성 위에서 바라보니 서량병들은 말에서 내려 들밭에 앉기도 하고 누워 있기도 한데, 모두 다 얼굴이 피곤한 모습으로 졸고 있었다.

조홍은 좋은 기회라 생각했다.

별안간 성문을 열고 3천 군마를 휘동하여 짓쳐 나갔다.

서량병들은 어마뜨거라 하고, 말을 버리고 무기를 내던진 채 산지사방 흩어져 달아났다.

조홍은 기운이 버썩 나서 달아나는 서량병을 쫓았다.

이때 서황은 성안에서 양식과 수레를 점검하고 있다가 조홍이 성문을 열고 서량병을 시살한다는 말을 듣자 급히 군사를 몰고 나가서,

"조 장군은 왜 나가셨소? 빨리 말 머리를 돌리시오."

큰소리로 외쳤다.

이때 홀연 등 뒤에서 함성이 자지러지게 일어나면서 마대가 서량병을 거느려 시살해 들어왔다.

조홍과 서황은 급히 말 머리를 돌리려 할 때, 산모퉁이에서 북소리가 어지럽게 일어나면서 두 떼 군마가 쏟아져 나오는데, 왼편에는 마초가 소리쳐 나오고 우편에서는 방덕이 칼을 휘둘러 호통 치며 나왔다.

홍포 벗고, 수염 깎고 쫓겨 가는 조조

마대, 마초, 방덕 등 서량 군사는 삼면으로 에워싸 들어가니 조홍은 당해 낼 도리가 없었다. 어지럽게 싸우는 혼전 속에 군사의 태반을 꺾어 버렸다. 서황의 구원을 받아 겨우 목숨을 구하여 포위망을 뚫고 성안으로 달아났다.

그러나 서량병들의 추격은 더한층 급했다. 성문을 닫을 사이도 없이 물밀듯 쫓아 들었다.

조홍과 서황은 하는 수 없이 동관성을 버리고 달아났다.

방덕은 달아나는 조홍을 쫓아 승승장구하여 추격할 때 조인의 군사가 나타났다. 조조의 큰 부대가 당도한 것이었다.

방덕은 잠깐 쫓는 것을 중지하고 마초와 함께 동관성을 차지했다. 조홍은 조인의 구함을 받아, 대군을 거느려 나오는 조조한테 뵈었다.

조조는 조홍과 서황이 동관성을 잃었다는 소식을 듣고 크게 노했다.

"내가 너희들한테 열흘까지는 어떠한 일이 있더라도 굳게 성을 지켜서 동관을 잃지 말라 했는데 어찌해서 아흐레째 되는 날 동관성을 잃었느냐?"

"서량 군병들이 백반으로 욕지거리를 하여 차마 들을 수가 없었습니다. 아흐레째 되는 날 마초의 군사가 해이해진 틈을 타서 저놈들을 시살하러 나갔던 것이 뜻밖에 적의 간계에 떨어졌습니다."

조홍은 울면서 대답했다.

조조는 다시 서황을 꾸짖었다.

"홍이란 애는 성미가 조폭해서 함부로 날뛰었거니와 너는 낫살이나 먹은 것이 어찌 그리 일을 차리는데 요량이 없었더냐? 열흘까지는 참으라 아니했더냐……."

"죄송합니다. 여러 번 간했으나 듣지 아니했습니다. 그날 소장은 성안에서 양식과 수레를 점검하고 있는데 작은 장군께서는 벌써 성문을 열고 군사를 거느려 나가셨습니다. 소장은 급히 뒤를 쫓아 들어가자고 소리쳤습니다마는 때는 벌써 늦었습니다. 적의 간계에 빠져 버렸습니다."

조조는 더욱 노했다.

"홍이란 놈을 끌어내어 목을 베어라!"

모든 문무백관들이 조홍을 대신하여 빌었다.

"그저, 나이 어린 탓이올시다. 한 번만 용서해 주십시오."

조홍도 머리를 두드려 빌었다.

"그저, 죽여주십시오. 잘못했습니다."

"다시는 그따위 경솔한 짓을 해서는 아니 된다."

조조는 조홍을 용서한 후에, 곧 대군을 휘동하여 동관성 앞에 당도했다.

조인은 아제비 조조한테 아뢰었다.

"동관성을 다시 수복하자면 먼저 군대가 의지할 채책寨柵을 세운 후에 싸움을 시작해야 하겠습니다."

"네 말이 옳다."

조조는 군령을 내려 급히 나무를 벌채하라 했다.

나무를 베어 채를 이룩하는데 세 채를 지었다.

왼편에는 조인의 영문이요, 우편에는 하후연의 영채였다. 가운데 채는 조조가 거처하기로 했다.

이튿날 조조는 3채三寨의 대소 장교를 거느리고 앞으로 시살해 들어가
다가 서량 군사와 정면으로 마주치게 되었다.

두 편 군대는 서로 진을 친 후에 조조는 문기 아래 말 타고 서서 바라보
니 서량 군사들은 사람마다 건장해서 개개 영웅이었다.

조조는 다시 눈을 들어 소년 장군 마초를 바라보았다.

낯은 불을 먹인 듯하고, 입술은 주사朱砂를 바른 듯 고왔다. 허리는 가늘
고 엉덩판은 펑퍼짐한데 소리는 웅장하고 힘은 청산도 두려 뺄 듯했다.

아버지 마등의 상복喪服을 입었음인지 몸에는 백포白袍 입고 머리에는
은개銀鎧 쓰고 손에는 장창을 잡아 진 앞에 우뚝 말 타고 섰는데, 위편에
는 방덕이 모시어 섰고 아래편에는 마대가 호위했다. 실로 묘소년의 영걸
이었다. 조조는 마음속으로 가만히 칭찬했다.

'과연 사내답게 잘도 생겼다!'

조조는 이내 말을 놓아 앞으로 나오며 짐짓 마초를 꾸짖었다.

"너는 한조漢朝 명장名將의 자손으로서 어찌하여 조정을 배반했느냐?"

조조의 말이 채 떨어지기 전에 마초는 눈을 부릅뜨고 한번 바드득 이를
갈았다.

"이놈, 조조 늙은 역적 놈아, 너는 기군망상欺君罔上을 하는 놈으로서 천
하를 희롱하니, 내 너의 목을 아니 벨 수 없을 뿐더러 사사로이는 나의 아
버지를 해쳤으니, 네놈하고는 불공대천不共戴天의 원수다. 나는 너를 산
채로 잡아서 너의 날고기를 지근지근 씹으리라!"

마초는 말을 마치자 번쩍 창을 들어 조조를 찔렀다.

조조의 등 뒤에서 우금이 눈을 부릅뜨고 뛰어나갔다.

"우리 승상을 다치지 마라!"

우금이 큰소리를 치며 달려 뛰어나와 마초한테로 덤벼들었다.

마초와 우금은 어울려 싸운 지 8~9합에 우금이 패해 달아났다.

이 모양을 보자 조조 편에서 장합이 뛰어나왔다.

마초와 장합은 싸운 지 20여 합에 장합 또한 패해 달아났다.

장합이 패하자 조조의 진에서는 이통李通이 말을 달려 칼을 춤추며 달려 나왔다.

소년 장군 마초는 교전 수합에 버럭 창을 들어 이통의 염통을 찔러 말 아래 떨어뜨리고 손을 번쩍 들어 서량 군사들을 불렀다.

서량 군사는 고함을 치고 물밀듯 쏟아져 들어가니 조조의 군사는 바람에 쓰러지는 갈대풀같이 자빠지고 쓰러져 아수라장을 이루면서 대패해 달아났다.

서량 군사들은 더한층 용맹을 냈다. 치고 자르고 찌르니 조조의 군사는 콩가루가 되어 버렸다. 조인과 하후연이 조조를 도왔으나 당해 낼 도리가 없었다.

마초, 방덕, 마대는 중군으로 뛰어들어 조조를 잡으려 했다.

"이놈, 조조야 빨리 항복해라!"

천둥같이 얼러 댔다.

조조는 난군 중에서 마초의 호통 치는 소리를 듣자, 어마뜨거라 하고 말을 달려 달아났다.

마초, 마대, 방덕은 조조의 뒤를 급히 쫓았다.

"홍포紅袍 입은 놈이 조조다. 붉은옷 입은 놈을 잡아라!"

마초가 소리치니 군사들은 일제히 홍포 입은 조조를 쫓아갔다.

"홍포 입은 놈을 잡아라. 붉은옷 입은 놈이 조조다. 빨리 잡아라!"

군사들은 어지럽게 소리치며 뒤를 따라 고함쳤다.

"홍포 입고 달아나는 놈을 잡아라, 그놈이 바로 조조다!"

함성은 더한층 천지를 진동했다.

조조는 말을 타고 달아나다가 마상에서 홍포를 벗어 땅에 던지고 달아났다.

마대, 방덕은 조조가 난군 중에 홍포를 벗어 던지고 달아나는 꼴을 보자 급히 소리치며 뒤를 쫓았다.

"수염 긴 놈이 조조다. 수염 긴 놈을 잡아라!"

서량 군사들은 마대, 방덕의 앞을 질러 두 주먹을 불끈 쥐고 조조의 뒤를 쫓았다.

"수염 긴 놈이 조조다. 수염 긴 놈을 잡아라!"

조조는 급했다. 마상에서 칼을 빼어 한 손으로 수염을 잡고 한 손으로 시커먼 수염을 자르고 달아났다.

표가 나는 홍포와 수염이 모두 다 원수 같았다.

군사들은 조조가 수염을 깎고 달아나는 것을 보자 급히 마초한테 고했다.

"조조가 이번엔 수염을 깎고 달아납니다."

"수염 자른 놈을 잡으라고 소리쳐라!"

마초는 이른 뒤에 친히 말을 달려 조조를 쫓았다.

"수염 자른 놈을 잡아라. 수염 자른 놈이 조조다."

서량 군사들은 소리치며 수염 자른 놈을 잡기 시작했다.

조조는 다급했다. 흘깃흘깃 뒤를 돌아보며 달아났다.

마초는 창을 비껴들고 뒤를 쫓았다.

조조는 혼비백산이 되었다. 좌우 모시었던 장수들도 어마뜨거라 하고 목숨을 구하여 달아났다.

마초는 달아나는 조조의 뒤를 맹렬하게 쫓으며 큰소리로 호통 쳤다.

"조조는 닫지 마라. 마초가 여기 있다!"

조조는 간이 콩알만 했다. 젖 먹던 힘을 다하여 고삐를 꽉 붙들고 달아났다.

마초는 창을 비껴들고 조조의 뒤를 쫓아 퍼뜩 찌르려 할 때, 조조의 앞에는 큰 느릅나무 한 그루가 서 있었다.

조조는 느릅나무 뒤로 얼른 몸을 피했다.

이때 마초의 날카로운 창끝은 느릅나무를 꽉 찔렀다.

조조는 아슬아슬하게 목숨을 구했다. 급히 한숨을 쉬고 달아났다.

마초는 달아나는 조조를 다시 쫓았다.

마초는 달리는 말에 채찍을 더하여 조조의 뒤를 쫓았다.

푸른 산 한 덩이가 나타났다. 조조는 산기슭으로 죽을힘을 다하여 달아났다.

홀연 산모퉁이에서 일원 대장이 나타나면서 큰소리로 외쳤다.

"마초는 승상을 해치지 말라. 조홍이 여기 있다."

소년 장군 조홍은 조조한테 덤벼드는 마초를 가로막았다.

조조는 비로소 사지에서 벗어났다.

조홍과 마초는 어우러져 싸웠다. 치고 찌르고, 40여 합에 조홍의 칼 쓰는 방수는 점점 어지럽기 시작했다.

조홍의 수각이 황란할 때, 하후돈이 수십 기를 거느리고 소리치며 나왔다. 마초는 혼자 두 사람을 당해 내기 어려울 것 같았다. 슬며시 말 머리를 돌렸다.

조조는 일진을 대패하여 돌아오는데, 마초의 군사들은 여전히 뒤를 엄습해 쫓았다.

조조의 조카 조인은 책柵을 의지하여 죽기를 무릅쓰고 막아 댔다.

조조는 비로소 한숨을 크게 쉬고 말했다.

"이번에 조홍이 아니었더라면 나는 꼼짝없이 죽었을 것이다. 내가 지난번에 조홍을 죽였더라면 벌써 나는 이 세상 사람이 아니었을 것이다."

조조는 조홍을 불러 후한 상을 주었다.

마초한테 혼이 단단히 난 조조는 패한 군사들을 정돈한 후에 진을 지키는 것으로 주력을 썼다. 호壕를 깊이 파고 성벽을 높이 한 후에, 나가서 싸우지 아니했다.

마초는 이긴 여세를 가지고 날마다 조조의 진문 앞에 나타나 싸움을 돋우었다.

그러나 조조는 엄하게 군령을 내려, 모든 장수들의 응전하는 일을 금했다.

조조의 부하 장수들이 건의했다.

"서량 군사들은 장창을 잘 쓰니, 장리는 좋은 활과 강한 쇠뇌로 접응하는 편이 좋을 듯합니다."

"싸우고 아니 싸우는 것은 우리 손에 달려 있다. 적이 비록 장창을 잘 쓴다 한들 싸우지 아니하는데 자네들을 찌를 까닭이 없다. 자네들은 그저 성벽을 굳게 하여 바라만 보고 있게. 그러면 적병은 자연히 물러갈 것일세."

조조는 모든 장수들의 싸우려는 마음을 눌러 버렸다.

장수들은 서로들 수군댔다.

"승상께서는 소시 때부터 전쟁이라면 앞장을 서서 나가셨는데, 이제 마초한테는 어찌 그리 약하신가?"

모두들 탄식했다.

며칠이 지났다.

염탐꾼이 보고를 드렸다.

"마초는 이번에 또다시 이만 명의 새 병력을 투입시켰습니다. 모두 다 강인羌人 부락部落 출신들이라 합니다."

조조는 이 소식을 듣고 벙글벙글 웃어 댔다.

"정보는 확실하냐?"

"틀림없습니다."

"잘되었다."

마초의 군사는 2만 명씩이나 더 늘었다 하는데 조조는 도리어 벙글벙글 기뻐서 웃었다. 모두들 의아하게 생각했다.

"마초의 진에는 이만 명씩이나 강병羌兵이 더 늘었다 하는데, 승상께서는 도리어 기뻐하시니 웬일입니까?"

"차차 알게 될 것일세."

조조는 더 말하지 아니하고 입을 다물었다.

또다시 사흘이 지나갔다. 염탐꾼의 정보에 의하면 마초의 진에는 군사가 새로 또 왔다는 것이었다.

염탐꾼은 급히 조조한테 보했다.

"마초의 군대는 또 늘었다 합니다."

"그렇다면 크게 연회를 차리고 모든 장수들을 장중帳中에 불러들여라!"

여러 장수들은 일제히 연회에 참석했다.

"여러분들은 내가 마초를 당해 내지 못하는 것을 분개할 것입니다. 그대들한테 좋은 묘책이 있다면 말씀해 보시오."

장수 서황이 앞에 나와 말했다.

"지금 마초의 군사는 모두 관상關上에 둔병하고 있으니 하서河西에는 필시 아무 대비도 없을 것입니다. 우리는 한 떼 군마를 이끌고 포판진蒲坂津

을 건너서 그들의 돌아갈 길을 끊으면서, 승상께서는 하북河北을 치신다면 적은 의지할 곳이 없어 형세가 고단할 것입니다."

조조는 무릎을 쳤다.

"그대의 뜻이 바로 내 뜻과 합하오."

조조는 서황에게 정병 4천 명을 주어 주령朱靈과 함께 하서河西를 엄습하는데, 산골 속에 매복해 있다가 조조의 본군이 하북으로 건너가기를 기다려서 동시 공격을 하라 했다.

서황과 주령은 조조의 영을 받들어 가만히 떠났다.

조조는 다시 조홍과 조인에게 영을 내렸다.

"포판진 나루터에 배를 준비해 두었다가 내 명령이 떨어질 때 행동을 개시하라. 내가 몸소 군마를 거느려 위하渭河를 건너리라. 그리고 조인은 이곳에 남아서 영문을 지키게 하라."

한편 마초의 진에서도 염탐꾼이 움직였다.

조조의 진에서 일어난 모든 일을 일일이 고했다.

마초는 조조의 계교를 짐작했다.

"조조는 아군의 후부를 끊으려 하니, 아군은 일지 군마로 미리 북편 언덕을 막는다면 적들은 강을 건너지 못할 것이고 이십 일이 채 못되어서 하동河東의 양식이 끊어진다면, 조조의 군사는 곤란 중에 빠지고 말 것이다. 아군은 그때를 타서 하남을 공격한다면 조조를 산 채로 잡을 것이 분명하다."

마초의 말이 끝나자 한수가 말을 꺼냈다.

"아닐세. 병법에 반도半渡 가격可擊이란 말이 있네. 조조의 군대가 반쯤 건넜을 때, 자네가 남안을 친다면 적병들은 다 물속에 수장이 되고 말 것일세. 하하하."

한수의 말을 듣자, 마초는 공손히 무릎을 꿇었다.

"숙부님의 말씀이 과연 좋은 말씀입니다."

마초는 곧 사람을 보내서 비밀히 조조의 도하渡河하는 시각을 알아보게 했다.

한편 조조는 군대를 삼분하여 위하渭河를 건넜다.

군사와 말들이 강 한복판으로 들어섰을 때 동편 하늘에 해가 치솟았다.

조조는 선발대로 북편 언덕에 영문을 지키게 하고 자신은 호위하는 장수 백 명을 거느리고 칼을 짚어 남안에 앉아서 군대들의 도하渡河 작전作戰을 감시하고 있었다.

이때 돌연 군사들은 소란하게 떠들어 댔다.

"등 뒤에 백포白袍 장군將軍이 나타났다!"

"백포 장군이면 마초가 아닌가?"

모두들 수선거렸다. 공포에 떠는 목소리였다.

군사들은 황겁했다. 마초가 왔다는 소문을 듣고 다투어 배에 먼저 오르려 했다.

떠밀고, 떠다박지르고 소란하고 혼잡했다.

조조는 태연히 앉아 군사들을 진압했다.

그러나 군사들의 혼잡은 시시각각으로 더 무질서하게 되었다.

사람들의 아우성치는 소리, 말 울음소리, 마치 벌집을 쑤셔 논 듯 점점 더 어지럽고 소란했다.

배 위에서 한 장수가 육지로 뛰어내려 조조 앞으로 달음질을 쳤다.

"마초가 군마를 거느려 쫓아온다 합니다. 승상께서는 빨리 배에 오르십시오."

조조가 바라보니 바로 허저였다.

"적병이 오면 왔지, 어째 이리 수선들을 떠느냐!"

허저를 꾸짖고 힐끔 뒤를 돌아보니 기막히지 아니한가. 마초는 벌써 백여 걸음 밖에서 쫓아 들었다.

허저는 급히 조조를 끌어 업고 배에 오르려 하는데 배는 벌써 댓 칸통이나 언덕에서 떠나간 뒤였다.

허저는 조조를 뒤쳐 업고 펄떡 배 위로 뛰어올랐다.

마초는 군사를 거느려 소리치며 나왔다. 따라오던 조조의 장수들은 물로 뛰어들면서 목숨을 구하려 하여 뱃전으로 다투어 기어올랐다.

배는 곧 엎어질 것 같았다.

허저는 칼을 뽑아 뱃전으로 기어오르는 장수들의 손가락을 찍어 물속으로 떨어뜨려 버리고 급히 노를 저어 달아났다.

마초가 강변에 당도해 보니, 조조의 배는 벌써 강심江心에 떠 있었다.

마초는 급히 궁노수한테 명을 내렸다.

"조조의 배를 향하여 화살을 쏘아붙여라!"

살은 맹렬한 시위 소리와 함께 비 오듯 쏟아졌다.

허저는 조조가 상할까 두려웠다.

급히 조조를 자기 양다리 틈에 집어넣고 말안장으로 앞을 가려 보호했다.

마초의 쏘는 살은 한 대도 허탕이 없었다. 쏘는 족족 조조의 군사들은 살을 맞아 뱃전에 쓰러져 죽었다.

사공도 살에 맞아 죽고 군사들도 쓰러져 죽는 자 수십 명이었다.

사공을 잃은 배는 방향을 잡지 못했다. 여기다가 바람은 지등 치듯 불었다. 배는 엎치락뒤치락 강물 속에서 소용돌이쳤다.

허저는 혼자 죽을힘을 다하여 두 무릎으로 키를 꼬느고 한 손으로 상앗

대를 저으면서, 한편 손으로는 말안장을 바로잡아 조조한테 날아드는 화살을 막아 댔다.

이때 위남渭南 현령縣令 정비丁斐는 남산 위에서 관전하고 있다가 마초한테 쫓기는 조조의 위급한 꼴을 보고, 혹시나 조조가 상할까 보아 급히 채寨 안에 둔 소와 말을 내놓았다.

갇혔던 마소들은 자유를 얻어 일시에 소리치며 뛰어내렸다.

서량 군사들은 별안간 들과 산으로 쏟아져 내려오는 말과 소를 바라보자 욕심이 동했다. 몸을 돌이켜 마소를 잡기에 분주했다. 군사들은 달아나는 조조보다도 눈앞에 보이는 말과 소가 긴했다.

조조는 하늘이 살려 주는 기회라 생각했다. 급히 배를 저어 북편 언덕에 당도했다.

모든 장수들은 조조가 강물로 피신한 것을 알고 급히 와서 문안을 드렸다.

이때 조조는 이미 육지에 올랐다.

허저의 갑옷에는 화살이 총총히 박혀 있었다. 조조의 꼴은 만불성양이었다. 수염은 잘려지고 맨 저고리 바람이었다.

장군들은 조조를 모시어 야영野營을 차린 후에 땅에 엎드려 문안을 올렸다.

"얼마나 놀라셨습니까?"

조조는 깔깔 웃었다.

"내 오늘 마초 도둑놈한테 큰 욕을 당할 뻔했군."

"누구지 모르겠습니다마는, 웬 사람이 우마를 놓아서 살았지, 그렇지 아니했다면 꼭 죽었을 것입니다."

허저가 말했다.

"그 누가 그런 짓을 했을까?"

조조가 물었다.

한 장수는 대답했다.

"위남 현령 정비가 승상의 위태하신 것을 보고 일부러 적병을 이利로써 꾄 것입니다."

조금 있으려니 정비가 조조를 만나러 들어왔다.

조조는 정비한테 치사했다.

"만약 공의 좋은 계책이 아니었던들 나는 마초한테 사로잡힐 뻔했소."

조조는 곧 정비에게 전군典軍 교위校尉의 벼슬을 주었다.

정비는 교위 벼슬을 받은 후에 계책을 말했다.

"마초가 비록 물러갔다 하나 내일이면 또 올 테니 반드시 좋은 방책으로 막아 내야 할 것입니다."

(6권에서 계속)